KB152973

정호승의 새벽편지

당신이 없으면 내가 없습니다

정호승의 새벽편지

당신이 없으면 내가 없습니다

해냄

 작가의 말

빛이 없으면 색채가 없습니다.
어둠이 없어도 색채가 없습니다.
빛과 어둠이 함께 세상의 모든 색채를 만듭니다.
한 송이 꽃의 아름다운 빛깔도
저녁마다 불타는 붉은 노을빛도
수평선 너머 저 먼 바다의 푸른빛도
다 빛과 어둠이 함께 만드는 것입니다.
저는 그동안 어둠이 색채를 만든다고는 생각하지 못했습니다.
어둠이 빛과 아무런 관계가 없다고 생각한 것은
제 일생일대의 큰 잘못입니다.
어둠속에는 빛이 있습니다.
빛이 있기 때문에 어둠이 있고
어둠이 있기 때문에 빛이 있습니다.
저는 지금까지 그것을 모르고 살아왔습니다.
이 얼마나 어리석습니까.

밤이라는 어둠이 없으면 새벽은 결코 찾아오지 않습니다.

빛은 어둠이 없는 상태가 아니고

어둠은 빛이 없는 상태가 아닙니다.

빛과 어둠은 서로 상호작용을 하는 사랑의 관계입니다.

당신과 나도 마찬가지입니다.

당신이 없으면 내가 없습니다.

당신이 있기 때문에 내가 있습니다.

내가 있기 때문에 당신이 있는 게 아니라

당신이 있기 때문에 내가 있습니다.

이 책을 어둠의 가치를 소중하게 생각하며

인생의 새벽을 기다리는 당신에게 바칩니다.

2014년 6월

정호승

| 차례 |

제2부

제3부

제4부

제1부

당신은 어떻게 사랑하고 있는가

전남 완도에서 찐빵을 사 먹게 되었다. 저녁을 먹고 바닷바람이 불어오는 시외버스터미널 부근 밤거리를 걸어가는데 멀리 '찐빵'이라는 간판 글씨가 희미하게 보였다. 어릴 때부터 찐빵을 좋아해온 나는 그냥 지나칠 수가 없어 선뜻 찐빵집으로 들어갔다. 내 주먹보다 큰 완도의 찐빵은 투박하지만 맛이 있었다. '저녁을 먹었으니까 맛이 있어도 하나만 먹어야지' 하고 생각했으나 너무 맛있어서 한 개 더 집어 들었다.

그때 건너편 자리에서 남편하고 저녁을 먹고 있던 주인아주머니가 "찐빵만 먹지 말고 저녁 같이 먹어요" 하고 말했다. 순간, 나도 모르게 가슴이 뭉클했다. 이해관계가 전혀 없는, 모르는 사람한테 '밥을 같이 먹자'는 말을 들은 것은 군 복무를 하던 20대 때 부대 인근 마을 사람한테서 들어보고 처음이었다.

주인아주머니는 그냥 빈말이 아니라 내가 먹겠다고 하면 정말 같이 먹겠다는 듯 와서 의자에 앉으라는 눈짓을 했다. 아마 내가 객지 사람인 듯한데 찐빵으로 저녁을 때운다 싶었던 모양이었다. 나는 괜찮다고, 고맙다고 하면서 그들의 저녁 식탁을 살짝 훔쳐보았다. 공깃밥에 생선찌개와 나물 반찬 하나가 전부인 소박한 밥상이었다. 내외가 고단한 하루 일을 마무리하면서 다정히 저녁을 먹는 데에 내가 끼어들 수는 없는 일이지만, 내심 그들 내외와 저녁을 맛있게 같이 먹는 듯한 느낌이 들었다. 그래서 누구하고 같이 나눠 먹을 사람도 없는데 찐빵을 열 개나 사서 가게를 나왔다.

그때 문득 까맣게 잊고 있던, 경북 영주에서 안동 가는 시외버스를 같이 탔던 한 아주머니가 생각났다. 그날 버스가 안동에 막 도착했을 때였다. 내 옆자리에 앉아 있던 아주머니가 나를 보고 "아이고, 커튼을 계속 잡고 있었더니 팔이 아파죽겠네" 하며 활짝 웃으시는 게 아닌가. 영주에서 안동까지 한 시간도 더 넘게 오는 동안 계속 졸기만 했던 나는 그 아주머니가 내 얼굴에 내리쬐는 햇빛을 커튼으로 내내 가려준 줄 알지 못했다. 그게 무슨 말인지 알지 못하고 건성으로 인사를 하고 버스에서 내려 가만히 생각해 보니 여간 고마운 일이 아니었다. 모르는 옆 사람의 얼굴에 내리비치는 햇빛을 커튼으로 내내 가려주는 마음은 도대체 무엇일까. 그것은 아무 조건 없는 모성적 사랑이 아니었을까.

중학교 겨울방학 때 경주 외할머니 댁에 가자 할머니가 나를 보고도 그리 반가워하는 기색이 없었다. "호승이 니 왔나?" 하고는 그뿐이었다. 나는 못내 섭섭해서 할머니가 나를 사랑하지 않는다는 생각이 들었다.

그다음 날 새벽이었다. 자다가 일어나 마당을 가로질러 변소에 갔다 오는데 누가 내 방 아궁이 앞에 쭈그리고 앉아 군불을 때고 있었다. 누군가 하고 보니 바로 외할머니였다. 가슴이 뭉클했다. 외할머니는 혹시라도 손자가 자는 방구들이 식었을까 봐 첫새벽에 일어나 말없이 솔가지를 꺾어 군불을 지피고 계셨던 것이다. 그때 나는 외할머니가 나를 사랑하지 않는 게 아니라 참으로 많이 사랑한다는 사실을 알게 되었다. 사랑에는 외할머니처럼 은근하게 드러내는 사랑도 있다는 것을 깨닫게 되었다.

올해 아흔셋인 내 아버지의 사랑도 그렇다. 아버지는 지금 노환으로 대소변을 당신 스스로 가리시지 못하고 침대에 누워 계신다. 그런데도 내가 찾아뵈었다가 간다고 인사를 하면 가는 목소리로 "조심해서 가라" 하고 말씀하신다. 정신이 혼미해 말할 기력이 없으셔도 그 말씀만은 꼭 하신다. 한번은 치과 수술을 하고 한쪽 볼이 잔뜩 부은 채 아버지를 뵙자 "얼굴이 와 그렇노. 치과 갔다 왔나. 많이 아프제" 하시고는 안타까운 표정을 지으셨다. 언제 죽음이 찾아올지 모르는 상황에서 예순 넘은 아들을 걱정하는 아흔 넘은 아버지의 마음은 어떤 마음일까.

톨스토이는 "세상에서 가장 중요한 때는 바로 지금이고, 가장 중요한 사람은 지금 함께 있는 사람이며, 가장 중요한 일은 지금 곁에 있는 사람을 위해 좋은 일을 하는 것"이라고 말한 바 있다. 이 세 가지가 세상에서 가장 중요하고, 그게 바로 세상을 사는 이유라는 것이다.

사랑을 실천하는 길은 소박하다. 사랑은 꼭 거창하고 거대한 데에 있는 것은 아니다. 그러나 나는 정작 그런 사랑을 실천하지 못한다. 지하철에서 등에 아기를 업고 구걸하는 여인에게 눈길조차 주지 않을 때도 있다. 정신지체 장애인들을 위해 연 북콘서트에서 "마음은 어디에 있어요?" 하는 질문을 받고 "마음은 마음에 있어요" 하고 대답하기도 했다.

지금 생각해 보면 "내 마음은 당신에게 있다"고 대답했어야 옳았다. 그 사람은 그런 말을 듣고 싶어서 그런 질문을 했는지도 모른다. 인생은 단 한 사람을 위해서도 살아갈 가치가 있다는데, 내게 살아갈 가치를 주는 사람을 내가 어떻게 사랑하고 있는지 깊어가는 이 봄밤에 생각해 본다.

다시 성자(聖者)를 기다리며

얼마 전 서울 영등포역 부근 요셉의원 앞을 지나다가 우리 시대를 살다 간 성자를 다시 그리워하게 되었다. 요셉의원은 가난하고 병들어 사회에서 소외되고 버림받은 이들을 위해 1987년에 선우경식 원장이 개원한 무료 병원이다. 내과의사인 선우 원장은 21년 동안 미혼인 채 극빈층과 노숙인에게 무료 진료활동을 펼치고 자신의 소원대로 마지막 순간까지 환자를 돌보다가 2008년에 위암으로 세상을 떠났다. 그가 세상을 떠나자 언론에서는 '노숙인의 아버지', '영등포 슈바이처', '우리 곁에 왔다 간 성자'라고 그를 기렸다.

요셉의원은 내가 선우 원장을 처음 찾아갔던 10여 년 전과 크게 달라진 게 없었다. 마치 노숙인처럼 낡고 초라한 3층 벽돌 건물 그대

로였다. 지금은 폐간됐지만 요셉의원을 후원할 목적으로 발간된 잡지 『착한 이웃』의 편집위원 자격으로 만났을 때 그는 환자를 위해 고심하는 말을 하면서도 시종 진지한 미소를 잃지 않았다. 그의 미소는 평소 "가난한 환자들은 신이 내게 내려주신 선물"이라는 그의 진실에서 우러나온 미소여서 저절로 고개가 숙여졌다.

그 뒤에도 나는 그를 몇 번 더 만났는데 그는 "처음엔 3년만 해야지 하고 생각했지만 5년이 지나도 후임자가 안 나타나 요셉의원이 아니면 아무 데도 갈 곳 없는, 목욕해 주고 이발해 주고 치료해 줘야 할 그 수만 명의 환자들을 차마 버리지 못했다"고 하면서 오직 병원과 환자 이야기만 했다. 그의 친구들 말에 의하면 그는 "결혼식장에 가서도 하객들이 가져가고 남은 뷔페 음식을 노숙인들이 먹을 수 있도록 해 달라고 부탁하기도 했다"고 한다.

우리 시대엔 늘 이렇게 우리 가까이 성자들이 있었다. 그러나 나는 나 자신만을 위해 바쁘게 살면서 늘 그들을 잊고 살았다. "가난한 사람이 있다면 달나라에까지 가겠다"고 한 마더 테레사 수녀를 잊고 살았고, 세계 곳곳에 엠마우스 공동체를 설립해 배고픈 이들에게 먹을 것과 쉴 곳을 마련해 준 프랑스의 피에르 신부를 잊고 살았다.

청십자병원을 설립해 가난한 환자를 진료하는 일에만 일생을 바친 장기려 박사도, 성 나자로 마을 원장으로 평생 한센인을 위해 살다 간 이경재 신부도 잊고 말았다. 그리고 최근 우리 곁을 떠나면서 "고맙다"고, "서로 사랑하라"고 하신 김수환 추기경의 말씀도, "이슬

한 방울조차 버리는 연꽃잎처럼 살라"고 하신, 다비의 과정에서도 무소유의 정신을 철저하게 보여주신 법정 스님의 귀한 목소리도 이젠 잊었다.

부끄럽다. 다시 그분들의 목소리를 듣고 싶다. 그동안 나의 삶은 성자적 삶을 살고 떠난 그분들에 의해 그나마 인간으로서의 삶의 품격이 유지될 수 있었다. 그러나 지금은 그분들을 다 떠나보내고 '맹인이 맹인을 인도하는' 시대를 살고 있다. 서로 자기가 옳고 남은 그르다고 주장하고, 남을 위한 말 없는 실천보다는 나를 위한 말 많은 주장이 더 앞선다. 이토록 극심하게 자기주장이 강한 시대도 있었던가 싶을 정도로 이해와 소통의 문이 닫혀 있어 이 시대를 살아간다는 사실 자체가 고통스럽다.

이제 이 시대에 성자는 존재하지 않는가. 그분들과 같은 성자가 다시 내 삶에 찾아오지 않을 것인가. 아니다. 그렇지는 않다. 드러나지 않고 눈에 보이지 않게 성자적 삶을 사는 분들은 많을 것이다.

언젠가 서울역 지하도에서 만난 한 이발사를 잊을 수 없다. 서울역에서 남대문경찰서 방향으로 나가는 약간 통행이 뜸한 지하 통로에 중년의 이발사가 길게 자란 노숙인의 머리를 깎아주고 있었다. 의자에 앉히고 흰 가운을 두르게 하고 정성껏 가위질을 하는 이발사의 모습은 내가 보기에 바로 우리 시대의 성자의 모습이었다. 차가운 지하도 바닥에 앉아 차례를 기다리는 몇 명의 다른 노숙인들이 이발사에게 보내는 감사와 신뢰의 눈빛을 통해서도 그의 그러한 모습은 더욱 성스러워보였다.

사실 노숙인은 제때 제대로 씻지 못해 악취가 얼마나 많이 나는가. 나는 지하철에서 노숙인이 앉았던 자리에 무심코 앉았다가 자리에까지 배어 있는 악취 때문에 얼굴을 찡그리고 벌떡 도로 일어난 적도 있지 않았는가. 그런데도 노숙인의 머리를 조금도 더럽다고 여기지 않고 미소를 띠며 깎아주는 이발사의 성스러운 영혼 앞에 나는 머리를 숙일 수밖에 없다.

지금 이 시대는 성자가 부재된 시대다. 인간으로서 최소한의 품격조차 유지하지 못하고 비인간적 삶을 살아가는 비극의 시대다. 그렇지만 이대로 마냥 우리 곁을 떠나간 성자를 그리워하고 있을 수만은 없다. 초라하더라도 내 삶 속에 그분들을 본받을 수 있는 삶의 영역을 넓혀야 한다. 그게 다시 우리 시대의 성자를 기다리는 일의 시작이다. 노숙인의 이발사처럼 나 자신이 먼저 평범한 일상적 삶 속에서도 성자적 삶의 태도를 지닐 수 있도록 노력해야 한다. 그것은 거대한 것에서부터 시작되지 않고 일상의 작은 일에서부터 시작된다.

희망을 만드는 사람이 되라

친구한테 들은 얘기다. 실제 유럽 어느 나라에서 있었던 일이라고
한다.

가난한 소년이 책방 앞을 지나가게 되었다. 소년은 책을 사 보고
싶었지만 돈이 없어 사 볼 수가 없었다. 그런데 책방 쇼윈도 너머로
책 한 권이 펼쳐진 채 진열되어 있었다. 소년은 책을 읽고 싶은 마음
에 눈을 바짝 가까이 대고 쇼윈도 너머로 보이는 책을 읽었다. 다음
날도 그다음 날도 책방 앞을 지날 때마다 책을 읽고 또 읽었다.

책은 날마다 페이지가 고정된 채 펼쳐져 있었지만 소년은 하루도
지나치는 날이 없었다. 그런데 어느 날부터 책은 다음 페이지가 펼쳐
져 있었다. 다음 날은 또 그다음 페이지가 펼쳐져 있었다. 소년은 영

문도 모른 채 계속 책을 읽어나갔다. 매일 찾아와 책을 읽고 가는 소년을 보고 책방 주인이 늘 다음 페이지로 넘겨놓곤 했던 것이다.

친구가 들려준 이야기는 여기까지다. 나는 그 후 소년이 어떻게 되었을까 곰곰 생각해 보았다. 아마 소년은 책을 읽는 사람이 되었을 것이다. 책을 소중히 여기고 열심히 책을 읽음으로써 스스로의 삶에 희망을 만드는 사람이 되었을 것이다. 책을 읽고 싶어 했던 소년의 열망 때문이기도 하지만, 소년을 위해 매일 책장을 넘겨준 책방 주인의 선한 마음 때문이기도 하다.

책방 주인이 계속 책장을 넘겨주지 않았다면 소년은 똑같은 내용을 되풀이해서 읽는 일에 곧 싫증을 내었을지 모른다. 소년이 책을 통해 가난한 삶에 희망의 씨앗을 심으려고 하는 순간, 책방 주인은 씨앗을 깊게 심게 하고 물과 햇빛을 제공해 주었다.

우리 주변에도 책방 주인처럼 다른 사람에게 희망을 만들어주는 사람이 많다. 내가 아는 분 중 푸르메재단 상임이사 백경학 씨도 바로 그런 분이다. 백경학 씨는 스코틀랜드에서 부인이 교통사고로 다리를 다치는 일을 겪은 뒤 한국에 돌아와 재활전문병원 건립의 필요성을 절실하게 느끼고 이를 위해 벌써 수년째 동분서주하고 있다.

나는 백경학 씨가 장애 청소년 10여 명을 데리고 백두산 천지를 찾아가는 일에 동행한 적이 있는데, 그때 왜 굳이 저 아이들을 데리고 힘들게 백두산을 오르려는지 생각한 적이 있다. 아이들의 삶에 희망을 만들어주는 일이기 때문이었다. 백두산을 오르면서 백경학 씨는 아이들에게 마음속으로 이렇게 말하는 것 같았다.

"우린 함께 손을 잡고 올라가는 게 중요해. 그게 우리가 백두산을 찾은 까닭이야. 많은 사람들이 혼자 먼저 올라가려고 하니까 다들 살기가 힘든 거야."

아이들은 천지로 올라가는 1,200여 개나 되는 계단을 누구 하나 먼저 올라가지 않았다. 혹시 누가 뒤처지지는 않는지 잠시 쉬면서 뒤돌아보고 또 뒤돌아보곤 했다. 그리고 다 함께 맑고 푸른 가슴을 드러낸 백두산 천지를 보고 환하게 웃으면서 만세를 불렀다.

백두산이 아름다운 것은 바로 천지가 있기 때문이다. 백두산에 천지가 없다면 백두산으로서의 의미와 가치는 한층 더 상실된다. 우리가 인간으로서 아름다운 것도 결국 우리 마음속에 희망이 있기 때문이다.

나는 그날 백두산 천지를 바라보며 아이들에게 내가 쓴 시 「백두산」을 낭독해 준 뒤, 동화작가 정채봉 씨가 천지를 보고 쓴 시 「슬픔 없는 사람이 어디 있으랴」를 떠올렸다.

아!
이렇게 웅장한 산도
이렇게 큰 눈물샘을 안고 있다는 것을
이제야 알았습니다

그래서일까. 그날 백두산을 내려오면서 나는 마음속으로 내내 이렇게 말했다.

"오늘 우리는 희망의 백두산을 하나씩 선물 받은 거야. 이제 그 백두산을 어떻게 소중히 간직하느냐 하는 건 각자 우리 자신한테 달렸어. 나는 슬프고 힘들 때마다 내 가슴속에 있는 백두산을 생각할 거야. 그리고 백두산한테 말할 거야. 그래, 너처럼 웅대한 산도 슬퍼서 눈물샘이 있는데, 나같이 연약한 인간에게 눈물샘이 있는 건 당연한 거야. 나도 슬플 때마다 항상 널 생각하고 힘낼게."

20대 후반, 나는 「희망을 만드는 사람이 되라」라는 제목의 시를 쓴 적이 있다. '이 세상 사람들 모두 잠들고 / 어둠 속에 갇혀서 꿈조차 잠이 들 때 / 홀로 일어난 새벽을 두려워 말고 / 별을 보고 걸어가는 사람이 되라 / 희망을 만드는 사람이 되라'고. 그런데 나는 이렇게 노래만 했지 실제로는 희망을 만드는 사람이 되지 못했다.

60대가 된 지금이라도 희망을 만드는 사람이 되고 싶다. 그러기 위해서는 오늘을 원망하기보다 감사할 줄 알아야 한다. 감사는 희망의 기초다. 감사하지 못하면 분노가 생기고 미래를 바라볼 수 없다. 미래를 바라본다 하더라도 하나의 미래밖에 보지 못한다. 미래는 하나가 아니라 여러 개다. 무엇보다도 다른 사람의 삶에다 나의 삶을 비교하지 말아야 한다. 책방 앞을 떠나지 않았던 소년처럼 먼저 자신을 사랑하고 신뢰해야만 책방 주인이 나타나 또 다른 희망으로 나를 인도할 것이다.

새들은 바람이
가장 강하게 부는 날 집을 짓는다

거리에 마른 나뭇가지가 많이 떨어져 있는 게 눈에 띈다. 꽃샘바람이 유난히 기승을 부린 탓인지 올봄엔 나뭇가지가 더 많이 떨어져 거리에 나뒹군다. 대부분 작고 가는 것들로 길고 굵은 나뭇가지가 떨어져 있는 경우는 퍽 드물다. 예년엔 그렇지 않았는데 올봄엔 그런 나뭇가지를 유심히 살펴보게 된다.

우연히 TV 화면에서 까치부부가 집을 짓기 위해 부단히 노력하는 장면을 보게 된 탓이다. 까치부부는 도심의 가로수 윗동에다 집을 짓기 위해 끊임없이 나뭇가지를 부리로 물어다 날랐다. 지난겨울에 사람들이 나무의 윗동을 마치 새총처럼 잘라버려 까치부부가 물어온 나뭇가지는 얼키설키 엮이지 못하고 계속 땅바닥에 떨어졌다. 받침대 역할을 하는 가지 하나 남아 있지 않아 집의 기초공사를 할 수 없는데도 거의 한 달 동안이나 거리에 떨어진 나뭇가지를 물어다 날랐다. 까치들은 집의 위치를 기억하고 있어 사람들이 집을 없애버려도 원래 있었던 그곳에다 다시 지으려고 노력한다는 거였다. 그 노력이 얼마나 눈물겨운지 그것을 지켜보는 내 마음은 참으로 미안하고 아팠다.

그때 문득 봄이 오면 왜 꽃샘바람이 꼭 불어오는지, 나뭇가지가 왜 바람에 잔잔하게 부러져 거리에 나뒹구는지 그 까닭을 알 수 있었다. 그것은 까치와 같은 작은 새들로 하여금 집을 지을 때 그런 나뭇가지로 지으라고 그런 거였다. 만일 꽃샘바람이 불어오지 않고 나뭇가지 하나 부러지지 않는다면 새들이 무엇으로 집을 지을 수 있겠는가. 또 떨어진 나뭇가지가 마냥 크고 굵기만 하다면 새들이 그 연약한 부리로 어떻게 나뭇가지를 옮길 수 있겠는가.

새들은 바람이 가장 강하게 부는 날 집을 짓는다. 강한 바람에도 견딜 수 있는 튼튼한 집을 짓기 위해서다. 태풍이 불어와도 나뭇가지가 꺾였으면 꺾였지 새들의 집이 부서지지 않는 것은 바로 그런 까닭이다. 그런데 바람이 강하게 부는 날 집을 지으려면 새들이 얼마나 힘들겠는가. 바람이 고요히 그치기를 기다려 집을 지으면 집짓기가 훨씬 더 수월할 것이다. 나뭇가지를 물어오는 일도, 부리로 흙을 이기는 일도 훨씬 쉬울 것이다.

그러나 그 결과는 좋지 않을 것이다. 바람이 강하게 부는 날 지은 집은 강한 바람에도 무너지지 않겠지만, 바람이 불지 않은 날 지은 집은 약한 바람에도 허물어져버릴 것이다. 만약 그런 집에 새들이 알을 낳는다면 알이 땅으로 떨어질 수도 있고, 새끼가 태어난다면 새끼 또한 떨어져 다치거나 죽고 말 것이다.

새들이 나무에 집을 짓는 것을 보면 참으로 놀랍다. 누가 가르쳐준 것도 아닌데 어떻게 그렇게 집을 지을 수 있을까. 높은 나뭇가지 위에 지은 까치집을 보면, 그것도 층층이 '다세대 주택'을 지어놓은 것을 보면 아름답기 그지없다. 그래서 그 나무 또한 아름답다. 새들은 자신들의 보금자리를 나무에 지을 수 있어서 좋고, 나무는 새들의 집들 때문에 자신들이 아름다워져서 좋다. 이 얼마나 사랑과 배려가 있는 조화로운 이타적 삶인가.

인간들은 그런 까치집을 송두리째 파괴해 버린다. 언젠가 화가 이종상 선생께서 까치집이 있는 나무가 뿌리째 뽑혀 이삿짐 트럭에 실려 가는 풍경을 그린 〈이사〉라는 그림을 본 적이 있다. 나무는 뿌리 부분을 트럭 위쪽으로 걸쳐놓고 길게 누워 있었는데, 아래쪽 나뭇가지엔 까치집이 그대로 남아 있었다. 트럭은 숨차게 달려가고 있었고, 그 뒤를 까치 두 마리가 힘겹게 따라가고 있었다.

그 그림을 보는 순간, 트럭에 실려 가는 까치집을 따라가는 까치의 안타까운 마음이 내게 그대로 전해졌다. 까치는 이사를 가고 싶어서 가는 게 아니라, 집을 지어놓은 나무가 인간에 의해 이사를 가기 때문에 가는 거였다.

새들이 바람이 가장 강하게 부는 날 집을 짓는 것은 인간이 집을 지을 때 땅을 깊게 파는 것과 같다. 건물의 높이에 따라 땅파기의 깊이는 달라진다. 땅파기가 힘들다고 해서 얕게 파면 높은 건물을 지을 수 없다. 현재의 조건이 힘들다고 주저앉으면 미래의 조건이 좋아질 리 없다.

누구나 인생이라는 집을 짓는다. 이 시대도 민주와 자유의 집을 짓는다. 그러나 그 집을 언제 어떻게 지어야 하느냐 하는 게 늘 문제다. 그 집은 어느 한때 한순간에 완성되는 것은 아니다. 인생의 집이 인생 전체를 필요로 하는 것처럼 시대의 집도 시대 전체를 필요로 한다. 따라서 인생의 집도 시대의 집도 새의 집처럼 기초가 튼튼해야 한다. 새들이 바람이 가장 강하게 부는 날 집을 짓듯이 우리도 고통이 가장 혹독할 때 집을 지어야 한다. 오늘의 악조건이 내일의 호조건을 만든다.

오늘도 거리에 유난히 작고 가는 나뭇가지가 부러져 나뒹군다. 새들로 하여금 그 나뭇가지로 하늘 높이 집을 짓게 하기 위해서다. 나 또한 마찬가지다. 내가 만일 부러지지 않고 계속 살아남기만을 원한다면 누가 나를 인간의 집을 짓는 데 쓸 수 있겠는가. 올봄엔 나도 한 그루 나무처럼 나뭇가지가 잔잔히 많이 부러질 일이다.

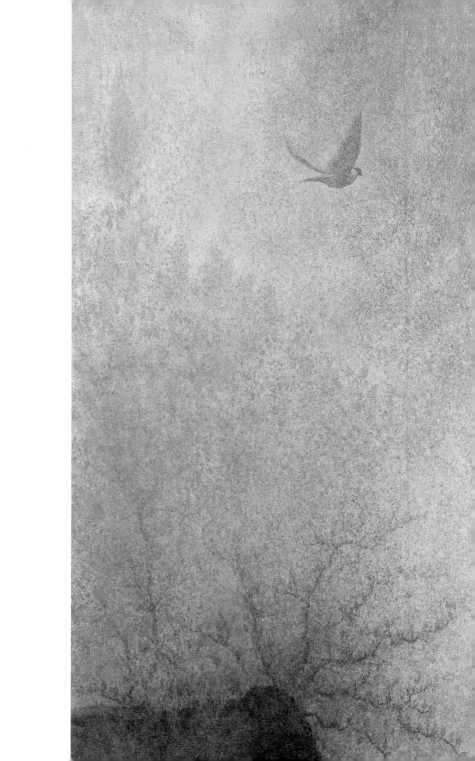

울지 말고 꽃을 보라

서울 영등포 거리에서 꽃을 파는 아주머니한테 꽃대가 막 올라온 작은 수선화 화분을 한 개 샀다. 비닐봉지에 넣어 지하철을 타고 집으로 돌아오는 동안 올봄에는 내 손으로 수선화를 피워볼 수 있겠다는 생각에 마음이 들떴다. 그동안 사는 데 너무 바빠 내 손으로 꽃 한 송이 키워본 게 언제인지 기억조차 나지 않는다.

수선화는 며칠 안 가 여린 꽃대를 쭉 밀어 올리며 활짝 꽃을 피웠다. 연노란 꽃빛이 어둡고 좁은 방 안을 한순간에 환하고 아름답게 만들었다. 어떤 사람이 주변을 이토록 아름답게 할 수 있고, 어떤 사람이 이토록 꽃처럼 아름다울 수 있을까. 나는 수선화가 핀 것을 보고 나에게도 이제 봄이 왔다고 생각했다.

그러나 이내 그런 생각을 지워버렸다. 꽃이 피기 때문에 봄이 온 것이 아니라, 봄이 왔기 때문에 꽃이 핀 것이다. 내 손으로 꽃을 피운 게 아니라 꽃은 자기 스스로 피어난 것이다. 그런데 나는 왜 한순간이나마 본질과 현상이 전도된 그런 생각을 했는지 조용히 가슴을 쓸어내렸다.

언젠가 육필시 10여 편을 출판사에 보내야 할 일이 있었다. 열심히 써보았지만 글씨가 잘 써지지 않았다. 파지만 자꾸 나고 육필에서 느껴지는 인간적인 따뜻함이나 아름다움이 잘 표현되지 않았다. 그래서 이것저것 펜을 바꾸어보았다. 혹시 펜을 바꾸면 글씨가 더 좋아질까 싶어 내가 지닌 만년필을 다 꺼내 번갈아가며 써보았다. 그러나 펜을 바꾸었다고 해서 글씨체가 달라지는 것은 아니었다. 문제는 펜이라는 도구를 바꾸어야 하는 게 아니라 내 글씨체를 바꾸어야 하는 거였다.

한번은 원고가 잘 써지지 않아 노트북을 바꾼 적도 있다. 노트북이 너무 구형이라 자판을 쳤을 때 손가락 끝에 전달되는 느낌이 갈수록 둔탁하고 답답하게 느껴졌다. 그래서 그 노트북으로 글을 쓰다간 쓸 수 있는 글도 제대로 못 쓰겠다 싶어 새것으로 바꾸었다. 그러나 노트북을 바꾸었다고 해서 원고가 잘 써지는 것은 아니었다.

문제는 본질에 있었다. 본질이 변해야 현상이 변할 수 있는 거였다. 그런데도 나는 본질의 변화에는 무관심한 채 외양의 변화만 추구한 거였다. 이는 자신은 변하지 않고 남이 변하기만을 바라는, 자신은 탓하지 않고 남만 탓하기를 즐기는 삶의 태도다. 문제는 바로 나 자신이다. 내가 변해야 남이 변하고, 속이 변해야 겉이 변한다.

올봄에 나는 본질과 현상이 전도되고 원인과 결과가 뒤바뀌는 삶의 태도를 버리는 데서 봄의 의미를 찾는다. 봄이 왔기 때문에 꽃이 피는 것이지, 꽃이 피기 때문에 봄이 온 것은 결코 아니다. 사랑하기 때문에 결혼하는 것이지, 결혼하기 때문에 사랑하는 것은 아니다. 내가 있기 때문에 세상이 있는 것이 아니고, 세상이 있기 때문에 내가 있는 것이다.

다시 수선화를 바라본다. 어떻게 살아야 할지 조금도 방황하지 않는 모습이다. 꽃은 꽃을 피우려고 애쓰지 않으면서도 꽃을 피우고, 피어난 꽃은 피어난 그대로 방황하지 않고 열심히 산다. 누가 보든 말든 자기 삶의 의미와 가치를 소중히 여기며 하늘을 향해 피어 있다. 그리고 때가 되면 시들어 열매를 맺는다.

달라이 라마와 함께 세계 불교계의 큰스님으로 존경받는 틱낫한 스님은 "한 송이 꽃은 남에게 봉사하기 위해 무언가를 할 필요가 없다. 오직 꽃이기만 하면 된다. 그것으로 충분하다. 한 사람의 존재 또한 그가 만일 진정한 인간이라면 온 세상을 기쁘게 하기에 충분하다"고 말씀하신다.

꽃은 존재하고 있다는 그 자체가 이미 아름다운 것이다. 무엇을 이루려 하기보다 있는 그대로 모든 것을 받아들이며 피어 있는 것이 더 중요하다. 그러나 꽃은 피기 때문에 아름다운 게 아니라 지기 때문에 아름답다. 꽃은 지지 않으면 열매를 맺을 수 없다. 내가 사는 아파트엔 봄날에 가장 먼저 산수유가 피는데, 그 연노란 산수유도 꽃이 져야 붉은 열매가 익어 겨울엔 새들의 먹이가 될 수 있다.

내게 수선화를 팔던 아주머니는 말했다. 꽃이 지고 꽃대마저 시들면 화분에 흙을 수북이 덮어놓으라고. 그러면 내년에 다시 구근에서 수선화 꽃대가 올라온다고. 나는 그렇게 할 것이다. 그동안 내 가슴 속엔 내 인생의 꽃을 피울 수 있는 구근 하나 제대로 심어둔 게 없었다. 그 구근이라는 본질이 있어야만 내 인생의 꽃도 아름답게 피어날 수 있다.

그 꽃은 굳이 만개하지 않아도 좋다. 꽃은 만개하기 직전이 더 아름답다. 인간의 만개는 오히려 오만을 부를 수 있다. 꽃은 아무리 아름다워도 자신이 작고 볼품없는 씨앗에서 나왔다는 사실을 잊지 않는다.

올봄에 우리에게 또 슬픔이 많을 것이다. 그래도 꽃은 보도블록 사이에다, 지하철 계단 이음매에다 또 뿌리를 내리고 꽃을 피울 것이다. 그러니 울지 말고 꽃을 보라. 꽃은 시들지언정 스스로 자신을 버리지 않는다. 자기의 향기조차 의식하지 않고 겸손히 살아간다.

뿌리가 꽃이다

1년 내내 아파트 베란다에 내버려두었던 화분에서 수선화 싹이 돋기 시작했다. 입춘이 지난 날 우연히 베란다 청소를 하면서 빈 화분을 버리려고 하다가 싹이 돋는 것을 발견하곤 마음을 고쳐먹었다. 싹은 점점 자라 꽃대가 올라오고 나중엔 연노란 수선화가 환하게 피어올랐다.

베란다 유리창 앞에 화분을 놓고 갓 피어난 수선화를 보고 또 보았다. 맑다 못해 투명해 보이기까지 하는 수선화의 연노란 꽃빛이 아름다웠다. 수선화는 마치 내가 보고 싶어서, 나를 만나기 위해 어둡고 좁은 화분 속에서도 겨울을 견디고 피어났다고 말하는 것 같았다. 지난해 봄 영등포 거리에서 꽃대가 막 올라온 수선화 화분을 사서 꽃이 시들 때까지 보다가 베란다 구석에 처박아두고 까맣게 잊고 만 나는 수선화에게 좀 미안한 생각이 들었다.

　내가 사는 아파트는 1층인 데다 서향이라 해질 무렵에만 햇빛이 잠깐 들어오기 때문에 베란다에 화초를 두면 잘 자라지 않는다. 얼마 전에는 꽃망울이 맺힌 동백나무 화분을 옆집에서 얻어와 애지중지했는데, 그만 시들시들하다가 끝내 죽고 말았다. 그런 내 집에서 어떻게 수선화는 싹이 돋고 꽃대가 올라와 환하게 세상을 꽃피울 수 있었을까.

　그것은 바로 뿌리 때문이다. 수선화는 구근이 있기 때문에 모진 추위와 어둠 속에서도 자신을 꽃피운 것이다. 수선화는 꽃이 진 뒤에 잎과 줄기가 마르면 구근을 수확해 잘 말렸다가 가을철에 다른 화분에 옮겨심기를 해야 이듬해 봄에 꽃이 잘 핀다. 그대로 두면 장마철에 구근이 썩어버릴 수도 있고 영양이 손실돼 구근으로서의 역할을 제대로 할 수가 없게 된다. 그런데 구근을 옮겨 심지 않고 그대로 내버려뒀음에도 불구하고 수선화는 피어올랐다. 그것은 구근이 자신의 본분과 본질을 결코 잃지 않았기 때문이다.

　나는 수선화 구근에게 감사한 마음이 들었다. 그제서야 꽃이 뿌리로 보였다. 실은 모든 꽃은 뿌리다. 꽃은 뿌리에서부터 피어난다. 뿌리가 꽃을 피우는 것이다. 꽃만 아름다운 게 아니라 뿌리도 아름다운 것이다. 많은 이들이 그 점을 잊고 산다. 꽃과 뿌리를 구분함으로써 꽃의 가치만 소중히 여기고 뿌리의 가치는 마냥 잊고 마는 것이다.

세상의 모든 꽃은 뿌리의 꽃이다. 뿌리가 바로 꽃이고 꽃이 바로 뿌리다. 뿌리의 노고와 사랑 없이 저절로 피어나는 꽃은 없다. 『논어』에 '회사후소(繪事後素)'라는 말이 있다. 그림은 흰 바탕이 있음으로써 그 위에 그릴 수 있다는 의미로, 본질적 갖춤이 있은 연후에 꾸밈이 가능하다는 점을 강조한 말이다. 어떠한 예술이든 인간으로서 지녀야 할 가장 기본적인 바탕이 먼저 이뤄져야 창작의 아름다움이 형성될 수 있다는 것이다. 결국 본질이라는 뿌리 없이 외양이라는 꽃만 아름답게 피어날 수는 없다는 것이다.

다산 정약용 선생을 누구나 존경하고 흠모하는 까닭은 조선 선비로서의 본질에 최선을 다한 삶을 살았기 때문이다. 선비의 본질이란 모름지기 나라를 사랑하고 백성과 고통을 함께 하는 데에 있는데 다산 선생은 선비로서의 실천적 본질을 결코 잃지 않았다.

전남 강진에 있는 다산주막에 가면 주막 뜰에 주모의 모녀상이 조각돼 있다. 왜 다산주막에 다산 선생 조각상은 없고 주모 모녀의 조각상만 있는 것일까. 그것은 다른 사람들은 외면했으나 주모만은 귀양 간 다산 선생께 국과 밥을 꼭 챙겨드리며 정성을 다했기 때문이다. 사람은 누구나 끼니때가 되면 식사를 함으로써 배고프지 않아야 생명을 유지할 수 있다는 본질을 지니고 있는데 주모는 그 본질을 외면하지 않았다. 그것은 곧 다산 선생으로 하여금 유배생활 중에서도 선비로서의 실천적 삶을 살 수 있도록 하는 큰 계기를 마련해 주었다. 주모가 다산 선생의 유배의 꽃을 활짝 피우게 한 것이다.

주모는 다산 선생께 "부모의 은혜는 다 같지만 어머니의 수고가 더 많은데 왜 아버지의 성을 따르게 해서 아버지의 일가(一家)는 크게 이루는가" 하고 질문을 한 적이 있다. 이에 다산 선생은 "아버지는 나를 낳아준 시초다. 어머니의 은혜가 비록 깊지만 하늘이 만물을 내는 것 같은 큰 은혜가 더욱 무거운 것"이라고 답변한다. 그러자 주모는 "풀과 나무에 비교하면 아버지는 종자요 어머니는 토양이다. 종자를 땅에 뿌리는 일은 지극히 보잘것없지만 토양이 종자를 길러내는 공적은 아주 크다"고 말한다.

나는 주모의 이 말에 주목한다. 주모는 종자를 키우는 토양의 중요성을 이야기하면서 동시에 뿌리의 중요성을 이야기하고 있다. 흙이 없으면 뿌리가 없고, 뿌리가 없으면 꽃이 없고, 꽃이 없으면 열매도 씨앗도 없다는 것이다.

다시 수선화를 바라본다. 수선화 화분에 준 물이 구근에까지 도달하는 것을 느끼면서 내 본질이 무엇인지 나를 들여다본다. 내 본질을 숨기고 가식과 허상의 껍질을 두르고 사는 내가 보인다. 내가 서 있어야 할 곳에 내가 서 있지 않고 남이 서 있는 자리에 내가 서 있다. 감사함을 잃어버리고 남과 비교하는 삶을 사는 탓이다. 꽃과 나뭇잎이 떨어져 뿌리에서 자신을 찾듯 나도 나 자신에게서 나를 찾아야 한다.

노점상 물건값 깎지 말라

김수환 추기경님을 하늘나라로 떠나보낸 지 다섯 해가 되었다. 나는 지금도 육친을 떠나보낸 듯 허전하고 쓸쓸한 심사에 젖을 때가 있다. 그 당시 우리나라 모든 언론이 추기경님의 선종을 그토록 진지하고 정성을 다해 보도한 것은 추기경님의 삶과 영혼이 가난한 이 시대에 그만한 의미와 가치를 지녔기 때문이다. 그러나 이제는 언제 그런 선종이 있었느냐는 듯 잠잠해지고 텅 빈 내 가슴에 추기경님께서 남기신 사랑만 남았다.

그동안 추기경님이 떠나시면서 내게 남기신 것이 무엇인지 곰곰 생각해 보았다. 그것은 죽음에 대한 막연한 두려움을 없애주시지 않았나 하는 것이다. 웬일인지 추기경님의 죽음은 내게 그리 고통스럽게 느껴지지 않았다. 유리관에 누워 계신 추기경님 사진만 봐도 너무나 평온해 보여서 죽음이란 그렇게 편안하게 주무시는 것이라는 생각이 들었다.

물론 추기경님께서도 병환 중에 대소변을 보는 일조차 남의 도움을 받아야 할 정도로 고통스러워하셨다고 한다. 당시 추기경님을 가까이에서 모신 강우일 주교님께서는 추기경님을 위해 이런 기도도 하셨다.

"추기경님께서 무슨 보속할 게 그리 많아서 이렇게 길게 고난을 맛보게 하십니까. 추기경 정도 되는 분을 이 정도로 족치신다면 나중에 저희 같은 범인은 얼마나 호되게 다루실 것입니까. 이제 그만하면 되시지 않았습니까. 우리 추기경님을 좀 편히 쉬게 해주십시오."

추기경님께서 그 얼마나 고통의 시간을 보내셨기에 강 주교님께서 그런 기도를 다 하셨을까.

아마 추기경님께서도 죽음이 찾아오는 육신의 고통을 견디시기 어려웠을 것이다. 그러나 "선종하시기 2시간 전에 고통스러우시냐고 물었을 때 괜찮다고 고개를 저으셨다"는 강 주교님의 말씀은 내게 큰 위안이 되었다. 찾아오는 죽음을 맞이하면서 그 고통을 견디시는 추기경님의 모습을 떠올려볼 때마다 그 모습이 왠지 내겐 편안하게 느껴졌다.

추기경님의 죽음을 편안하게 느낀 이는 나뿐만 아니었다. 내가 아는 극작가 한 분의 노모께서는 추기경님의 선종을 보고 "죽는 게 하나도 두렵지 않다. 추기경님 같은 분도 저렇게 돌아가시는데, 우리 같은 이는 죽는 게 당연하다"고 하시면서 예전보다 더 밝고 활기차게 사신다고 한다.

나도 유리관에 누우신 추기경님의 선종 모습을 아버지하고 같이 TV를 통해 보다가 "아버지, 죽음을 너무 걱정하시지 마세요. 추기경님께서도 저렇게 편안히 누워 계시지 않습니까. 그냥 주무시는 거하고 똑같아요" 하고 말하자, "그래, 참 편안해 보인다" 하고 아버지 또한 평소와 달리 편안한 표정을 지으셨다.

이렇게 김 추기경님의 선종은 많은 이들에게 죽음의 평화를 선물하셨다. 그리고 사랑에서 가장 중요한 것은 바로 실천이라는 사실을 남기셨다.

"노점상에서 물건을 살 때 깎지 말라. 부르는 대로 주고 사면 희망과 건강을 선물하는 것이다."

사실 나는 추기경님께서 노점상에 대해 이렇게 각별한 사랑을 지니고 계신 줄 알지 못했다.

"머리와 입으로 하는 사랑에는 향기가 없다."

"사랑이 머리에서 가슴으로 내려오는 데 70년이 걸렸다."

추기경님께서 평소 이런 말씀을 하신 줄도 선종 이후에 알았다.

여기에서 '머리'란 실천이 없는 관념적인 사랑을 말하는 것이고, '가슴'이란 그 관념에서 벗어난 행동과 실천이 있는 구체적인 사랑을 의미한다고 생각된다. 그런데 여기에서 '70년이 걸렸다'는 것은 정말

70년이 걸렸다는 게 아니라, 사랑을 실천하는 게 그만큼 어려운 것이므로 실천할 수 있도록 항상 노력하라는 말씀이라고 여겨진다.

그동안 나 또한 노점상에 대해 '머리'라는 관심은 있었지만 '가슴'이라는 실천이 따르지 않았다. 평소 내 가족들에게 "같은 물건이라면 가능한 한 노점상 물건을 사라. 가게가 있는 사람은 가게를 임차하거나 소유할 만큼 여유가 있는 것이다. 그러니 노점상을 외면하지 말고 가능한 한 값도 깎지 마라"는 말을 늘 해왔다.

그렇지만 과연 그 말이 '가슴'으로 내려와 실천으로 옮겨졌는지 부끄러움만 앞선다. 오히려 척추를 다쳐 입원한 내 노모에게 갖다드리라고 노점상 아저씨가 건네는 사과를 예닐곱 개 그저 받은 적이 있을 뿐이다.

추기경님께서는 늘 가슴으로 사랑을 몸소 실천하셨다. 명동성당 앞에서 오랜 세월 동안 묵주를 팔아온 한 아주머니가 "추기경님께서 내 묵주를 사주셨다. 묵주가 많을 텐데도……"라고 말한 것이 언론에 보도된 사실만 봐도 추기경님의 그 실천적 사랑을 엿볼 수 있다.

지금도, 명동성당 언덕길을 걸어 올라가다가 묵주 파는 노점상 아주머니 앞에서 발걸음을 멈추고 일부러 묵주를 사주시는 추기경님의 모습이 어제 일처럼 눈에 선하다.

나는 이제야 사랑은 큰 데서 이루어지는 게 아니라 작은 데서 이루어지는 것이라는 걸 추기경님을 통해서 깨닫는다. 작은 사랑이 큰 사랑이며 실천하는 사랑이 진정한 사랑이라는 사실 또한 깨닫는다. 가끔 길을 가다가 노점에서 파는 귤이나 푸성귀를 사면서 애써 값을 깎으려는 사람을 보면 김수환 추기경님께서 하신 이 말씀이 자꾸 생각난다.

염수정 추기경님께 보내는 편지

염수정 추기경님!

축하드립니다. 로마 바티칸에서 서임하시는 장면을 서울에서 영상을 통해 감동적으로 지켜보았습니다. 우리 시대에 또 한 분의 '작은 예수'가 탄생하셨구나 하는 기쁨의 눈물이 솟구쳤습니다.

'추기경'은 인간의 가장 맑은 영혼의 이름입니다. 예수가 인간의 가장 아름다운 모습으로 이 땅에 오셔서 인간을 구원했듯이 추기경님 또한 가장 아름다운 인간의 모습으로 가난한 우리 곁에 오신 것입니다.

저는 추기경님의 서임식 장면을 보면서 '김대건 신부 제주표착기념성당'에 실제 크기로 복원된 라파엘호 안에 들어가 봤을 때를 떠올렸습니다. 김대건 신부님께서는 1845년 사제 서품을 받고 상하이에서 라파엘호를 타고 귀국하다가 심한 폭풍을 만나 표류 끝에 제주 용수리 해안에 표착한 바 있습니다.

널빤지로 만든 라파엘호는 길이 13.5미터 밖에 안 되는 너무나 좁고 작은 배였습니다. 김대건 신부님께서는 어떻게 이토록 허술한 목선으로 망망대해를 28일간이나 표류하다가 돌아올 수 있었는지, 어떻게 그런 항해의 용단을 내릴 수 있는지 도저히 믿기지 않았습니다.

그러나 항해 경로를 나타낸 지도 위에 크게 쓰여진 '하느님의 섭리로 뱃길을 가다'라는 글귀를 보고 곧 알아차릴 수 있었습니다. 김대건 신부님께서 그 작은 배를 타고 생사를 초월할 수 있었던 것은 바로 하느님의 섭리 때문이었습니다. 염 추기경님께서 우리나라의 세 번째 추기경이 되신 것도 바로 하느님의 섭리 때문이며 사명에 대한 확고한 믿음 때문입니다.

앞으로 추기경님의 사명의 뱃길은 험난할 것입니다. 추기경님께서 사목하시는 이곳이 그리 평화로운 곳이 아니기 때문입니다. 김대건 신부님보다 생사의 풍랑이 더했으면 더했지 덜한 곳은 아닙니다. 그래도 김대건 신부님처럼 분명히 우리들의 마음속에 사랑과 평화의 라파엘호를 정착시키실 것을 믿어 의심치 않습니다.

지금 우리 시대는 갈등과 분열이 고조돼 있습니다. 이념과 계층과 지역과 세대별로 분열되지 않은 곳이 없을 정도입니다. 심지어 가톨릭교회 안에서도 이념적 분열의 싹이 돋아 있습니다. '나는 잘하는데 너만 잘 못한다'고 '나'만 주장하고 '너'는 이해하지 않습니다. '너'가 바로 '나'이고 네가 존재하지 않으면 내가 존재할 수 없는데도 그렇습니다.

하루하루 사는 게 두렵습니다. 두려움에 항상 작은 새처럼 파닥입니다. 그래서 더욱 기도하게 됩니다. 오늘날 많은 이들이 종교에 대한 관심이 높아지고 가톨릭에 대한 관심 또한 높아지는 것은 바로 그러한 두려움 때문이라고 생각됩니다. 가톨릭 정신이 지금 우리 시대에 어떻게 구현되어야 하는가는 갈수록 더욱 중요한 명제입니다. 가톨릭이 우리 삶에 어떠한 가치를 지니는 것인지 추기경님께서 그 가치의 방향을 제시해 주셔야 우리는 그 방향을 따르게 됩니다.

추기경님!

이번에 서임식을 마치고 교황님을 개별 면담할 때 한반도 평화를 위한 기도를 부탁드린다고 하셨는데 잘 부탁드리셨는지요. 저는 프란치스코 교황님이 우리 시골 할아버지 같아서 참 좋습니다. 논두렁에 서서 잘 자란 벼를 보며 슬그머니 웃는 농부와 같은 교황님의 미소에서 평화를 느낍니다. 남대문시장이든 지하철이든 어디에서든 만날 수 있는 아버지와 같은 염 추기경님의 미소 또한 자본주의의 경쟁적 일상에 찌든 우리에게 평화를 주실 것입니다.

추기경님!

북한의 모든 인민이 인간답게 살 수 있도록 기도 부탁드립니다. 어떤 일에는 신도 어안이 벙벙해질 때가 있다고 하는데 북한의 핵 문제로 한반도에 불행한 사태가 일어나 신도 어안이 벙벙해지지 않도록 기도 부탁드립니다. 핵의 위험으로부터 남북이 해방되고 그리 멀지 않은 시기에 통일될 수 있도록 기도해 주세요. 저는 추기경님께서 평화통일을 이루는 추기경님이 되시길 소망합니다.

저희들은 상처투성이입니다. 아무리 갈등과 분열의 상처가 크다 하더라도 깨끗한 희망을 나누고 순결한 사랑을 실천함으로써 내면에 평화가 깃들 수 있도록 인도해 주세요. 저희들도 추기경님의 건강과 평화적 사명을 위해 늘 기도하겠지만 추기경님 또한 저희들의 불쌍한 영혼을 위해 늘 기도해 주세요. 기도만이 사랑과 평화에 이르는 지름길이라는 가르침, 늘 잊지 않겠습니다.

의미 없는 고통은 없다

'자식은 눈에 넣어도 안 아프다'는 말이 있다. 얼마 전 눈이 아파 병원에 갔더니 의사가 빠진 속눈썹이 안구에 들어가 아픈 거라며 속눈썹을 한 개 빼주었다. 속눈썹 하나가 눈에 들어가도 아파 병원에 가는데 만일 자식을 눈에 넣는다고 가정한다면 그 얼마나 아프겠는가. 그런데도 우리 부모들은 '눈에 넣어도 안 아픈 자식'이라고 한다.

나는 이 말을 두 아이의 부모가 되어서도 제대로 이해하지 못했다. 그러다가 예순이 넘어서야 겨우 부모의 사랑이 신의 사랑처럼 무조건적이고 무한하며 맹목적인 부분이 있다는 사실을 알게 되었다.

우리는 이 말을 자식을 사랑할 때보다 잃었을 때 더 많이 사용한다. 잃은 자식에 대한 사랑과 안타까움을 그토록 극명하게 '불가능한 가능'으로 표현한다. 그렇지만 눈에 넣어도 안 아픈 자식을 잃은 부모의 고통은 그 부모만이 알 수 있을 뿐 아무도 헤아리지 못한다.

소설가 박완서 선생께서 남편을 잃은 해에 스물여섯 살 아들을 연이어 잃는 참척의 고통을 겪은 후 밥을 먹을 수 없어서 몇 달간 맥주만 약간씩 드셨다는 말씀에서나마 조금 짐작할 수 있을 뿐이다. 신을 원망하다가 원망할 대상으로서의 신이 존재하고 있다는 사실에 문득 감사함이 느껴졌다는 말씀에서도 겨우 그 고통을 조금이나마 헤아릴 수 있을 뿐이다.

한번은 어느 여성지에서 박완서 선생을 인터뷰한 기사를 읽게 되었다. 그 기사에서 기자가 "선생님께서는 그러한 고통을 어떻게 극복하셨습니까" 하고 묻자, 선생께서는 "그것은 극복하는 것이 아니고 그냥 견디는 것입니다" 하고 말씀하셨다. 나는 그 말씀을 읽는 순간 큰 감동을 받았다. 그동안 나는 고통을 극복하려고만 했기 때문에 더 고통스러웠던 것이다. 극복한다는 것은 그 얼마나 능동의 결심과 투쟁적 행동을 필요로 하는 것인가. 내가 지금 어떠한 고통이든 참고 견디려는 노력의 자세를 지니게 된 것은 어디까지나 박완서 선생의 그 귀한 말씀이 힘이 되었다.

누구든 고통 없는 삶은 없다. 그러나 어떻게 참고 견디느냐 하는 문제만 남아 있을 뿐, 고통은 그 의미를 찾는 순간 더 이상 고통이 아니다. 어린 자식을 잃고 비탄에 잠긴 젊은 부부에게 한 현자가 이런 질문을 했다.

"지금 당신들이 겪고 있는 일은 마치 끓는 물속에 던져진 것과 같습니다. 만일 당신들이 계란이라면 끓는 물 속에서 더욱 단단해지고 차차 아무런 반응도 하지 않게 되겠지요. 하지만 당신들이 감자라면 끓는 물속에서 더욱 부드러워지고 유연해지면서 탄력이 생기겠지요. 당신들은 어느 쪽이고 싶습니까?"

고통은 이렇게 선택적일 수 있다. 고통 앞에 어떠한 태도를 지닐 것인가 하는 문제는 바로 나 자신에게 달려 있다. 나 자신의 선택에 의해 고통이 계란처럼 굳어버릴 수 있고, 잘 익은 감자처럼 부드러워질 수도 있다. '고통은 동일하나 고통을 당하는 사람은 동일하지 않을 수 있다'는 아우구스티노 성인의 말씀도 나 자신의 선택에 의해 고통의 의미를 찾았을 때 성립될 수 있는 말이다.

일본은 동북부 대지진 참사로 수만 명이 부모 자식을 잃은 큰 고통에 휩싸였다. 그래도 그들은 분노하거나 원망하기보다 불행을 운명으로 받아들이는 선택적 태도를 보여주었다. 이유 있는 고통은 있어도 의미 없는 고통은 없다는 것은 바로 그런 일본인들을 두고 한 말이 아닐까.

우리도 마찬가지다. 우리는 천안함 폭침사건과 세월호 침몰사건을 겪었다. 눈에 넣어도 안 아픈 아이들을 수장당한 부모들은 그 고통을 어떻게 견디고 있을까. "돌아올 거라 믿지 않으면 살 수 없어 오늘도 기다린다"는, "이사를 가면서도 숨진 아들이 찾아오지 못할 것을 걱정했다"는 데서 그 고통을 조금 알 수 있을 뿐이다.

세상 부모들이 겪는 가장 참혹한 고통은 바로 자식을 저세상으로 먼저 보내는 참척의 고통이다. 우리는 지금 천안함 폭침사건과 세월호 침몰사건을 겪은 부모들의 고통을 진정으로 함께 나누었는지 뒤돌아볼 때가 되었다. 행여 그 고통을 함께하기보다 '남남(南南) 갈등'으로 더 많은 시간과 마음을 허비한 것은 아닐까. 내 탓이 아니고 네 탓이라고 남을 원망하고만 있는 것은 아닐까. 남의 자식은 수장되어도 별로 아프지 않고, 내 자식은 수장되지 않아서 다행이라고 생각하는 이들이 많은 사회를 형성하고 있는 것은 아닐까. 만일 그렇다면 우리는 지금이라도 자식 잃은 천안함과 세월호 부모들의 손을 꼬옥 함께 잡아야 한다. 그래야만 국가도 개인도 고통의 의미를 찾을 수 있고, 의미를 찾음으로써 더 이상 고통이 아닐 수 있다.

향수 원료인 용연향은 원래 고래의 상처에서 발생된 부산물이다. 향유고래가 대왕오징어 등을 섭취하다가 내장에 생긴 상처를 치료하는 과정에서 생긴 것으로 토해내면 역한 냄새가 난다. 그렇지만 그 배설물은 10년 이상 바다를 떠돌면서 염분에 씻기고 햇볕에 바짝 말라 아주 귀한 향수의 원료가 된다. 처음엔 비록 상처의 똥이었지만 오랜 세월 인고의 시간을 견딤으로써 고통의 향기를 지니게 된 것이다. 아마 고래의 똥은 자신이 왜 험한 바다를 떠도는지 그 고통의 의미를 알았을 것이다.

쌀에 아무리 돌이 많아도
쌀보다 더 많지 않다

요즘은 밥을 할 때 쌀에 돌이 들었다고 돌을 골라내는 사람은 없다. 소비자의 손에 주어진 쌀은 이미 깨끗하게 정제돼 물을 부어 밥솥에 안치기만 하면 된다. 밥을 먹다가 우두둑 돌을 씹는 일도 거의 없다.

예전엔 그렇지 않았다. 가을에 벤 벼를 마른 논바닥에서 말리고 흙마당에서 탈곡하는 과정에서 모래흙이 섞여 들어가기 때문에 쌀을 꼭 일어서 밥을 안쳤다. 그렇지 않으면 밥을 먹다 돌을 씹어 먹던 밥을 뱉어내기 일쑤였다. 어머니는 쌀이 든 바가지에 몇 번이나 물을 붓고 잘 흔들어 맨 아래쪽에 모이는 잔잔한 돌 부스러기를 골라내었다. 지금은 대형 마트에 가서 잘 포장된 쌀을 사지만 예전에는 동네마다 가마니째 부어놓고 파는 싸전이 있었고, 싸전에는 돌 고르는 기계인 석발기(石拔機)가 꼭 있었다.

쌀에 쌀보다 돌이 많으면 그것은 이미 쌀이 아니라 돌이다. 그것으로 밥을 할 경우, 그것은 이미 쌀밥이 아니라 돌밥이다. 그런데 누가 쌀밥을 먹지 돌밥을 먹으려 하겠는가. 그러니까 쌀에 아무리 돌이 많아도 쌀보다 돌이 더 많을 수는 없는 것이다.

내 삶에 쌀보다 돌이 더 많다고 생각할 때가 있었다. 내 삶이라는 쌀로 밥을 했을 때 쌀밥이 아니라 늘 돌밥이 된다고 생각한 적이 있었다. 불행과 고통이라는 돌이 행복과 기쁨이라는 쌀보다 더 많다고 내 인생을 미워하고 원망하는 마음으로 가득 찬 때가 있었다. 나 자신조차 먹을 수 없는 밥을 해서 도대체 누구보고 먹으라고 할 수 있겠느냐, 내가 뭘 잘못했다고 쌀밥이 아니라 돌밥을 먹게 하느냐고 절대자를 원망하고 나 자신을 원망했었다. 그래서 다른 사람한테는 어떠한 불행한 일이 일어나도 나한테는 결코 그런 일이 일어나서는 안 된다고 생각했었다.

그러나 지금은 그렇지 않다. 내게 어떤 불행한 일이 일어나면 '이제 다른 사람한테 일어나는 불행한 일이 나한테도 일어나는구나, 인간의 불행은 순서만 다를 뿐 누구에게나 다 똑같이 일어나게 돼 있구나' 하고 생각한다. 남의 불행이 바로 나의 불행이며 내 삶에만 불행이 존재하는 게 아니라는 것을 알게 된 것이다. 어릴 때 어머니가 쌀을 일어 돌을 골라낸 것처럼 원래 쌀에는 돌도 함께 존재한다는 것을 인정하게 된 것이다. 아무리 쌀에 돌이 많다 해도 쌀보다 돌이 더 많을 수 없다는 것을 깨닫게 된 것이다.

쌀에 아무리 불행과 고통이라는 돌이 많아도 행복과 기쁨이라는 쌀보다 더 많을 수는 없다. 어떤 의미에서는 우리가 맛있게 쌀밥을 먹을 때 실은 쌀에 원래 있었던 돌과 함께 먹는 것이다. 그렇기 때문에 밥을 더 맛있게 먹을 수 있는 것이다.

그래도 살아가다 보면 내 인생이라는 쌀에 고통이라는 돌이 더 많다고 생각될 때가 있다. 그럴 때 나는 일부러 집을 나서서 다른 사람의 삶을 보러 갈 때가 있다. 시장이나 병원이나 화장장을 가보면 다른 사람의 삶의 고통이 그대로 다 들여다보인다.

얼마 전에는 부산 자갈치시장에 가보았다. 부둣가 바닥에 생선상자를 펼쳐 난전을 이루었던 30여 년 전과 달리 가게마다 지붕이 설치돼 있을 정도로 잘 정비돼 있었으나 그 치열한 삶의 열기는 여전했다. 내가 이것저것 생선 가격을 물어보기만 하자 "안 살 거면 빨리 가라"고 역정을 낼 만큼 한순간도 삶을 허비하지 않으려고 노력하는 모습이 엿보였다.

내친김에 자갈치시장 길 건너 부평동 깡통시장에도 가보았다. 다 둘러보기 힘들 정도로 많은 점포들이 품목별로 빽빽하게 밀집돼 있어 '이 많은 가게들이 다 무얼 해서 어떻게 먹고 산단 말인가' 하는 의문이 들 만큼 산다는 게 엄숙하게 느껴졌다.

병원에 가봐도 마찬가지였다. 수많은 환자들의 아픔을 통해 오늘 내가 건강하게 존재하고 있다는 사실만으로도 얼마나 감사한지를,

내가 지금 고통이라고 생각하는 것들이 얼마나 사소한 것들인지를 잘 알 수 있었다. 화장장에 가서 사랑하는 이들과 영원히 이별하며 애통해하는 모습을 보면 현재 내 삶이 죽음에 속해 있지 않고 삶에 속해 있다는 사실이 오직 감사할 따름이었다.

문득 햇살이 눈부신 양재천 둑길을 걷던 생각이 난다. 지난봄에 둑길엔 제비꽃, 붓꽃, 애기똥풀이 지천이더니 여름이 오자 하얀 개망초와 노란 원추리와 범부채가 한창이었다.

'이렇게 어여쁘게 피어나기 위해 꽃들에게는 지난날 아무 일도 없었을까.'

꽃이라고 해서 왜 아무런 고통이 없었겠는가. 양지바른 둑길에 핀 어여쁜 꽃들도 혹한과 폭풍을 견뎌낸 날들이 있었을 것이다. 비바람에 온몸을 내맡긴 채 천둥 번개가 칠 때마다 절망에 떨어보지 않은 꽃은 없을 것이다. 여름을 잘 견딘 꽃들이 가을에 잘 여문 열매를 맺듯이 무겁고 힘든 삶의 짐을 잘 지고 견딘 자만이 진정한 삶의 열매를 맺을 수 있다.

"어떠한 존재든 고통 없는 존재는 없다. 그렇다고 고통만 있는 존재는 없다. 아무리 쌀에 돌이 많이 들어 있다 하더라도 쌀보다 돌이 더 많을 수는 없다."

그날 둑길에 핀 꽃들은 내게 이렇게 속삭였다.

"그렇다. 고통은 인간적인 것이다. 고통이 없으면 누구나 인간적인 존재가 될 수 없다."

그날 나는 꽃들에게 이렇게 속삭이었다.

선인장은 가장 굵은 가시에 꽃을 피운다

내가 쓴 동화 중에 「선인장 이야기」가 있다. 이 동화는 아들 선인장이 아버지 선인장의 충고를 듣지 않다가 결국 죽음에 이르게 되는 이야기다. 간단하게 정리해 보면 이렇다.

아들 선인장은 사막에서 태어난 자신을 원망한다. 아름다움이라고는 찾아볼 수 없는 가시투성이인 자신이 싫기도 하지만 마냥 내리쪼이기만 하는 뜨거운 햇볕이 너무 싫었다. 무엇보다도 목이 말라 견딜 수 없었다. 밤이 되어 햇볕이 사그라들어도 목마름은 여전히 그대로였다.

"아들아, 네가 사막을 아름답게 할 수 있단다. 좀 참아라. 가시에도 꽃이 핀단다."

아버지가 그런 말을 해도 그는 어떻게 하면 태양을 사라지게 하고 시원한 물을 마음껏 먹을 수 있을까 하는 생각뿐이었다. 갈증을 견디기 힘들면 힘들수록 아버지와 사막을 원망하는 마음만 더 커졌다.

그러던 어느 날, 기다리던 비가 사막에 퍼붓기 시작한다.

아들 선인장은 뛸 듯이 기뻐하면서 마음껏 물을 먹는다. 더 이상 목마름의 고통에 시달리지 않도록 온몸을 빗물로 가득 채운다.

그때 아버지 선인장이 아들 선인장에게 말한다.

"아들아, 그렇게 한꺼번에 배불리 먹지 말아라. 아무리 목이 말라도 욕심내지 말고 적당히 알맞게 먹어라. 그렇지 않으면 넌 목숨을 잃게 된다."

아버지가 진정 걱정 어린 충고를 해도 아들은 아버지의 말을 무시하고 온몸을 빗물로 가득 채운다.

그때 비가 그치고 바람이 분다. 아들 선인장은 제 몸무게를 이기지 못하고 그만 뿌리째 쓰러져 사막을 나는 배고픈 새들의 먹이가 되고 만다.

언젠가 사막에 관한 책을 읽다가 선인장들이 비가 오면 빗물을 너무 많이 들이켜 끝내는 제 몸무게를 이기지 못하고 쓰러져 새나 짐승들의 먹이가 된다는 이야기를 읽게 되었다. 그 이야기를 가슴속에 오랫동안 품었다가 이런 동화를 한번 써보았다. 과욕은 목숨까지도 잃게 한다는 삶의 교훈이 담긴 동화라고 할 수 있다.

선인장을 볼 때마다 놀랍게 생각되는 것은 물도 제대로 주지 않는데 어떻게 가시 끝에 꽃을 피우느냐 하는 것이다. 동화에서 아들 선인장이 물을 너무 많이 먹어서 결국 죽게 되듯이 인간이 화분에서 키우는 선인장도 물을 많이 먹으면 결국 썩어 죽게 된다.

"물을 안 줘도 안 되지만 너무 많이 주면 안 됩니다. 그러면 썩어 죽습니다."

내가 선인장을 살 때 꽃집 주인은 물을 많이 주지 말라고 당부했다. 그 말은 아버지 선인장이 아들 선인장에게 충고한 말과 같다. 사막에 사는 아들 선인장은 스스로 과욕을 부려 죽지만 인간이 재배하는 선인장은 인간이 과욕을 부려 죽는다.

결국 과정과 원인은 다르지만 선인장은 물을 많이 먹으면 죽는다. 선인장이 생존하기 위해서는 아무리 목이 말라도 물을 많이 먹지 않아야 한다. 그것은 자족을 통해서만이 생명을 지킬 수 있고 존재의 아름다운 꽃을 피울 수 있다는 의미를 던진다.

선인장이 아름다운 것은 가시 때문이 아니라 가시에 꽃을 피우기 때문이다. 그것도 가장 굵고 긴 가시에 꽃을 피우기 때문이다. 선인장은 잎이 없고 가시가 바로 잎이다. 가능한 한 수분 증발을 막기 위해 잎을 가시로 만들었다. 수분 소모를 줄이고 잎이 가시가 되기까지 선인장은 그 얼마나 힘들었을까. 더구나 가시에 꽃을 피우기 위해 어떤 선인장은 10년 만에 꽃을 피우기도 한다니 참으로 긴 인고의

세월이 아닐 수 없다.

선인장 꽃은 향기 또한 춘란 못지않다. 화려하지도 요란하지도 않다. 있는 듯 없는 듯 은근하고 그윽하다. 그것은 바로 인고의 가시를 헤치고 꽃이 피었기 때문이다. 만일 가시라는 고통을 통과하지 않았다면 향기 또한 짙고 다채로울지도 모른다. 내가 선인장을 좋아하는 이유는 그 꽃이 고통과 절망의 가시를 승화시킨 인고의 꽃이고, 그 향기 또한 인고의 향기이기 때문이다.

이제 나는 내 삶이 온통 고통의 가시로 이루어져 있다고 해서, 그 가시가 실패와 절망의 가시로 다시 돋아난다고 해서 크게 원망하지는 않는다. 나도 선인장처럼 가시에 꽃을 피울 수 있다고 생각하면 인생이 좀 느긋해지고 편안해진다. 가시가 되는 준비 과정이 없다면 선인장이 결코 꽃을 피우지 못하듯이 내 인생이라는 사막에 자라는 선인장도 반드시 가시가 있어야 아름다운 꽃을 피울 수 있다. 만일 선인장이 늘 비가 알맞게 오는 사막을 원한다면, 늘 맑고 따스한 햇살이 어른거리는 봄과 같은 사막에서 살기를 원한다면 스스로 존재 가치를 잃게 된다.

모든 꽃은 밤이 고통스럽다. 그렇지만 아침에 아름답게 피어나기 위하여 고통스러운 밤을 참고 견딘다. 신영복 선생께서는 "나무의 나이테가 우리에게 가르치는 것은 나무는 겨울에도 자란다는 사실이다. 그리고 겨울에 자란 부분일수록 여름에 자란 부분보다 훨씬 단단하다는 사실이다"라고 말씀하신다.

인생은 목표의 달성과 완성이 중요한 게 아니라 지금 준비하며 살아가는 과정이 중요하다. 누가 인생을 완성하고 떠났을까. 아무도 인생을 완성하고 떠난 이는 없다. 인생을 살아가는 과정 속에서 떠났을 뿐이며, 과정 그 자체가 바로 완성이다.

내일이라는 빵을 굽기 위해서는
고통이라는 재료가 필요하다

나는 '밥'이라는 말을 좋아하지만 지금은 '빵'이라는 말도 좋아한다. 빵은 서구적 이미지가 있는 말이라 한국인인 내게 어울리는 말이 아닐 수 있으나 지금과 같은 글로벌시대에 빵은 밥과 같은 의미를 지닌다. 실제로 나는 빵을 아주 좋아한다. 빵 중에서도 곰보빵을 좋아하는데, 이 빵을 좋아하게 된 데에는 까닭이 있다.

고교 2학년 여름방학 때 친구들과 무전여행을 할 때였다. 울산 방어진해수욕장에서 하룻밤 자고 나자 배가 고팠다. 이틀째 제대로 먹은 게 없어 어디 뭘 얻어먹을 데가 없나 하고 사방을 두리번거렸다. 그때 단체로 여름휴가를 온 어느 회사 직원들끼리 빵 봉지를 나누는 장면이 눈에 들어왔다. 누가 "너도 하나 먹어라" 하고 줄까 싶어 얼른 그곳으로 달려갔다.

그러나 아무도 주는 이가 없었다. 나도 한 봉지 달라고 말하고 싶었으나 차마 그 말이 입에서 나오지 않았다. 그때 누가 빵 봉지를 뜯다가 빵 한 개를 툭 떨어뜨렸다. 얼른 내가 집어 들었다. 모래가 잔뜩 묻어 있는 빵이었지만 모래를 터는 둥 마는 둥 하고 맛있게 먹었다. 그게 바로 곰보빵이다.

빵 이야기를 하니까 한 청년의 이야기가 떠오른다. 그는 대학 졸업 후 '젊을 때 고생은 사서도 한다'고 생각하고 돈 한 푼 없이 서울을 떠났다. 걷거나 어렵게 버스를 얻어 타거나 하면서 남쪽으로 이동하는 가운데 배가 고프면 남의 일을 거들어주고 얻어먹었다.

그렇게 한 달째 되던 날, 사흘을 굶은 끝에 배가 너무 고파 그만 어느 시골 가게에 들어가 빵을 훔쳤다. 혹시 주인이 쫓아올까 봐 냅다 정신없이 도망치다 어느 지점에 멈춰 서서 숨을 고르고 훔쳐온 빵을 먹으려고 보니 그게 빵이 아니라 분말세제였다. 그때 그는 얼마나 놀라고 슬펐는지 눈물이 다 났다고 한다. 그날 이후 아무리 배가 고파도 남의 것을 훔치는 일은 없었으나 그날의 슬픔만큼은 결코 잊을 수 없다고 한다.

나는 청년의 이야기에 가슴 깊이 아픔이 느껴졌다. 빵이라는 말에는 인생이라는 의미가 들어 있는데 그 의미가 크게 다가왔기 때문이다. 빅토르 위고의 소설 『레미제라블』의 주인공 장발장도 배고픔 끝에 훔친 빵 하나 때문에 인생이 불행해지기 시작했다.

하나의 빵을 만들기 위해서는 물, 밀가루, 이스트, 설탕, 소금, 계란 등의 재료가 필요하다. 그런데 우리의 내일이라는 빵을 만들기 위해서는 그런 재료들 중에서도 고통이라는 재료가 꼭 필요하다. 누구든 고통 없이는 내일이라는 빵을 만들 수 없기 때문이다.

아무리 성실하게 살아도 고통은 불행이라는 이름으로 누구에게나 시도 때도 없이 닥쳐온다. 이것이 삶의 본질이다. 운명과 죽음이 삶의 일부이듯 고통도 반드시 거쳐야 할 삶의 한 과정이다. 그래서 누구나 고통을 감내하면서 살아갈 수밖에 없다. 도스토옙스키는 "내가 두려워하는 이유는 오직 하나, 내가 고통을 겪을 만한 가치조차 없는 존재가 되지 않을까 하는 점"이라고 했다. 인간 존재의 가치가 바로 고통에 있다는 것을 강조한 말이다.

지금까지 내가 만든 내일이라는 빵에도 고통이라는 재료가 들어가지 않은 빵은 없다. 사랑과 이별의 고통, 분노와 상처의 고통, 배반과 증오의 고통, 가난과 좌절의 고통이 밀가루와 이스트와 함께 들어가 있다. 물론 기쁨의 눈물 몇 방울과 희망의 미소 몇 모금이 가끔 들어가기도 했다.

사순절에 예수 수난극을 관람한 한 부부가 있었다. 연극을 보면서 큰 감동을 받은 그들은 공연이 끝나자 무대 뒤로 가서 예수 역할을 한 배우를 만났다.

연극을 보는 동안 수난기간에 금식을 하지 않은 자신들을 반성했다는 이야기를 나누고 배우와 함께 사진을 찍었다.

그때 남편이 극 중에서 배우가 지고 갔던 십자가 소품을 발견하고 부인에게 카메라를 건네주면서 말했다.

"여보, 십자가를 지고 가는 내 모습을 한번 찍어줘요."

남편은 예수를 흉내 내 어깨에 커다란 십자가를 짊어진 자신의 모습을 찍으려고 했다. 그러나 십자가가 너무 무거워 그렇게 할 수가 없었다.

"속이 텅 빈 것인 줄 알았는데, 이게 왜 이렇게 무겁죠?"

남편이 배우를 돌아보며 물었다. 그러자 배우가 말했다.

"만일 무거움을 느끼지 않았다면, 나는 그 역을 해내지 못했을 겁니다."

십자가의 본질은 무거움에 있다. 그 무거움은 바로 고통의 무게를 의미한다. 만일 십자가가 무겁지 않다면 그건 한낱 가벼운 나무등치에 불과하다.

우리 삶의 본질도 마찬가지다. 십자가처럼 고통의 무거움에 의해 형성된다. 만일 가벼움에 의해 형성되기를 원한다면 가벼운 것이 십자가가 아니듯 그것 또한 우리의 삶이 아니다. 당연히 내일이라는 빵조차 먹을 수 없게 된다. 내일이라는 빵을 가장 맛있게 먹기 위해서는 무거운 고통이라는 재료가 적절히 들어가야 한다.

성공한 이들의 인생에도 실패라는 고통의 재료가 들어갔기 때문에 성공이라는 맛있는 인생의 빵을 굽게 되었다. 고통과 인내의 재료 없이는 그 누구도 인생이라는 맛있는 빵을 굽지 못한다.

모든 벽은 문이다

영화 〈해리 포터〉를 떠올리면 결코 잊지 못할 장면이 하나 있다. 열한 살 고아 소년 해리가 '호그와트 마법학교'에 입학하기 위해 런던 킹스크로스 역 벽을 뚫고 들어가던 장면이다. 아무도 들어갈 수 없는 차단된 벽 속으로 해리가 성큼 발을 내딛고 들어서자 벽 속에는 마법학교로 가는 특급열차를 기다리는 아이들이 승강장에서 왁자지껄 떠드는 장면이 펼쳐졌다. 나로서는 전혀 상상하지 못한 충격적인 장면이었다.

그것은 벽이 문이 되는 장면이었다. 나는 그 장면을 보고 모든 벽 속에는 문이 존재해 있다는 사실을 분명 알게 되었다. 벽은 항상 굳게 막혀 이곳과 저곳을 차단함으로써 그 존재 가치를 지니는 것인데,

그 안에 또 다른 세상으로 나갈 수 있는 출구가 존재한다는 사실은 내 인생의 벽에 대해서도 깊게 생각하게 해주었다. 『해리 포터』의 작가 조앤 K. 롤링만 해도 '『해리 포터』 시리즈'는 인생의 벽 앞에서 작가 자신이 연 용기의 문이었다. 이혼 후 어린 딸을 데리고 생활고에 시달리며 자살까지 생각할 정도로 인생의 벽 앞에 서 있었지만 그녀는 『해리 포터』 시리즈를 씀으로써 벽을 문으로 만들었다.

돌이켜보면 나는 내 인생의 벽 앞에서 돌아서는 일이 많았지만 그래도 벽을 문으로 만들려고 노력한 적은 있었다. 내 인생의 꿈은 내가 원하는 삶을 사는 것이어서, 내 인생이라는 시간을 내가 주인이 되어 오로지 시를 쓰는 일에 사용하게 되는 것이어서 잘 다니던 직장을 두 번이나 스스로 그만둔 적이 있었다.

그러나 그건 쉬운 일이 아니었다. 늘 생계라는 벽에 가로막혀 번번이 되돌아서곤 했다. 좀처럼 그 벽을 뚫고 나갈 용기가 없었다. 그렇지만 마흔한 살 되던 해에 사라져가는 그 꿈을 찾고 싶어 친지들 모두가 한사코 말리는데도 직장을 그만두었다. 지금 생각해 보면 그래도 그나마 벽을 뚫고 스스로 문을 열고 나왔기 때문에 보다 자유스러운 삶을 살게 된 게 아닌가 싶다.

조류 중에서 하늘의 제왕인 독수리에 관한 우화에는 독수리가 삶의 벽 앞에서 문을 여는 존재로 그려진다. 독수리의 평균 수명이 인간과 비슷한데 그것은 늙음과 죽음의 벽 앞에서 독수리가 스스로 새로운 삶의 문을 열기 때문이라는 것이다.

독수리는 30년 좀 넘게 살게 되면 무뎌진 부리가 자라 목을 찌르고 날개의 깃털이 무거워져 날지 못한다. 날카롭게 자란 발톱마저 살 속을 파고들어 죽을 수밖에 없는 위기에 직면하게 된다. 이때 독수리는 본능적으로 이대로 죽을 것인가, 아니면 뼈를 깎는 고통의 과정을 밟아 새롭게 태어날 것인가 선택하게 된다. 만일 새 삶을 선택하면 6개월 정도 그 과정을 견뎌내야 한다. 높은 산정에 둥지를 틀고 암벽에 수도 없이 부리를 쳐 깨뜨리는 아픔의 시간을 보내고 다시 새 부리가 날 때까지 기다리는 인내의 시간을 보내야 한다.

그리고 새로운 부리가 나면 발톱을 모두 뽑아내고 새 발톱이 자랄 때까지 또 기다려야 한다. 그러고는 그 새 부리로 낡은 날개의 깃털도 뽑아내고 새 깃털이 자라 날갯짓을 할 수 있을 때까지 기다려야 한다. 그 과정이 얼마나 고통스러운지 이때 독수리의 몸은 피범벅이 된다. 그런데도 독수리는 그 고통의 벽 앞에서 자신을 전부 새롭게 갈고 새 삶의 문을 연다. 만일 독수리가 벽 속에 있는 문을 보지 못한다면 결코 인간과 같은 수명을 누리는 새 삶을 살지 못한다.

우리는 오늘이라는 벽 앞에서 내일이라는 새로운 삶을 위해 이 우화에 나타난 독수리처럼 선택과 결단의 문을 열어야 할 때가 있다. 그럴 때는 반드시 독수리와 같은 고통과 인내의 과정이 필요하다.

2007년에 말기암으로 6개월 시한부 삶을 살면서도 〈마지막 강연〉이라는 동영상을 통해 전 세계인에게 희망과 사랑의 메시지를 던진 미국의 랜디 포시 교수는 인생의 벽에 대해 이렇게 말한다.

"벽이 있다는 것은 다 이유가 있다. 벽은 우리가 무언가를 얼마나 진정으로 원하는지 가르쳐준다. 무언가를 간절히 바라지 않는 사람은 그 앞에 멈춰서라는 뜻으로 벽이 있는 것이다."

이 말은 결국 인생의 벽을 절망의 벽으로만 생각하면 그 벽 속에 있는 희망의 문을 발견할 수 없다는 말이다.

벽을 벽으로만 보면 문은 보이지 않는다. 가능한 일을 불가능하다고 생각하면 결국 벽이 보이고, 불가능한 일을 가능하다고 보면 결국 문이 보인다. 벽 속에 있는 문을 보는 눈만 있으면 누구의 벽이든 문이 될 수 있다. 그 문이 굳이 클 필요는 없다. 좁은 문이라도 열고 나가기만 하면 화합과 희망의 세상은 넓다. 그러나 마음속에 작은 문을 하나 지니고 있어도 그 문을 굳게 닫고 벽으로 사용하면 이미 문이 아니다.

우리 사회는 지금 어디를 둘러보아도 사방이 벽이다. 이념 간, 세대 간, 계층 간의 벽이 견고하다. 어떤 때는 높디높은 성벽에 둘러싸여 있는 것처럼 느껴져 숨이 막힌다. 그러나 그 어떤 성벽이라도 문은 있다. 문 없는 벽은 없다. 모든 벽은 문이다. 벽은 문을 만들기 위해 존재한다. 벽 없이 문은 존재할 수 없다.

가끔 우주의 크기를 생각해 보세요

내 책상 앞에는 토성에서 찍은 지구 사진 한 장이 붙어 있다. 그 사진은 신문 1면에 머리기사로 난 토성 사진으로, 말하자면 '토성에서 본 지구' 사진이라고 할 수 있다. 실은 지구를 찍은 사진이 아니라 토성을 찍은 사진인데, 일곱 개 토성의 고리 너머 머나먼 곳에 지구가 조그마하게 찍혀 있다. 그런데 그 지구가 얼마나 작은지 마치 볼펜똥을 콕 찍어놓은 것 같다. 지구가 잘 보이지 않을까 봐 편집자가 일부러 지구 주변에 네모 표시를 해놓고 그 안에 점으로 보이는 게 지구라는 설명까지 덧붙여놓았다.

나는 그 사진을 처음 본 순간 가슴이 쿵 내려앉았다. 아, 지구가 저렇게 작다면 우주는 얼마나 큰 것인가. 상상도 할 수 없을 정도로 넓은 우주의 그 수많은 별 중에서 지구라는 작은 별, 그 지구에서도 아시아, 아시아에서도 대한민국, 그 속에서도 서울이라는 곳의 한 작은 아파트에 사는 나는 얼마나 작은 존재인가. 그런데 무엇을 더 얻고 소유하기 위해 욕심 가득 찬 마음으로 매일 전쟁을 치르듯 아옹다옹 살고 있는가. 나는 그런 생각에 사로잡혀 한동안 가슴이 멍한 느낌이었다.

언젠가 우주비행사가 달에서 지구를 찍은 사진을 본 적이 있는데, 그 사진 속의 푸른 지구는 너무나 아름다웠다. 지구의 지평선 너머로 달이 보이는 게 아니라 달의 월평선 너머로 지구가 보여, 지구가 마치 지평선에 뜬 달처럼 아름다웠다. 그래서 나는 지구를 마냥 아름다운 존재로만 생각했다. 그러나 그 사진은 지구의 찬란한 아름다움을 보여준 것이지 좁쌀만 한 지구의 크기를 보여준 건 아니었다. 지구의 아름다움을 느낀다는 것과 지구의 크기를 깨닫는다는 것은 확연히 다른 문제였다.

나는 토성 사진을 신문에 난 무수한 사진 중의 하나로 치부해 버릴 수가 없었다. 정성껏 코팅해서 눈에 가장 잘 띄는 곳에 붙여놓았다. 지금도 책상 앞에 앉아 고개만 들면 그 사진이 보인다. 나는 그 사진을 볼 때마다 마음의 위안을 얻는다. 우주의 크기를 생각하면 지구는 얼마나 작고, 그 지구 속에 사는 나는 또 얼마나 작은가, 그러니 욕심내지 말고 주어진 여건 속에서 모든 걸 받아들이며 열심히 살자, 그런 생각을 하게 된다.

고통스러워 견디기 힘든 일이 있을 때는 그 사진을 더 오랫동안 들여다본다. 그러면 마음이 편안해진다. 광활한 몽골의 초원도, 그랜드 캐니언의 웅장한 협곡의 위용도 볼펜똥만 한 지구 속에 존재해 있는 것이란 생각을 하면 입가에 작은 미소가 번진다. 무엇보다도 그 사진은 고통의 근원인 내 욕망의 고리를 잘라버린다. 욕심이 적으면 적을수록 고통도 적어진다는 평범한 사실을 문득 깨닫게 해준다.

우주인들은 우주에서 귀환한 후 환경주의자나 생태주의자가 되는 경우가 많다고 한다. 그것은 우주의 크기를 직접 체험하면서 지구가 얼마나 작고 위태로운 존재인지 깨닫기 때문이다. 아마 내 인생도 마찬가지일 것이다. 내 인생을 지구라고 생각하고 우주의 크기에 빗대어 생각해 보면 지금 내 삶에서 일어나는 고통스러운 일들, 결코 원하지 않은 슬픔이나 비극들은 아주 사소한 먼지와 같은 의미를 지닐 것이다.

나는 요즘 삶의 크고 작은 일들 때문에 낙담하고 좌절하는 가까운 벗들에게 우주의 크기를 한번 생각해 보라고 얘기하곤 한다. 넓은 우주 속에 떠도는 모래알보다 작은 지구, 거기에서 또 티끌보다 작은 나라에 살면서 마음 상한다고 마음 상하고, 절망에 빠진다고 절망에 빠지는 내가 그 얼마나 작은 존재인지 깊게 한번 생각해 보는 시간을 가져보라고 말하곤 한다. 우주는 지구가 얼마나 작고, 그 지구 속에 사는 인간이 얼마나 작고, 그 인간이 이루는 삶 또한 얼마나 사소한가를 증명하는 존재라고 생각된다.

"사실 살아가는 사소한 일에 별로 관심이 안 가요. 우주가 이렇게 넓은데 왜 이 좁은 데서 서로 으르렁대는지 모르겠어요. 그래서 그런지 저는 국가 간 스포츠 경기를 보면서 열 내는 사람은 이해가 잘 안 돼요."

이 말은 국제적 명성을 떨친 우리나라 젊은 천문학자 이영욱 박사의 말이다. 나는 이 말에 크게 공감한다. 분단된 우리의 정치사회 곳곳에도 해당되는 말이기 때문이다.

'우주의 크기를 생각하면 지구는 얼마나 작고, 지구에 사는 나는 또 얼마나 작은가. 욕심내지 말고 열심히 살아가야지.'

오늘도 이런 생각을 하면 마음이 평화로워진다. 인간의 마음속에 우주가 있다고 하지만 마음이 평화로워야 마음속에 우주를 담을 수 있다. 우리의 몸은 우주의 크기에 비해 먼지보다 작지만 우리의 마음만은 광활한 우주를 담을 수 있을 정도로 크다.

언젠가 먼 우주에서부터 내 방 문틈으로까지 흘러들어온 햇살 속의 먼지를 보자 나 자신이 그 얼마나 감사한 존재인지 알 수 있었다. 그래서 「햇살에게」라는 시를 쓴 적이 있다.

이른 아침에
먼지를 볼 수 있게 해주셔서 감사합니다
이제는 내가
먼지에 불과하다는 것을 알게 해주셔서 감사합니다

그래도 먼지가 된 나를

하루 종일

찬란하게 비춰주셔서 감사합니다

제2부

인생은 마라톤 경주가 아니다

마라톤 경주를 즐겨 본다. 보통 주말에 열리는 데다 TV에서 생중계를 해주기 때문에 휴일에 느긋한 마음으로 마라톤 경주를 지켜보는 일은 여간 즐거운 일이 아니다. 마라톤이 시작되면 많은 선수들이 처음엔 한꺼번에 혼잡하게 달리다가도 이내 선두 그룹을 형성한다. TV에서는 주로 선두 그룹만 비쳐주기 때문에 흥미진진하게 선두 그룹을 지켜보게 된다.

사실 우승자는 대부분 선두 그룹에서 나온다. 선두 그룹 중에서도 처음부터 가장 앞장서서 달리던 선수가 우승하는 일은 드물다. 우승자는 대부분 선두 그룹 중에서도 중간이나 하위 그룹에 섞여 묵묵히 달리다가 반환점을 돈 어느 지점에서부터 갑자기 앞서 나가기 시작하는 선수에서 나온다. 누가 치고 나와 앞장서 나갈지, 아니면 선두 선수가 계속 선두를 지키며 달릴지 사뭇 흥미진진하기 때문에 화면에서 쉽게 눈을 떼지 못한다. 때로는 앞으로 치고 나온 선수가 뒤처지고, 뒤처진 선수가 다시 선두를 차지하는 경우도 있어 마라톤을 지켜보는 재미와 묘미가 더해진다. 전혀 예상하지 못한 선수가 우승을 차지하는 경우에는 그 묘미가 더 커진다.

내가 이렇게 마라톤 경주를 즐겨 보는 까닭은 무엇보다도 마라톤을 인생에 비유하기 때문이다. '먼저 된 자가 나중 되고, 나중 된 자가 먼저 된다'는 성서 말씀 때문만은 아니지만 마라톤을 지켜보면 그 말씀이 틀리지 않다는 생각이 든다. 그래서 '인생은 새옹지마(塞翁之馬)', '길고 짧은 건 대봐야 안다'는 말도 있나 보다.

인생이 마라톤 경주에 비유되는 게 과연 적절하고 옳은 것일까. 마라톤을 볼 때 후미 그룹에 뒤처져 TV에 단 한 번도 비쳐지지 않은 마라토너들에게 생각이 자꾸 미칠 때가 있다. 어쩌면 후미에 뒤처진 마라토너가 있기 때문에 선두 그룹이 존재하고 우승자가 존재하는 게 아닐까. 그런데도 후미 그룹에 속한 선수들은 처음부터 철저히 외면당하고 만다. 만일 내가 마라톤 경주에 참여했다면 분명 후미 그룹에 뒤처진, 그것도 아무도 지켜보지 않는 골인 지점에 뒤늦게 들어와 쓸쓸히 혼자 돌아가는 그런 마라토너일 것이다.

나는 지금까지 살아오면서 '인생은 마라톤 경주'라고 생각했다. 특히 인생의 이런저런 고비에서 견디기 힘든 일에 부딪힐 때마다 '인생은 마라톤이야! 단거리 경주가 아니야!' 하고 스스로 나 자신을 위로해 왔다. 아마 마라톤이 장거리 경주이기 때문에 인생 또한 그러하다는 의미에서 그렇게 생각한 게 아닌가 싶다.

그러나 곰곰 생각해 보면 마라톤도 일종의 경주이며 승부의 세계다. 경주란 일정한 거리를 정하고 달려 빠름을 다투는 것을 의미한다. 마라톤을 자기와의 싸움, 자기와의 경주라고 말하기도 하지만, 엄밀히 말하면 마라톤은 혼자 싸우는 게 아니라 남과 경쟁하면서 싸우는 것이다. 남과 싸워 이겨야 되는 것이다.

물론 마라톤에 비유되는 인생도 승부의 세계에서 벗어날 수는 없다. 자본주의와 시장경제의 틀에 의존해 살고 있는 우리는 누구나 치열한 경쟁의 세계에서 살고 있다. 경쟁에서 지지 않기 위해 아니, 이겨 맨 선두에 서기 위해 낮과 밤을 잊고 산다. 경쟁의 대열에서 이탈됐거나 낙오됐다는 것은 곧 패배와 죽음을 의미한다. 대기업 입사시험에 수만 명이 몰려 마치 수능을 치르는 것 같은 현상은 그만큼 경쟁의 선두 다툼이 치열하다는 것을 의미한다.

경쟁에서 살아남아 남을 이기고 앞서게 되면 우리는 진정 잘 사는 인생이 되는 것일까. 혹시 자본주의의 비인간성에 너무 몰락돼 있는 건 아닐까. 길게 보면 인생은 경쟁의 형태로 이루어지는 게 아니다. 젊을 때는 젊음의 꿈을 이루기 위해 긍정적인 의미에서의 경쟁이 불가피할 수 있겠지만, 나이가 들어서도 경쟁자로서의 삶을 살게 된다면 그 삶은 곧 지치고 파괴되고 말 것이다. 어쩌면 자기 자신도 모르는

사이에 좌절과 패배 속에서 인생이라는 집이 허물어질지도 모른다.

　인생은 마라톤 경주가 아니다. 인생은 주어진 길을 한 걸음 한 걸음 천천히 앞서거니 뒤서거니 걸어가면서 음미하는 여행이다. 우리 또한 마라토너가 아니다. 인생이라는 길을 걸어가는 산책자이거나 여행자다. 똑같이 주어진 인생의 길을 마라토너로서 달려갈 게 아니라 산책자로서 걸어가야 한다. 산책자나 여행자는 뛰어가거나 달려가지 않는다. 그냥 걷는다. 그것도 자기 자신의 걸음걸이로 천천히 걷는다.

　나는 이제 인생이라는 길을 달리고 싶지 않다. 그냥 걷고 싶다. 그것도 좀 느릿느릿 여유 있게 걷고 싶다. 걸어가다가 돌부리에 채여 넘어지면 웃으면서 일어나 바짓가랑이에 묻은 흙먼지를 툭툭 털어보기도 하고, 길가에 피어난 민들레나 제비꽃을 하염없이 바라보고 싶다. 발밑에 기어 다니는 달팽이와 개미도 밟지 않도록 애써 피하면서 발걸음을 멈추고 문득 바람에 스쳐 사라지는 아카시아 향기를 마음껏 맡고 싶다. 인생을 위하여 내가 항상 마라토너처럼 달려야만 한다면 그것은 너무나 가혹한 형벌이다.

목표 지향적 삶보다 경로 지향적 삶을 살아라

TV를 통해 티베트의 수도 라싸를 향해 삼보일배(三步一拜)하며 가는 순례자들의 모습을 본 적이 있다. 몇 달 동안 그렇게 걸어온 그들의 모습은 남루하기 짝이 없었다. 다 떨어진 신발을 동여매거나 무릎에 덧댄 타이어 조각을 보지 않더라도 새까맣게 타고 깡마른 얼굴만 봐도 고생한 흔적이 역력했다. 왜 그런 고행을 감내하면서까지, 왜 꼭 세 걸음 내딛고 오체투지(五體投地)하는 방식으로 라싸를 향해 가야만 하는지 언뜻 이해하기 힘들었다.

그렇지만 그것은 곧 그들의 마음의 진정성에 의해 나온 방식이라고 여겨졌다. 가고자 하는 방향이 정확하기 때문이라고도 여겨졌다. 라싸라는 방향을 이미 정확하게 설정하고 있기 때문에 아무리 고통스러워도 오체투지하면서 꾸준히 포기하지 않고 걸어갈 수 있는 거였다. 그들에게 라싸로 가는 길은 바로 믿음과 인내가 있는 방향의 길이었다.

만일 그런 고행을 하면서도 방향이 틀렸다면 어떻게 되었을까. 방향을 잘못 잡아 라싸가 아닌 다른 어느 평범한 마을을 향해 가고 있었다면 그 고행의 속도는 아무런 의미가 없을 것이다. 아무리 경건한 마음의 행보라 해도 방향을 잘못 잡았다면 속도는 그만 무의미해지고 만다. 그러나 그들은 방향과 속도가 일치되었다. 방향도 정확하고 결코 서두르지 않는 자기만의 속도도 지니고 있었다. 아마 그 순례자들은 분명 라싸에 도착해 조캉사원의 부처님 앞에 엎드려 감사와 평화의 눈물을 흘렸을 것이다.

우리 인생도 티베트의 순례자들이 라싸를 향해 길을 떠나는 것과 같다. 꼭 가지 않으면 안 되는 성지를 찾아 떠나는 여행이 바로 인생이다. 따라서 인생이라는 여행도 방향이 중요하지 속도가 중요한 것은 아니다. '라싸'라는 방향이 이미 정해져 있으므로 굳이 다른 사람과 같은 아니, 남보다 더 빠른 속도를 내지 않아도 된다.

서른 살이 넘어도 아직 인생의 방향을 잡지 못하고 공연히 속도만 내는 젊은이들을 가끔 본다. 그럴 경우, 어떤 젊음의 속도를 낸들 그 속도가 무슨 의미가 있을까. 잘못 들어선 산길에서는 아무리 빠른 걸음으로 걸어도 산정에 다다를 수 없다. 내비게이션을 따라 운전하다가 아차 하는 순간 방향을 놓치고도 미처 그 사실을 모른다면 아무리 달려도 목적지는 나타나지 않는다.

인천공항에서 비행기가 아무런 목적지도 방향도 없이 이륙했다면 그 비행기는 아무 데도 착륙하지 못하고 인천공항으로 되돌아오지 않으면 안 된다. 비행기도 방향 없이 속도를 내지 않고, 배도 방향 없이 달려가지 않는다. 만일 그 배가 돛단배라면 바람의 방향에 의해 움직이는 게 아니라 돛의 방향에 의해 움직인다. 돛단배의 방향은 바람의 방향에 달려 있는 게 아니라 돛의 방향에 달려 있다.

인생의 방향도 타의에 의해 설정되는 게 아니라 나 자신의 의지와 결단에 의해 설정된다. 물론 그 방향은 선하고 성실한 방향이어야 한다. 선한 방향이 아니면 누구의 인생이든 단 한 걸음도 나아갈 수 없다.

인생이라는 여행의 방향이 정해진 뒤에는 목표 지향적 여행보다 경로 지향적 여행이 더 바람직하다. 목표 지향적 여행을 하게 되면 자칫 방향보다 속도를 먼저 생각하게 된다. 자본주의의 천박한 속성인 경쟁에서 낙오되지 않기 위해 가능한 한 빠른 속도를 내려고 한다. 조금이라도 남에게 뒤처지면 인생 자체가 낙오된 듯 여긴다.

그러나 경로 지향적 여행을 하게 되면 인생의 속도는 줄어든다. 어디를 거쳐 어디를 가는 게 좋을까, 그곳에서 누구를 만나 며칠 밤을 묵고 갈까 하는 여유를 지니게 된다. 그런 여유 속에서 인생은 목표보다는 경로가, 속도보다는 과정이 더 중요하다는 것을 깨닫게 되고 인생의 길 또한 하나가 아니라 여러 개라는 사실을 깨닫게 된다. 이 오솔길을 걸어가다가 저 오솔길로 걸어갈 수도 있다는 사실을 알게 돼 가다가 쉬고 싶으면 쉬고 되돌아가고 싶으면 다시 되돌아갈 수 있게 된다. 인생의 깊이와 넓이가 더 깊고 넓어짐으로써 스스로 자족하는 기쁨과 평화를 얻게 된다.

목표 지향적 여행을 하게 되면 인생의 길은 오직 하나다. 그 길이 끝나면 인생이 곧 끝나버리는 줄 알고 좌절하게 된다. 인생의 여행길에서 누구나 짊어지고 가야 할 짐조차 던져버린다. 목표 지향에서 오는 속도 때문에, 목표를 향해 빨리 가려고 하는 조급한 마음 때문에 인생에 꼭 필요한 고통이라는 짐이 무겁게만 느껴진다. 그러나 가끔 주위를 둘러보며 이곳저곳을 기웃거리며 가는 경로 지향적 여행의 과정 속에서는 무거운 짐도 가벼워진다. 굳이 빨리 갈 필요가 없기 때문에 짐이 무거우면 잠시 내려놓고 쉬게 된다.

오늘 나는 어떤 목표를 설정해 놓고 그 목표를 향해 뒤도 돌아보지 않고 뛰어가고 있는 것은 아닌지 나를 들여다본다. 내가 짊어지고 가는 인생의 짐이 너무 무겁다고 가벼워 보이는 다른 사람의 짐을 마냥 부러워하는 것은 아닌지 성찰해 본다. 내 인생이라는 여행에서 가장 중요한 것은 목표와 속도가 아니라 경로와 과정이다.

자기를 속이지 말라

"자기를 속이지 말라."

성철 스님의 말씀이다. 입적하신 지 20여 년이 지났지만 스님을 생각할 때마다 이 말씀이 떠오른다. 어떻게 하면 나를 속이지 않고 바로 볼 수 있을까. 막막하기는 하지만 그래도 이 말씀 한마디는 내 인생의 가슴속에 항상 자리 잡고 있다.

성철 스님을 다비할 때 해인사 가야산 연화대에서 피어오르던 연기가 아직 잊히지 않는다. "스님! 불 들어갑니다!" 하고 거화의식을 거행할 때 눈물을 훔치던 제자 스님들의 모습도 잊을 수 없다. 다비의 밤이 깊어갈수록 추워서 자꾸 불길 앞으로 다가갔는데, 그 불길은 바로 성철 스님의 법체가 타는 불길이었다. '아, 스님께서는 당신의 육신을 태워 나를 따뜻하게 해주시는구나' 하는 생각에 그 얼마나 가슴이 뭉클했는지 모른다.

아직도 당신을 태워 나를 따뜻하게 해주신 그 온기는 남아 있고, 아름다운 다비의 불꽃 또한 꺼지지 않고 내 가슴속에서 타오르는데 나는 아직 나 자신을 바로 보지 못함으로써 항상 나 자신을 속이며 산다.

"자기는 원래 순금입니다. 욕심이 마음의 눈을 가려 순금을 잡철로 착각하고 있습니다. 순금인 자기를 바로 봅시다."

스님께서는 나를 순금이라고 하셨는데 나는 오늘도 잡철이 되고 만다. 내 속에 시인이라는 순금이 들어 있는데 왜 그 순금을 빛나게 하지 못하는지, 세상의 모든 순금의 언어들이 왜 나에게만 오면 그만 잡철의 언어가 되는지 그저 부끄럽기만 하다.

도대체 내 속에 있는 내가 누구인지 알 수가 없다. 남을 사랑하다가도 미워하고, 욕심을 다 비운 척하다가도 가득 채우는 나. 잠들기 전에 용서하겠다고 결심해 놓고는 아침에 일어나서 분노의 불길에 다시 휩싸여버리는 나. 나를 바로 보려고 노력하는 것보다는 아예 그 노력을 포기하는 게 더 낫다고 여기는 나.

사실 사람이 자기를 속이지 않고 바로 보는 눈을 갖는다는 것은 힘든 일이다. 사람의 눈은 판단 기준이 자기중심적이어서 노력해도 자기를 바로 볼 수 있는 눈을 갖기는 어렵다. 그러나 자기를 바로 볼 수 있는 눈을 지니지 못하면 자기가 어떤 존재인지 알지 못한다. 자

기 잘못을 깨닫지 못하기 때문에 남을 원망한다. 남에게 잘못의 원인이 있다고 생각함으로써 자기 향상이 도모되지 않는다. 자기를 속이고 있다는 사실조차 깨닫지 못한다.

성철 스님께서는 자기를 바로 보지 못하는 사람은 "거울을 들여다보고 울면서 거울 속의 사람보고는 웃지 않는다고 성내는 사람", "몸을 구부리고 서서 그림자를 보고 바로 서지 않는다고 욕하는 사람"이라고 하셨다.

아무리 생각해도 내가 바로 그런 사람이다. 내가 웃지 않고 거울을 들여다보는데 어찌 거울속의 내가 웃을 수 있겠는가. 내가 바로 서 있지 않는데 어찌 내 그림자가 똑바로 서 있을 수 있겠는가.

인생에서 가장 중요한 것은 자기 자신을 아는 일이다. 나아가 자기를 바로 보고 자기를 속이지 않는 일이다. 자기를 바로 보지 않는 삶은 결국 자기를 속이게 됨으로써 자기가 존재하지 않는 삶이다. 내 삶에 일어나는 모든 일은 나 때문에 일어나지 남 때문에 일어나는 것이 아니다. 중요한 것은 남이 아니라 나 자신이다.

비 온 뒤에 꽃이 졌다고 해서 비 때문에 꽃이 진 것이 아니다. 낙화할 때가 되었기 때문에 낙화한 것이다. 해가 난 뒤에 눈사람이 녹았다고 해서 해 때문에 눈사람이 녹은 것은 아니다. 녹을 때가 되었기 때문에 녹은 것이다.

그런데 나는 왜 비 때문에 꽃이 지고 해 때문에 눈사람이 녹았다고 생각할까. 그것은 내가 자꾸 나를 속이기 때문이다. 내가 나를 속여 놓고도 스스로 즐거워서 웃는다. 내가 쓴 시도 결국 나를 속인 결과물일 뿐이라는 생각에 갈수록 시 쓰기가 두려워진다.

시인은 모든 것을 보려고 한다. 모든 것을 보는 눈을 갈고닦는다. 그러나 정작 모든 것을 보는 눈은 자기 자신은 보지 못한다. 좋은 시인이 되기 위해서는 모든 것을 보기 이전에 먼저 자기를 바로 볼 수 있는 눈이 있어야 한다. 아무리 자기를 들여다보기 싫은 부분이 있어도 그 부분을 들여다볼 수 있어야 한다. 그래야만 자기를 속이지 않게 되고 나아가 자기를 용서할 수 있는 시를 쓸 수 있다.

오늘은 나 자신을 바로 보는 시간을 애써 가져본다. 아무래도 내 속엔 남을 의식한 허황된 아름다움이 가득 차 있는 듯하다. 남을 의식한 아름다움은 아름다움이 아니고, 남을 의식한 삶은 내 삶이 아닌데도 내 눈은 늘 남을 향해 시선이 고정돼 있다.

심산유곡에 홀로 핀 꽃은 다른 꽃을 의식해서 피어난 것이 아니다. 다른 꽃을 의식해서 아름다운 것도 아니다. 스스로 피어나 아름다운 것이지 누가 아름답다고 해서 아름다운 것이 아니다. 내가 늘 남과 비교하는 밖으로 향한 시선만 지닌다면, 남의 눈만 의식하는 삶을 산다면 내 삶에 기쁨과 행복은 있을 수 없다.

먼저 내 단점과 잘못을 인정하지 않고 회피하는 마음부터 없애야 한다. 내 단점에서 비롯되는 잘못이 많다는 점을 인정해야 한다. 흰 구름이 비가 되기 위해서는 우선 자신의 몸을 검은 먹구름으로 바꾸어야 하듯이 내 단점을 인정하고 장점으로 개선해야 한다. 그러면 그 단점 또한 내 인생의 아름다움이 될 수 있다. 누구나 자기만 못 보는 아름다운 구석이 있다고 도종환 시인은 시 「점」에서 이렇게 노래한다.

사람에게는 저마다
자신만 못 보는 아름다운 구석이 있지요
뒷덜미의 잔잔한 물결털 같은
귀 뒤에 숨겨진 까만 점 같은
많은 것을 용서하고 돌아서는 뒷모습 같은

시간도 신의 피조물이다

    인생은 시간이다. 오늘도 내 삶은 시간 속에서 이루어진다. 내 삶이 지구나 집이라는 공간 속에서 이루어지듯 소년과 청년, 장년과 노년이라는 시간 단위 속에서도 이루어진다. 그러나 생물인 나 자신이 그렇게 변할 뿐 시간은 변하지 않고 있는 그대로 존재한다. 내 존재의 변화에 따라 과거, 현재, 미래라는 이름으로 달리 불릴 뿐 시간은 늘 불변의 존재다.

    그렇다면 내 삶을 주관하는 시간은 도대체 어떻게 만들어진 것일까. 누가 창조한 것일까.

    나는 지금까지 공간은 늘 신이 창조했다고 생각해 왔다. '거대한 우주라는 공간을 하느님 외에는 아무도 창조할 분이 계시지 않다.

누가 그 위대한 작업을 해낼 수 있겠는가.' 늘 이렇게 쉽고 단순하게 생각해 왔다. 만일 우주가 저절로 생성되었다고 해도 생성의 주체가 있다고 생각하고 그 주체를 하느님으로 생각해 왔다.

그러나 시간은 누가 창조했다고 생각해 본 적이 없다. 시간은 원래 우주가 생성되기 이전부터 있는 그대로 존재해 온 것으로 생각했다. 시간과 공간과 물질이 창조되는 빅뱅의 순간 이전에는 시간이 존재하지 않았다고 하지만, 나는 막연히 이미 존재하고 있는 시간 속에서 우주라는 공간이 창조된 것이라고 생각해 왔다.

그런데 최근에 시간도 하느님이 창조했다는 사실을 알게 되었다. 천문학자 이영욱 박사가 '과학과 신앙'에 대해 강연하는 동영상을 우연히 인터넷을 통해 보다가 "시간도 하느님의 피조물입니다"라고 이야기하는 것을 듣고 놀라지 않을 수가 없었다.

'아, 시간도 하느님이 창조하신 것이라니……, 하느님은 얼마나 위대한 분이신가.'

나는 한동안 멍한 기분이 들었다. 단 한 번도 생각해 보지 않은, 결코 해결할 수 없는 문제에 봉착되자마자 곧바로 답을 얻었다는 생각이 들었다.

하느님의 시간에 대한 이영욱 박사의 요지는 이렇다.

"하느님은 시간에 구애받지 않는다. 하느님은 시간을 초월하신 분이다. 우리처럼 시간 안에 갇혀 계신 분이 아니다. 따라서 천지를 창조할 때 걸린 이레 동안의 하루는 오늘날 우리와 같은 시간이 아니다. 관찰

자의 속도에 따라 고무줄처럼 줄었다 늘었다 할 수 있다. 누가 하느님의 시간을 평범한 인간이 느끼는 시간과 같이 느낄 수 있겠는가."

나는 하느님이 천지를 창조할 때 걸린 '이레'라는 시간을 오늘날 내가 느끼는 '일주일'이라는 시간하고 똑같이 생각했다.

'일주일 만에 창조하셨으니 참 빨리 창조하셨다. 초스피드다. 역시 전지전능하신 하느님이시다.'

하느님의 시간이 현재 내가 생각하는 물리적 개념의 시간이 아니라 나의 시간과 전혀 다른 우주적 시간이라는 사실을 전혀 의식하지 못했다.

이영욱 박사의 말에 의하면, 하느님의 그 일주일은 물리적으로 환산하거나 계산할 수 없는 무한대의 시간이다. 시간의 속도와 총량을 가늠할 수가 없다. 내가 아무리 상상해 보려고 해도 도저히 상상할 수 없는 시간이다. 그러한 시간을 인간인 내가 상상하려고 한다면 그 자체가 이미 오만이다.

시간여행을 할 수 있는 '타임머신'이 나오는 영화를 보면 미래의 세계에 잠시 갔다가 돌아온 주인공은 떠날 때와는 전혀 다른 몇백 년이 지난 현재의 시간을 만나게 된다. 떠날 때 존재했던 사람들은 만날 수 없고 그 후손들을 현재에서 만나게 된다. 주인공의 입장에서는 똑같은 시간인데도 미래의 시간과 현재의 시간이 서로 다르다. 어쩌면 그런 영화에서나마 하느님의 시간을 이해할 수 있는 실마리를 발견할 수 있을지도 모른다.

인간의 세계에서도 개인적인 경험에 따라 시간의 양과 속도가 달라진다. 어떤 사람한테는 하루가 천년 같고 천년이 하루 같을 수 있다. 그런데 이 경우 중요한 것은 하느님의 시간은 본질적으로 그 양과 속도가 변화될 수 있지만 인간의 시간은 그 본질이 불변이라는 사실이다. 다만 시간을 느끼는 인간의 느낌만 다를 뿐이다.

1989년 중국을 통해 백두산 천지에 올라갔다가 걸어 내려올 때의 일이다. 그때 백두산에는 천지까지 도로공사가 한창이었는데 나는 그 길을 천천히 혼자서 걸어 내려왔다. 길이 뱀처럼 구불구불한데다 아래쪽 길이 빤히 내려다보이기도 해서 길을 벗어나 계속 산을 가로질러 내려왔다. 그런데 어느 한 순간, 갑자기 짙은 안개가 내 몸을 휘감았다. 덜컥 겁이 났다. 바로 발밑도 보이지 않았다. 어디로 가야 할지 한 걸음도 움직일 수가 없었다. 잘못 움직였다간 그대로 산 아래로 굴러떨어질 것만 같았다. 공포가 밀려왔다. 나는 꼼짝도 하지 못하고 그대로 안개에 갇힌 채 가만히 서 있었다. 다행히 10여 분이 지나자 바람이 불어왔다. 서서히 안개가 걷히고 길이 보였다. 살았다 싶었다. 그런데 안개가 걷히기를 기다렸던 그 몇 분이 몇 시간이나 된 듯했다.

이런 일은 누구나 겪는 시간에 대한 경험이다. 물리적 시간이 본질은 변하지 않지만 경험에 따라 절대적 시간으로 변모한다. 그래서 우리는 누구에게나 공평하게 주어진 이 물리적 시간을 자신만의 절대적 시간으로 전환시키면서 살아갈 줄 알아야 한다. 비록 물리적 시간 안에 있는 시간이지만 스스로 창조해 나갈 수 있는 시간이 바로 자신만의 절대적 시간이다.

내 경우엔 시를 쓸 때 시간이 절대화된다. 몰입해서 시를 쓰다 보면 하루가 언제 지나가버리는지 모른다. 아침이 바로 한 시간 전이라고 느껴졌는데 금세 창가에 저녁 어둠이 몰려온다. 그러나 몸살이라도 나 집에서 쉬고 있으면 하루가 48시간이라도 되는 듯 좀처럼 시간이 가지 않는다. 뭔가 간절히 기다리는 것이 있으면 그 기다림의 시간 또한 더욱 그렇다. 군 생활을 하는 병사들의 경우, 똑같은 시간인데도 제대할 날을 기다리는 병장들은 시간이 잘 가지 않는다. 그러나 이등병들은 하루가 한 시간처럼 후딱 지나가버린다.

이렇게 인간에게 시간은 절대적이지 상대적인 것은 아니다. 당신의 시간이 천천히 가면 나의 시간도 천천히 가고, 당신의 시간이 빨리 가면 나의 시간도 빨리 가는 것이 아니다. 물리적 시간은 똑같지만 절대적 시간은 다 다르다. 개인의 삶이 다 다르듯이 개인에게 주어진 시간의 문양과 속도는 제 각각이다.

언젠가 모교에 들러 본 교정의 나무들도 마찬가지였다. 40여 년의 세월이 지났으나 나무들의 모습은 크게 변한 게 없고 나만 청춘의 모습을 잃고 있었다. 그래서 '사람들은 한 해를 하루처럼 살지만/ 나무는 하루를 한 해처럼 삽니다'라고 시의 첫 행을 써보았다.

시간은 있는 그대로 변함없이 존재한다. 스스로 매듭짓지도 않는다. 과거와 미래도 구분하지 않는 객관적 존재다. 시간이 물처럼 흘러

갔다고 생각하는 것은 시간 안에 존재하는 인간의 주관적 생각이다.

시간은 기다려주는 법이 없다. 시간의 힘은 강해서 모든 것을 변화시킨다. 그 변화가 긍정적이고 발전적인 변화일 수도 있고 부정적이고 퇴보적인 변화일 수도 있지만 시간의 힘 앞에 무릎 꿇지 않는 인간은 없다. 인간뿐 아니라 모든 물질과 사물의 현상조차도 변화된다. 그것은 시간이 하느님의 피조물이기 때문이다. 시간은 어쩌면 신의 또 다른 얼굴인지도 모른다.

가장 소중한 선물

누구나 선물을 주고받으며 산다. 어떤 이는 선물을 주는 일을 더 좋아하고, 어떤 이는 선물을 받는 일을 더 좋아한다. 어떤 이는 선물을 받지 못하면 마음 상하기도 하고, 어떤 이는 선물하는 일에 무관심하다가 가까운 이들을 잃기도 한다. 이렇게 선물이란 인간관계를 형성하고 지속시키거나 향상시키는 순기능적 역할을 한다. 때로는 가장 인간다운 예의를 지키는 한 바람직한 형태가 되기도 한다.

사람들은 대부분 사랑을 주기보다 받기를 좋아하는 것처럼 선물 또한 주기보다 받기를 좋아한다. 사랑을 주어야 받을 수 있다는 평범한 진리를 잘 모르는 것처럼 선물 또한 내가 먼저 주어야 받을 수 있다는 사실을 잘 모른다.

선물이란 정말 받는다고 해서 다 좋은 것일까. 그건 그렇지 않다. 선물을 받아야 할 인간적 관계가 형성돼 있지 않았을 때 받는 선물은 부담스럽기조차 하다. 선물을 받아야 할 아무런 까닭이 없는데도 고가의 선물을 받았다면 마음이 무거워질 뿐만 아니라, 나 또한 상대방에게 무엇인가 선물하지 않으면 안 될 것 같은 강압성을 느끼게 된다.

이럴 경우, 선물 준 이가 어떤 어려운 부탁을 하게 되면 거절하기 힘들어지기도 한다. 어떤 목적을 지닌 '목적성 선물'은 이미 선물이 아니라 뇌물이다. 관계가 더 친밀하게 형성되기는커녕 이미 형성된 관계마저 깨어질 수 있다.

진정한 선물이 되기 위해서는 어떤 의미에서든지 목적이 없어야 한다. 목적이 있게 되면 대가를 바라게 되고 대가가 주어지지 않았을 때는 선물의 의미가 상실되고 만다. '나는 너에게 이런 선물을 했는데, 넌 어찌 내게 아무것도 해주지 않느냐' 하고 속으로 생각하게 된다면 이미 그것은 선물이 아니라 거래다.

행여 사랑의 목적이 있다 하더라도 그것 또한 상대의 기쁨을 위한 게 아니라 나 자신의 기쁨을 위한 것이라면 이미 선물이 아니다. 심지어 상대방을 기쁘게 하기 위한 목적이라 하더라도 어떤 경우에는 상대방을 불쾌하게 만들 수도 있기 때문에 신중해야 한다.

가장 좋은 선물이란 역시 아무런 조건 없는 선물이다. 내가 줄 때도 상대방이 받을 때도 아무런 조건을 느끼지 않는 선물이라야 주는 이도 기쁘고 받는 이도 기쁘다. 그리고 이 경우 정성이라는 마음이 담뿍 담겨 있어야 한다. 진정한 선물은 포장한 물건에 있는 게 아니라 보내는 마음에 있다. 의례적이고 예의상 보내는 선물은 '의례와 예의라는 옷'을 입은 포장된 선물일 뿐이다.

그동안 내가 받은 선물은 무엇이 가장 소중한 선물이었을까. 중학생 때 서울에 사는 친척 한 분한테 받은 스케이트가 먼저 생각난다. 당시 대학생이었던 형이 그분한테 '전승현 스케이트'를 사서 보내달라고 부탁을 드렸는데 뜻밖에 내 몫까지 보내주셨다. 나는 겨울이면 형과 대구 수성못까지 논길을 한 시간이나 걸어가 스케이트를 타곤 했다. 신나게 스케이트를 타고 다시 논길을 걸어 집에까지 오는 동안 늘 가슴이 벅차올랐다.

중학생 때 아버지가 민중서관에서 나온 32권짜리 『한국문학전집』을 사주신 일도 빼놓을 수 없다. 사촌형들이 그 책을 빌려가 읽는 것을 보고 나도 질세라 샘을 내 밤새 읽곤 했다. 특히 상하 두 권이나 되는 시집을 읽은 것은 내 시 공부의 큰 밑거름이 되었다.

그 뒤 경희대학교 주최 전국 고교생 문예현상 모집에 평론 「고교문예의 성찰」이 당선돼 경희대 국문과에 문예장학생으로 입학할 수 있었던 일, 군 복무 중에 《한국일보》《대한일보》 신춘문예에 시가 당선돼 시인으로서의 길을 걷게 된 일 등은 내 인생의 소중한 선물이다. 그리고 결혼 후 첫아이가 태어났을 때, 간호사의 품에 안긴 아기를 처음 보았을 때 '아, 내가 신으로부터 참으로 소중한 선물을 받았구나' 하는 생각에 감격스러웠다.

그러나 무엇보다도 가장 소중한 선물은 지금 내가 한 인간으로서 건강하게 존재하고 있다는 그 자체다. 만일 신에게 그런 선물을 받지 못했다면 나는 지금 존재조차 할 수 없을 것이다. 언젠가 미국에 거주하는 형이 잠시 한국에 들렀을 때 "아무 선물도 사 오지 못해서 미안하다"고 내게 말했다. 나는 그때 "내 삶 속에 형이 존재하고 있다는 사실만으로도 큰 선물"이라고 말했다. 사랑하는 사람들 사이에서는 어떤 물건이나 물질보다 서로 건강하고 성실하게 존재하고 있다는 사실 자체가 가장 큰 선물이다. 사랑하는 사람이 내게 존재하고 있다는 것, 또 내가 상대방에게 사랑하는 사람으로 존재할 수 있다는 것, 그것만큼 더 소중한 사랑의 선물은 없다.

존재가 없으면 선물도 없다. 부모에겐 자식이라는 존재가 가장 큰 선물이며, 자식에겐 부모라는 존재가 가장 큰 선물이다. 지금 내게 가장 큰 선물은 비록 내일 돌아가신다 할지라도 늙으신 어머니가 오늘 살아 계시다는 사실 그 자체다.

세계적 베스트셀러 『누가 내 치즈를 옮겼을까』의 저자 스펜서 존슨은 2010년 《조선일보》와의 인터뷰에서 "우리가 언제 행복해질까? 무심히 흘려보낸 오늘에 열쇠가 있다. 바로 지금 이 순간이 최고의 소중한 선물"이라고 말한다. 그는 또 그의 책 『선물』에서도 "세상에서 가장 소중한 선물은 바로 지금 이 순간이고, 지금 자신이 하고 있는 일에 완전히 몰두할 때 행복해진다"고도 말한다. 지금 이 순간 존

재하고 있으면서 하고 싶은 일에 완전히 몰두할 수 있는 삶이야말로
내 인생의 가장 소중한 선물이라는 것이다.

어머니의 사랑과 신의 사랑은 같다

하느님한테도 고민은 있었다. 하느님은 이 세상에 사는 그 많은 사람들을 일일이 다 찾아다녀야 하는 일이 늘 고민이었다. 사람들마다 문제없는 사람이 없었으므로 하느님은 단 하루도 마음 편안한 날이 없었다. 하느님은 인간을 창조할 때 인간이 항상 사랑의 기쁨과 평화 속에서 행복하게 살게 되기를 바랐으나 에덴동산을 떠난 인간의 모습은 그렇지 않았다.

사람들은 늘 사랑보다 증오를 가지고 살았다. 삶보다는 죽음이, 행복보다는 불행이, 화해보다는 분열이, 평화보다는 전쟁이 늘 그들의 앞을 가로막았다. 기뻐하고 즐거워하는 일보다 주체할 수 없는 분노와 고통에 휩싸이는 일이 더 많았다.

하느님은 그런 사람들을 그냥 못 본 척하고 지나갈 수가 없었다. 처음 인간을 창조할 때 지녔던 사랑과 평화의 마음을 가지고 일일이 사람들을 찾아다녔다. 병들어 아픈 사람은 아픈 데를 어루만져주고, 눈물을 흘리며 슬퍼하는 사람은 그 눈물을 닦아주고, 분노에 들떠 잠 못 이루는 사람은 새벽이 올 때까지 함께 밤을 지새워주었다.

하느님은 하루하루가 정말 바쁘기 그지없었다. 아무 불평불만이 없도록 그 많은 사람들을 골고루 찾아다니기에는 하루해가 너무 짧았다. 하느님은 곰곰 생각했다. 어떻게 하면 나 대신 사랑을 골고루 나누어줄 수 있을까, 어떻게 하면 내가 찾아가는 것과 마찬가지로 그들을 찾아갈 수 있을까. 생각에 생각을 거듭하다가 "맞아, 바로 그거야!" 하고 무릎을 탁 쳤다. 그것은 인간에게 바로 어머니를 만들어주는 일이었다.

『탈무드』에 나오는 이야기를 나 나름대로 재구성해 보았다. 탈무드에는 '하느님이 너무 바빠 우리 인간에게 대신 어머니를 주었다'는 이야기가 나온다. 이 이야기에는 어머니의 사랑은 신의 사랑을 대신할 수 있는 사랑이라는 의미가 담겨 있다. 나는 이 이야기를 떠올릴 때마다 어머니의 구체적인 사랑을 통해 신의 사랑의 구체성을 깨닫는다.

'어머니는 신의 분신이며, 신의 또 다른 이름이다. 따라서 신의 사랑은 내 어머니의 사랑과 똑같다. 신은 내 어머니가 나를 사랑하는

것처럼 나를 사랑한다. 모성이 관념이나 추상이 아니라 구체이듯 신의 사랑 또한 그와 같다.'

나는 지금까지 신이 나를 사랑한다는 사실을 의심해 본 적이 없다. 신이 나를 사랑하지 않는다면 내가 지금 어떻게 존재하고 있을 수 있겠는가. 그러나 신의 사랑이 어떠한 것인지 구체적으로 느끼기는 어려웠다. 신의 사랑이란 그저 막연하기만 해서 눈에 잘 보이지도 손에 잘 잡히지도 않아 도무지 그 사랑의 눈빛과 숨결을 느끼기 어려웠다. 그래서 신의 사랑은 내 눈에 보이지 않는 어떤 관념적인 것이라고 생각해 왔다.

"바람이 눈에 보이지 않는다고 해서 바람이 불지 않는 것은 아니다. 바람에 흔들리는 나뭇잎을 보라. 나뭇잎이 흔들리는 것을 보면 바람이 분다는 사실을 잘 알 수 있다. 신의 존재도 그와 같다. 신의 사랑이 눈에 보이지 않는다고 해서 신이 우리를 사랑하지 않는 것은 아니다."

어릴 때부터 늘 이런 이야기를 들어와서 막연히 바람과 나뭇잎의 관계 속에서 신의 사랑을 인지하고 이해해 왔을 뿐이다.

그러나 이제는 『탈무드』의 이 이야기를 통해 '모성은 주님을 닮았다'는 말 또한 이해함으로써 신의 사랑을 구체적으로 이해하게 되었다. 어머니의 사랑을 통해 신의 사랑이 어떠한 것인지 눈에 보이고 귀에 들리고 손에 만져졌다.

아흔이 넘으신 늙고 병든 어머니를 고요히 바라본다. 내 어머니는 나로 하여금 신의 사랑을 구체적으로 깨닫게 해주신 존재다. 신의 사랑과 가장 닮은 사랑이 바로 내 어머니의 사랑이다. 모성은 관념으로 이해할 수 있는 사랑이 아니다. 신의 사랑을 깨닫기 위해서는 반드시 모성이라는 징검다리를 건너야 한다.

그동안 어머니의 사랑에는 아무런 조건이 없었다. 무조건적이었다. 그동안 어머니의 사랑에는 아무런 한계가 없었다. 무한했다. 나에 대한 신의 사랑도 무조건적이고 아무런 한계가 없었다. 그런 의미에서 어머니의 사랑과 신의 사랑은 서로 일치된다.

지금까지 내가 한 인간으로서 존재할 수 있는 것은 바로 어머니의 무조건적인 사랑과 희생의 바탕 위에서 이루어진 것이다. 이 험난한 세상에서 그래도 내가 이렇게 건강한 몸과 마음을 지니고 인간답게 살 수 있는 힘의 원천은 바로 어머니다. 위태위태하게 자칫 잘못 천 길 아래로 떨어질 수 있는 삶의 벼랑 끝에서 그래도 나 자신을 지탱해 주는 가장 큰 힘은 바로 어머니의 사랑이다. 만일 내가 어머니의 사랑을 받지 못했다면, 만일 어머니가 나를 사랑하지 않았다면 나는 한 인간으로서의 구실을 제대로 할 수 없었을 것이다.

물론 아내와 자식의 사랑이 내 삶의 또 다른 큰 원동력이다. 그러나 그들의 사랑을 어머니의 사랑과 동일선상에서 이야기하기는 어렵다. 물론 그들의 사랑 속에도 모성이 있을 것이다. 그렇지만 그들의 사랑은 상대적이고 이기적일 수밖에 없는 속성을 지니고 있다. 그러나 어머니의 사랑은 그렇지 않다. 어머니의 사랑은 절대적이고 희생

적이다. 도무지 자신을 아낄 줄 모른다. 물이 오직 위에서 아래로 흘러 가장 낮은 곳에 머무르듯 어머니의 사랑 또한 오직 주기만 하고 받을 줄을 모른다.

사람들은 사랑을 주면서 또한 그만큼 받기를 원한다. 부부관계이든 연인이나 친구관계이든 다들 주는 만큼 받고 싶어 한다. 준 만큼 받지 못하면 미움이 생기고 고통이 따른다. 그러나 어머니는 주는 것으로 그친다. 더 이상 바라지 않고 원하지 않는다. 어머니의 사랑의 자세는 오직 주는 사랑의 자세일 뿐이다.

나는 가끔 아내한테서 '지나친 효자'라는 말을 듣는다. 그럴 때마다 그 말이 우습기도 하고 부끄럽기도 하다. 어머니가 나를 사랑하는 데에 지나침이 없듯이 나 또한 어머니를 사랑하는 데에 지나침이란 있을 수 없다. 나는 아내가 그런 말을 하면 이런 말을 한다. "어머니를 사랑할 줄 모르는 남자가 어떻게 아내를 사랑할 수 있느냐"고. 그러면 아내는 또 이렇게 말한다.

"그건 그래요."

아마 우리가 신을 사랑하는 일 또한 이와 같을 것이다.

자기 역할에 최선을 다한 집배원

전남 해남에 집이 가난해서 중학교에 진학하지 못한 소년이 있었다. 소년은 머슴인 아버지를 따라 나무를 해오고 풀을 베는 일로 가난한 살림을 도왔다. 그런데 날이 갈수록 학교에 다니고 싶어졌다. 소년은 어릴 때부터 엄마와 같이 다니던 교회에 가서 학교에 가게 해 달라고 며칠씩 기도하다가 하나님께 편지 한 장을 썼다.

"하나님, 저는 공부를 하고 싶습니다. 굶어도 좋고 머슴살이를 해도 좋습니다. 제게 공부할 길을 열어주세요."

소년은 공부에 대한 자신의 열망과 가난한 집안 형편을 적었다. 편지봉투 앞면엔 '하나님 전상서'라고 쓰고 뒷면엔 자기 이름을 써서 우체통에 넣었다.

소년의 편지를 발견한 집배원은 어디다 편지를 배달해야 할지 알 수 없었다. 고심 끝에 '하나님 전상서라고 했으니 교회에 갖다 주어야겠다'고 생각하고 해남읍교회 이준묵 목사에게 전해주었다. 함석헌 선생의 제자인 이 목사는 당시 농촌 계몽운동에 앞장선 분으로 소년의 편지를 읽고 큰 감동을 받았다. 소년을 불러 교회에서 운영하는 보육원에 살게 하고 과수원 일을 돕게 하면서 중학교에 보내주었다.

소년은 열심히 공부해서 한신대에 진학했다. 졸업 후엔 고향에서 목회자로 일하다가 스위스 바젤대로 유학을 가 박사학위를 받고 모교의 교수가 되었다. 그리고 나중엔 총장까지 하게 되었는데 그 소년이 바로 오영석(吳永錫) 전 한신대 총장이다.

오 총장의 이 일화에서 내가 주목한 분은 진학의 길을 열어준 이 목사가 아니라 무명의 집배원이다. 수신인이 '하나님'인 편지를 교회에 전해준 집배원이 오늘의 오 총장을 있게 했다고 생각된다. 만일 집배원이 "뭐 이런 편지가 다 있어. 장난을 쳐도 유분수지" 하고 편지를 내동댕이쳐버렸다면 소년의 인생은 달라졌을 것이다.

물론 소년은 그렇게 편지를 쓴다고 해서 하나님이 읽을 것이라고는 생각하지 않았을 것이다. 공부에 대한 간절한 열망을 그렇게 나타내본 것일 뿐 그 편지로 인해 진학의 길이 열릴 것이라는 기대는 할 수 없었을 것이다. 그런데 소년에게 그 길이 열린 것이다.

그것은 집배원이 자기에게 주어진 우편배달의 역할과 직무에 충실했기 때문이다. 설령 그런 어처구니없는 편지를 찢어버렸다고 해도 아무도 나무라지 않았을 텐데 자기 역할에 최선을 다한 것이다. 물론 집배원도 편지를 교회에 전달하면서 소년에게 진학의 길이 열릴 것이라는 확신은 없었을 것이다. 그런데도 그는 자기 역할에 충실함으로써 소년의 인생에 새로운 길을 열어준 것이다. 이처럼 맡은 역할에 충실하다는 것은 한 사람의 인생을 바꿔놓을 만큼 중요한 일이다.

내 소년 시절에도 그런 역할을 하신 분이 있다. 중학교 2학년 때 국어시간의 일이다. 당시 교과서에 실린 김영랑의 시 「돌담에 속삭이는 햇발」을 배울 때였다. 집에 가서 시를 한 편씩 써오라고 숙제를 내신 김진태(金鎭泰) 국어 선생님께서 숙제 검사를 하면서 마침 나를 지목해서 써온 시를 읽어보라고 하셨다.

나는 얼른 자리에서 일어나 난생처음 써본 시 「자갈밭에서」를 낭독했다. 정확히 기억은 나지 않지만 '우리집은 왜 가난한지, 엄마는 왜 나를 가끔 미워하는지' 하는 소년의 마음을 담은 시였다. 그러자 선생님께서 그 두툼하고 따뜻한 손으로 내 까까머리를 쓰다듬어주시면서 "호승이 넌 열심히 노력하면 좋은 시인이 될 수 있겠다" 하고 칭찬해 주셨다. 나는 부끄러워 고개를 푹 숙였지만 그때 이후 지금까지 선생님의 그 말씀을 잊어본 적이 없다. 늘 시를 쓰는 일도 노력하는 일이라고 여기는 것도 선생님의 그 말씀 때문이다.

내가 시집을 들고 선생님을 찾아뵌 것은 마흔이 넘어서였다. 엎드려 절을 올리고 나서 그때 선생님의 그 칭찬이 저로 하여금 시를 쓰게 했다고 말씀드렸다. 선생님께서는 "그런 일이 있었던가" 하고 기억하시지 못했다. 그것은 어쩌면 당연한 일이었다. 내가 아니라 다른 학생이었다 하더라도 선생님께서는 그런 칭찬을 하셨을 것이다. 선생님은 교사로서 칭찬의 역할에 늘 충실하셨기 때문이다. 선생님은 이미 세상을 떠나셨지만 지금도 내 머리 위엔 선생님 손의 칭찬의 온기가 늘 느껴진다. 중학생이 처음 써본 시에 대한 칭찬은 훗날 소년이 시인으로 성장하는 데 결정적 역할을 한 것이다.

오늘을 살아가는 우리에겐 각자 주어진 삶의 역할이 있다. 그 역할의 충실성과 성실성에 의해 다른 사람의 삶이 변화되고 발전돼 나간다. 다산 정약용 선생이 강진 유배생활 18년 동안 수백 권이나 되는 엄청난 양의 저술활동을 하고 제자들을 가르치게 된 것은 처음에 동문 밖 주막집 주모가 선생에게 방 한 칸을 내어준 그 배려의 역할 때문이다. 아프리카 '수단의 슈바이처' 이태석 신부가 내란과 가난으로 눈물이 말라버린 톤즈의 아이들로 하여금 그토록 눈물을 흘리게 한 것도 신부와 의사로서 사랑과 봉사의 역할을 다했기 때문이다. 드러나진 않지만 어디에선가 자기 역할에 최선을 다한다는 것, 그것은 남을 사랑하는 또 하나의 길이다.

삼등은 괜찮지만 삼류는 안 된다

이 말을 뒤집어보면 일등은 되지 않아도 괜찮다는 말이다. 누구나 다 일등이 될 수는 없으므로 삼등이나 그 이하가 되어도 좋다는 말이다. 그러나 삼류가 되어서는 안 된다고 한다. 왜 그럴까. 도대체 일등과 일류, 삼등과 삼류의 차이는 어떤 것일까. 또 '등(等)'과 '류(流)'에는 어떤 의미 차이가 있는 것일까.

'등'은 순위나 등급 또는 경쟁을 나타내고, '류'는 위치나 부류의 질적 가치를 나타낸다. '등'에서 외양적 의미가 파악된다면, '류'에서는 내면적 의미가 파악된다. 그리고 '등'보다 '류'에 최선의 노력을 다했다는 긍정성이 있을 것 같다. 모든 사람이 다 일등은 될 수 없지만, 모든 사람이 다 일류는 될 수 있기 때문이다.

그러나 실제로 모든 사람이 다 일류가 될 수는 없다. '삼류는 안 된다'고 한 것은 꼭 일류가 되라는 뜻은 아니다. 일류가 되지 않아도 괜찮지만 삼류가 되는 것은 경계해야 한다는 의미다. 일류가 되어 질 높은 가치를 지니는 것은 바람직하지만, 삼류가 되어 질 낮은 가치를 지니는 것은 바람직하지 않다는 것이다. 결국 삼류란 질의 문제로 '질이 형편없다, 그럴 가치가 없다'는 말로 표현할 수 있다. 그것이 공산품일 경우 품질의 문제이고, 인간일 경우 인격과 인품의 문제이고, 국가일 경우 국격의 문제다.

인생에도 등수가 있을 수 있다. 어떤 일이나 경기에서 잘하는 사람이 있고 못하는 사람이 있기 때문이다. 개인이든 기업이든 국가든 모두 다 일등이 될 수는 없기 때문에 등수가 매겨지는 것은 당연하다. 그렇지만 일등은 일등대로의 가치, 꼴찌는 꼴찌대로의 가치를 지닌다. 꼴찌라고 해서 무조건 무가치한 존재는 아니다.

박완서 산문집 『꼴찌에게 보내는 갈채』에 보면, 우연히 거리에서 마라톤 경기를 보고 비록 꼴찌이지만 최선을 다해 달리는 선수에게 진심 어린 갈채를 보낸 이야기가 나온다. 선생께서는 그 글에서 꼴찌의 가치와 중요성에 대해 이야기한다. 꼴찌가 있기 때문에 일등이 있다는 것이다.

그러나 등수가 인생의 가치마저 매길 수는 없다. 그것은 단순한 순위일 뿐 가치가 아니다. 인위적 순위가 본질적 가치를 결정지을 수는 없다. 그러나 일류와 삼류는 다르다. 그것은 바로 인간 삶의 질과 가치의 문제다. 어떤 경쟁 그룹에서 일등을 하지 못하는 것과 어떤 위치나 부류에서 삼류가 된다는 것은 전혀 다른 문제다. 순위에서는 삼등을 해도 괜찮지만, 질과 가치에서는 삼류, 즉 삼류인생, 삼류사회, 삼류국가가 되지 말라는 것이다.

한번은 밤늦게 KTX를 타고 상경할 때였다. 열차가 동대구역에 도착하자 중년 남자 대여섯 명이 왁자지껄 떠들면서 올라와 의자를 돌려놓고 마주 앉더니 안주와 소주를 꺼내 술판을 벌였다. 주위 승객들은 아랑곳하지 않고 열차가 서울역에 도착할 때까지 떠들썩하게 벌이는 술판을 보며 나는 그들을 삼류라고 생각했다.

일류와 삼류의 차이는 그리 큰 게 아니다. 인간으로서의 기본윤리, 사회 구성원으로서의 도덕규범, 국민으로서의 헌법질서 등을 제대로 지킨다면 일류가 되는 게 아닐까. 의사들의 집단이기주의에 의해 수술이 거부되는 것이나, 정쟁에 의해 국회를 폭력의 장으로 만드는 것이나 다 삼류의 한 형태다.

일류가 되기 위해서는 결국 무엇을 중요하게 생각하고 어떻게 행동하며 살았는가 하는 문제가 가장 중요하다. 인생에 남는 것은 결국 가치 있는 삶을 살았느냐 하는 문제이기 때문이다. 아무리 돈이 많고 지위가 높고 권력이 많았다고 하더라도, 자신만 아는 이기적 삶을 살았거나 사회와 국가의 기저를 훼손하는 삶을 살았다면 결국 삼류인생이 될 수밖에 없다.

삼류는 자기주장이 강하고 이기적이며 천박하다. 남을 이해할 줄

모르고 양보와 배려의 정신이 부족하다. 인간으로서의 품위를 지키지 못하고 본능적 동물성이 더 드러나기 십상이다. 따라서 삼류로 지칭되는 삶은 무가치하고 무의미한 삶이 될 가능성이 크다.

나는 아버지로서 아이들에게 강조해 온 말이 있다.

"현생에 개나 돼지 같은 짐승으로 태어나지 않고 인간으로 태어났다는 것은 참으로 소중한 가치다. 성공한 삶을 살기보다 가치 있는 삶을 살아라."

이뿐이다. '공부 열심히 해라, 책 많이 읽어라, 성실을 다해라' 이런 말은 하지 않으려고 노력했다. 왜냐하면 가치 있는 삶을 살기 위해서는 그렇게 하지 않으면 안 되기 때문이다.

가치는 자신이 만든다. 인생이 자작이듯 인간의 가치 또한 자작이다. '성공한 사람이 되려고 하지 말고 가치 있는 사람이 되려고 하라'고 한 것은 가치 있는 삶을 살아야 성공한 인생이 되기 때문이다.

인생의 가치는 어디에든 있다. 크고 작거나, 많고 적거나, 초라하고 화려한 데 있는 것은 아니다. 내가 살고 있는 이 시대, 이 사회, 이 가정에서 나를 필요로 하고 요청해 오는 데 있다. 어떤 일을 하며 어디에서 살든 그게 무엇인지 스스로 찾고 찾은 대로 실천해 나간다면 그게 바로 가치 있는 일류의 삶이다.

쓴맛을 보지 못하면 단맛을 보지 못한다

설탕이 귀하던 내 어릴 때는 설탕을 마치 금가루처럼 여겼다. 학교에서 돌아와 가방을 마루에 던진 채 지친 듯 벌렁 드러누워 있으면 어머니가 맹물 한 사발에 설탕을 한 숟가락 타주셨다. 아버지만 주시는 귀한 설탕을 아들인 내게 주시는 걸 보니 어머니가 나를 참 사랑하시는구나 하는 생각에 그걸 참 맛있게 먹었다. 그러면 왠지 피곤했던 몸과 마음에 다시 생기가 도는 것 같았다.

맹물에 설탕 탄 맛, 그게 뭐 그리 맛있었겠는가. 그저 밍밍하기만 했을 것인데 그때는 달고 맛있기만 해서 일부러 그걸 얻어먹으려고 어머니 앞에 피곤한 척할 때도 있었다. 그래서 나는 아직 그 어떤 단맛이라고 해도 그에 버금가는 단맛을 만나긴 어렵다. 아마 그 단맛이 어머니 사랑의 맛이기 때문일 것이다.

그러나 어른이 되고 나서 진정 단맛을 보기 위해서는 쓴맛부터 먼저 보지 않으면 안 된다는 사실을 알게 되었다. 세상 매사가 다 쓴맛을 알아야 단맛을 알 수 있는 거였다. 쓴맛 없는 단맛은 결코 없었다. 실패라는 쓴맛을 맛보지 않고서는 성공이라는 단맛을 맛볼 수 없었다. 어릴 때 단맛부터 먼저 맛본 탓으로 어른이 되어 맛보는 쓴맛은 더욱 더 썼다. 인생의 단맛부터 맛본 이는 쓴맛을 견디기 더 어려운 법이었다.

오늘을 사는 청년 세대들이 인생의 쓴맛부터 먼저 맛보는 건 당연하다. 내일의 단맛을 맛보기 위해 오늘의 쓴맛을 맛볼 기회는 참으로 소중하다. 오늘 내가 맛본 쓴맛이 내일 맛볼 단맛을 보장한다. 쓴맛을 소중하게 여기지 않고 원망만 한다면 항상 쓴맛만 보는 삶을 살게 될지도 모른다.

수능 성적이 원하는 대로 나오지 않거나 취업의 문 앞에서 자꾸 좌절돼 인생의 쓴맛을 맛보게 되었다면 그 쓴맛은 음미하는 게 중요하다. 수능 한 문제 더 맞고 덜 맞음에 따라 웃고 울고 할 필요가 없다. 수능이 끝났다는 사실 자체가 중요하지 이미 치른 시험을 두고 안타까워할 필요는 없다. 아무리 원하지 않는 결과가 나왔다 할지라도 수긍하고 긍정하는 자세가 필요하다.

입사 시험에 번번이 낙방하는 경우도 마찬가지다. 부모를 떠나 자기만의 인생을 시작하려고 하는 이는 대부분 실패의 쓴맛부터 먼저 보게 된다는 것을 인정하는 게 중요하다. 오히려 그 쓴맛을 깊게 음미해 보라고 권하고 싶다. 그래야 나중에 단맛을 보게 될 때 단맛의 깊이를 더 깊이 알게 된다.

인생에는 실패가 없다. 실패라고 생각하는 것은 모두 과정일 뿐이다. 과정을 실패라고 생각하는 오류를 범할 뿐이다. 작은 실패의 냇물이 모여 큰 성공의 강물이 흐른다. 따라서 아무리 쓴맛을 맛보더라도 참고 견딜 줄 알아야 한다.

꽃은 왜 아름다울까. 그것은 겨울이라는 고통을 견뎌내었기 때문이다. 오늘의 청년 세대가 한 송이 아름다운 꽃이라면 지금은 묵묵히 고통을 견뎌내어야 할 때다. 나이 든 중년 세대의 인생은 짧지만 젊은 청년 세대의 인생은 길다. 인생은 일회적인 것이지만 수능이나 입사 시험은 일회적인 게 아니다. 수능이나 입사 시험에 실패했다고 해서 인생 전체를 실패한 것은 아니다.

지금 먼 들판을 달리기 위해 말을 훌쩍 올라탄다고 생각해 보자. 이때 말을 제대로 올라타기 위해 무엇이 필요할까. 그것은 바로 노둣돌이다. 말을 타거나 내릴 때 발돋움으로 쓰는 노둣돌이 없다면 말을 탈 때 얼마나 힘들겠는가. 인생의 쓴맛이라는 고통은 바로 이 노둣돌과 같다. 노둣돌이 있음으로써 보다 쉽고 안전하게 말에 올라타 달릴 수 있다.

자연 상태에 있는 금붕어는 일평생 약 1만여 개의 알을 낳는 데 비해 어항 속의 금붕어는 3천이나 4천여 개의 알밖에 낳지 못한다. 아무런 위험도 없이 적당한 온도와 먹이를 공급받는 데도 불구하고 그렇다. 그것은 어항이 고통이라는 자연법칙의 진리를 제공하지 않기 때문이다. 고통을 수반하는 삶이 자연의 삶이므로 어항 속의 금붕어는 삶의 실재를 잃어버린 것이다.

나는 자연 상태의 금붕어이길 원하는가, 어항 속의 금붕어이길 원하는가. 비록 위협과 불안이라는 고통이 많다 하더라도 자연 상태의 금붕어이기를 원한다. 그것은 두말 할 필요도 없이 고통이 있어야만 삶이 보다 더 풍부해질 수 있기 때문이다.

세상에 고통 없이 살아가는 사람은 아무도 없다. 누구나 고통의 과정 없이는 아무것도 이룰 수 없다. 차가운 눈 속에 덮여 겨울을 보내야만 보리밭의 보리도 뿌리를 내리고 자랄 수 있고, 눈보라 치는 북풍을 견뎌내어야만 매화도 멀리 아름다운 향기를 보낼 수 있다. 따라서 젊은이라면 누구나 고통 속에서 살아간다는 사실을 이해하지 않으면 안 된다. 고통은 인생의 쓰디쓴 국이요 밥이라는 사실을, 그 국과 밥을 먹음으로써 인생이라는 생명이 유지된다는 사실을 젊을 때부터 이해하는 것이 중요하다.

인간은 오직 일등에게 관심을 갖지만 신은 자신을 견디고 극복한 사람에게만 관심을 갖는다고 한다. 또 신은 가끔 인간에게 빵 대신 돌멩이를 던진다고 한다. 그런데 어떤 이는 그 돌을 원망하며 걷어차 버리다가 발가락이 부러지고, 또 어떤 이는 그 돌을 주춧돌로 삼아 집을 짓는다고 한다.

나는 신이 관심을 갖는 인간이 되고 싶다. 신이 던진 돌멩이로 빵을 만들어 먹는 인간이 되고 싶다. 쓴맛을 맛보지 못한 사람은 설탕 맛을 모르므로 오늘의 쓴맛을 내일의 단맛으로 만들고 싶다.

자살의 유혹에 침을 뱉어라

우리 사회는 '자살사회'다. 어린 학생에서부터 연예인, 대학 총장, 시장, 도지사, 대통령에 이르기까지 자살하는 사회다. 우리 사회에서 자살은 이미 치유하기 힘든 질병이다. 사회적으로 큰 이슈가 되는 부정적인 사건이 터졌다 하면 곧이어 관계자가 자살했다는 뉴스가 전해진다. 사건 발생과 자살이 걸핏하면 하나의 연결고리를 이룬다. 굳이 하나하나 예로 들 필요가 없을 정도지만 얼마 전에는 저축은행장이 투신자살했다.

이런 뉴스를 접할 때마다 가슴이 꽉 막힌 듯 먹먹해진다. 남의 일 같지 않고 마치 '오늘도 내가 자살했구나' 하는 생각이 든다. 그것은 그들의 자살을 통해 내 생명의 무게나 가치조차 가볍고 무가치하게 여겨지기 때문이다. 결코 그럴 리 없겠지만 어떤 고통스러운 상황에 처해지면 나도 그들처럼 자살해야 하나 하는 생각이 든다.

특히 사회 지도층 인사들이 자신의 삶의 고통을 언론에 이야기할 땐 심사숙고해야 한다. "한때는 자살할 생각을 많이 했다. 독극물을 주사할까, 목을 맬까, 약을 먹을까, 구체적으로 계획한 적도 있었다" 라고 할 때는 그 말을 듣는 일반 대중을 먼저 생각해야 한다. 그것은 자신의 삶이 그만큼 고통스러웠다는 것을 강조하기 위한 것이겠지만 은연중 우리 사회 구석구석을 향해 "저런 사람도 자살하려고 했는데……" 하는 생각을 바이러스처럼 널리 퍼지게 만든다.

나는 10년 전 수능 1교시 언어영역 시험을 치르고 고사장을 빠져나와 아파트 옥상에서 투신자살한 남원의 한 여고생에 관한 보도를 지금도 잊을 수 없다. 수능시험을 좀 못 치렀다고 그것이 목숨마저 버릴 만한 일이었을까. 남은 가족, 그중에서도 딸을 잃은 부모의 심정은 어떠했을까.

가족 중에 자살한 이가 있으면 그것은 남은 가족이 평생 안고 가야 할 고통의 짐이다. 내가 아는 분 중 아버지가 자살한 가족은 명절 날 형제끼리 만나도 서로 아버지 이야기를 꺼내지 않는다. 영원히 아물지 않는, 가슴속에 날카로운 돌부리처럼 박혀 있는 그 고통의 상처를 아무도 먼저 건드리고 싶지 않은 것이다. 만약 아버지의 죽음이 자연적인 것이었다면 그들은 항상 아버지와의 추억을 이야기했을 것이고, 시간이 갈수록 아버지와의 이별의 고통이 사랑과 그리움으로 승화되었을 것이다.

최근 신문보도에 의하면 한강에 투신하는 이가 이틀에 한 명꼴이고 하루 평균 43명이 자살한다고 한다. 우리 사회가 아무리 '자살사회'라 할지라도 이대로 방관할 일은 아니다. 언젠가 한강에 투신했다가 구조대원의 도움으로 살아난 이가 자신의 자살 경험을 적은 노트를 한강대교 난간에 매달아놓은 적이 있다. '자살하려는 사람은 꼭 읽어주세요'라고 쓰인 그 노트엔 '차가운 물속에서 숨이 끊어질 때까지 받는 고통의 시간이 살아서 고통 받는 시간보다 수천 배 수만 배 더 길다'는 내용이 적혀 있었다.

사람은 희망을 잃을 때 자살한다고 한다. 그러나 인간의 가장 큰 죄악은 바로 희망을 잃는 것이라고 한다. 그런 의미에서 자살은 죄악이다. 절망이라는 죄는 신이 용서하지 않는다고 하지 않는가. 인생의 성공 중에서 자살에 성공한 것만큼 부끄러운 성공은 없다. 타인을 죽여야만 살인이 아니라 자신을 죽여도 살인이다. 자살은 살인에 속하며 자신에 대한 가장 가혹한 범죄행위이다.

누구나 살아가면서 정말 죽고 싶은 생각이 들 정도로 어려움을 겪는다. 어려움을 겪지 않고 인생을 마치는 이는 없다. 그런데 어려울 때마다 자살을 생각하고 또 자살한다면 우리의 인생이 어떻게 되겠는가. 오늘도 지하철 사당역에서 한 할머니가 떡바구니를 앞에 놓고 수많은 인파가 오가는 데 앉아 꾸벅꾸벅 졸고 있는 모습을 보았다. 이 얼마나 생존을 위해 몸부림치는 장엄한 광경인가. 지하철을 오가며 하모니카를 불거나 육성으로 노래를 부르며 구걸하는 시각장애인들을 보라. 이 얼마나 숭고한 생존의 풍경인가.

영국의 물리학자 스티븐 호킹은 그의 환갑 기념 심포지엄에서 "내가 이룬 업적 중 가장 위대한 것은 살아 있다는 것"이라고 말한 바 있다. '통영의 딸' 신숙자 씨 남편 오길남 씨가 북에 두고 온 가족에게 해줄 수 있는 최선책은 지금 그가 살아 있는 것이다. 만일 오길남 씨가 고통을 견디지 못하고 자살이라도 한다면 북에 있는 그의 가족 또한 죽은 존재나 마찬가지다. 너무나 죄송스러운 가정이지만, 만일 법정 스님이나 김수환 추기경께서 자살로 우리 곁을 떠나셨다면 이 시대를 사는 우리의 삶은 그 얼마나 고통스럽고 허망할 것인가.

자살은 유행이 아니다. 재산과 명예를 지키는 일도 아니다. 자살은 자살일 뿐이다. 자살하면 어려움에 처한 모든 문제가 다 해결될 것이라고 생각한다면 그것은 너무나 안이한 이기적 생각이다. 죽어서 해결될 문제는 살아서도 해결된다. '자살하지 마라/다시 태어날 줄 아나'라고 최명란 시인이 노래했듯이 인간으로 다시 태어나기 어렵다. 만일 오늘 당신이 자살의 유혹에 빠진다면 자살의 유혹에 침을 뱉어라.

나만의 사다리를 찾아라

두 나그네가 있었다. 그들은 오랫동안 여행을 한 탓에 몹시 지치고 배가 고파 그대로 쓰러질 것 같았다. 그래도 그들은 있는 힘을 다해 마을에 다다라 어느 집 대문을 힘껏 두드렸다.

집에는 아무도 없었다. 문을 밀자 문이 그대로 열렸다.

그들은 먹을거리를 찾아 곧바로 부엌으로 들어갔다. 부엌에는 과일이 가득 담긴 바구니 하나가 천장 높이 매달려 있었다.

'저 과일을 꺼내 먹을 수 있으면 얼마나 좋을까.'

그들은 바구니를 올려다보며 침을 꿀꺽 삼켰다.

그때 한 나그네가 투덜거리며 말했다.

"너무 높이 매달려 있어 내릴 수가 없어. 빨리 다른 집으로 가는 게 좋겠어."

그는 다른 집으로 가기 위해 서둘러 부엌을 빠져나갔다. 그러나 다른 한 나그네는 바구니를 올려다보며 이렇게 말했다.

"아니야, 난 저 과일을 꼭 꺼내 먹을 거야. 아무리 높이 매달려 있어도 누군가가 저기에다 걸어놓은 거야. 그렇다면 꺼낼 수도 있는 거야."

그는 집 안 곳곳을 돌아다니면서 무언가를 찾기 시작했고, 곧 헛간에서 사다리를 찾아 부엌으로 가져왔다. 그러고는 사다리를 타고 올라가 천장 높이 매달린 바구니 속 과일을 꺼내 먹었다.

『탈무드』에 있는 이야기다. 천장 높이 매달려 있는 과일바구니를 보고 두 나그네가 극명하게 서로 다른 태도를 나타낸다. 한 사람은 쉽게 포기해 버리고, 또 한 사람은 적극적인 방법을 찾아내 과일을 꺼내 먹는다.

결국 이 이야기는 어떤 태도를 지니느냐에 따라 삶의 방향이 완전히 달라질 수 있다는 것을 의미한다. 아무리 힘들고 어려워도 긍정적인 태도를 지니고 노력하는 게 중요하다는 점을 강조한 것이다.

하지만 나는 이 이야기에서 '사다리' 자체의 역할과 의미에 대해 더 주목하고 싶다. 물론 사다리를 찾는 긍정적이고 적극적인 삶의 태도는 중요하다. 그러나 아무리 그러한 태도를 지니고 노력했다 하더라도 만일 사다리를 찾지 못했다면 어떻게 되었을까. 아마 바구니에 담긴 과일을 꺼내 먹기는 힘들었을 것이다.

따라서 '사다리를 찾았다'는 것은 자기만의 전문성을 확보했다는 것을 의미한다. 자기만의 전문성 없이 살아가기 힘든 시대에 '살아갈 수 있는 자기만의 도구'를 찾아 확보했다는 것이다.

'천장 높이 매달려 있는 과일바구니'는 우리가 도달하고자 하는 현실의 또 다른 모습이다. 우리는 그런 현실 속에서 자신과 가족을 책임지며 살아간다. 문제는 그런 현실 속에서 그것을 '어떻게 꺼내 먹느냐' 하는 것보다 '무엇을 통해 꺼내 먹느냐' 하는 게 더 중요하다.

나는 그것을 전문성이라고 말하고 싶다. 일반적으로 '사다리'에는 사전적 의미 외에도 노력의 사다리, 기회의 사다리, 출세의 사다리 등 성공과 관련된 여러 의미가 내포돼 있다. 그래서 누가 '사다리를 탔다'고 할 때, 그 사다리는 그의 정당한 능력보다는 외부적 요인이 더 작용했다는 부정적 의미를 지니기도 한다.

그러나 나는 '전문성의 사다리'라는 의미에 더 비중을 둔다. 즉 나만의 사다리, 자기만의 전문성을 가져야만 스스로의 힘으로 현실적 삶을 살아갈 수 있는 것이다. 독일 속담에 '여덟 가지 재주를 가진 사람은 식구 한 사람을 구원하지 못하고, 한 가지 재주를 가진 사람은 여덟 식구를 보살핀다'는 말이 있다. 그만큼 내가 잘하는 한 가지 전문성이 중요하다는 뜻이다.

세상에서 가장 행복한 사람은 '자기가 하고 싶은 일과, 해야만 하는 일과, 하고 있는 일이 일치하는 자'라고 한다. 나는 그러한 일치가

자기만의 전문성을 가짐으로써 이루어진다고 생각한다.

　사람은 자기가 하고 싶어 하는 일을 하며 살아야 후회하지 않는 인생을 살게 된다. 그러기 위해서는 나만의 사다리를 가지고 그 사다리를 통해 사는 것이 가장 바람직하다. 그리고 그런 전문성을 지니기 위해서는 자기만의 목표가 먼저 확보돼야 한다.

　한 농부가 아들을 데리고 밭에 나가 밭갈이를 했다. 오전 내내 농부가 쟁기를 잡고 소를 몰아 갈아놓은 밭고랑은 똑바른 것이 보기에 아주 좋았다.

　그러나 아들이 소를 몰고 간 밭고랑은 그렇지 않았다. 아들은 아버지처럼 밭을 잘 갈고 싶었다.

　"아버지, 저도 아버지처럼 밭고랑을 똑바르게 갈고 싶습니다. 어떻게 하면 그렇게 할 수 있는지요?"

　"밭을 갈 때는 먼저 목표를 정하고 소를 몰아야 한다."

　아들은 아버지의 말씀을 귀담아 듣고 다시 쟁기를 잡았다. 그런데 막상 목표를 정하려고 하자 눈앞에는 황소의 등과 큰 뿔만 보였다.

　아들은 뿔을 목표로 정하고 소를 몰았다. 이번에도 밭고랑이 삐뚤빼뚤 어지럽게 갈렸다. 그러자 아버지가 아들에게 말했다.

　"움직이는 소뿔은 목표가 될 수 없다. 언덕 위에 서 있는 저 미루나무를 목표로 해라."

　아들은 아버지의 말씀을 그대로 따랐다. 그제야 밭고랑이 제대로 똑바르게 갈렸다.

　자기만의 전문성은 농부의 아들이 바라본 소뿔처럼 바로 눈앞에 있는 게 아니라 미루나무처럼 멀리 있다. 그리고 하루아침에 확보되는 것도 아니다. 농부의 아들처럼 목표를 향해 흔들리지 않고 꾸준히 밭을 갈면 된다. 그것만이 자기의 전문성을 지닐 수 있는 지름길이다. '황소걸음으로 뚜벅뚜벅'이라는 속담처럼 황소걸음으로 천천히 앞을 향해 걸어가면 자기만의 전문성을 키울 수 있다.

　내 어릴 때는 집집마다 사다리가 하나씩 있었다. 비가 새서 기와를 갈려고 해도 아파트와는 달리 초가집이나 기와집이라는 주택구조상 사다리가 없으면 지붕 위로 올라갈 수가 없었다. 그래서 집집마다 사다리가 거의 다 있었다. 나는 그 사다리를 이용해 감나무에 올라가 감을 따기도 하고 지붕 위에 올라가 놀기도 했다. 어떤 땐 친구집 처마 밑에 사다리를 놓고 올라가 초가지붕 속에 들어 있는 새알을 꺼내기도 했다.

　요즘 그런 사다리를 필요로 하는 사람은 특별한 직업을 지닌 사람들뿐이다. 공사장의 인부는 사다리가 없으면 일을 할 수가 없고, 언론사 사진기자들도 자기만의 A자형 사다리가 없으면 보다 좋은 사진을 찍을 수가 없다. 그런데 그런 직업군에서만 사다리가 필요한 것일까. 아니다. 누구나 자기만의 전문성이라는 사다리가 필요하다.

우정에도 인내가 필요하다

　사람은 친구 없이 살지 못한다. 누구나 가족과 함께 살아가지만 또한 친구와 함께 살아간다. 혼자 살아갈 수 없는 게 인간 삶의 본질이기 때문이다. 그래서 인생에서 어떤 친구를 만나느냐 하는 문제는 어떤 부모와 스승을 만나느냐 하는 문제만큼 중요하다. 물론 평생을 같이 해야 하는 친구는 거짓 없는 진실한 친구이어야 할 것이다.

　내게도 그런 친구가 한 명 있다. 친구라는 말만 떠올려도 가난했던 나를 중학생 때부터 보살펴주던 한 친구의 얼굴이 떠오른다. 그 친구는 여럿이 돈을 거둬 뭘 사 먹거나 어디 가기 위해 차비라도 내어야 할 때면 꼭 내 몫을 대신 내어주었다.

　그는 지금 만나도 그때처럼 주기만 하려고 애를 쓴다.

"예전엔 네가 많이 냈잖아. 이젠 내가 낼게."

같이 점심을 먹고 나서 내가 밥값이라도 내려고 하면 "어허, 이 사람아, 여긴 대구야. 서울서 온 사람이 내면 되나" 하면서 여전히 못 내게 한다.

그 친구와 고등학생 때 무전여행을 가서 경주 토함산을 오른 일이 있다. 한참 산을 오르다가 배가 고파 밥을 해먹기 위해 버너에 휘발유를 넣고 불을 지폈는데 내가 그만 부주의로 휘발유통을 꽉 밟고 말았다. 마침 휘발유통 마개가 닫혀 있지 않아 휘발유가 내 아랫도리로 튀는 것과 동시에 내 몸에 불이 확 붙었다.

나는 너무 놀라 소나무 사이로 길길이 뛰었다. 하반신에 붙기 시작한 불을 어떻게 꺼야 할지 알 수 없어 그저 껑충껑충 뛰기만 할 뿐이었다. 그때 그 친구가 침착하게 자기의 윗도리를 벗어 들고 내 바짓가랑이에 붙은 불을 몇 번이고 힘껏 내리쳐 꺼주었다. 만일 그 친구도 나처럼 당황하기만 했더라면 나는 결국 전신에 화상을 입는 신세를 면치 못하게 되었을 것이다.

그 뒤 울산 방어진해수욕장에서 텐트를 치고 잠을 자다가 내가 토사곽란을 만났을 때에도 그는 밤새도록 내 배를 쓰다듬어주었다. 토하고 설사하던 내 배를 정성껏 쓰다듬어주던 그 친구의 따스한 손길이 없었다면 나는 수평선을 붉게 물들이며 떠오르던 동해의 장엄한 아침해를 바라볼 수 없었을 것이다.

그는 지금도 내 인생의 소중한 벗이다. 그가 보고 싶어 일부러 기차를 탈 때도 있다. 그는 고향 대구에 살고 나는 서울에 살아 자주 만나지는 못하지만 힘든 일이 있을 때면 문득 그가 보고 싶어진다. 보지 않으면 늘 보고 싶은 사람, 보지 않아도 본 것처럼 늘 든든한 사람, 만나면 언제나 마음이 편안한 사람, 무슨 이야기이든 마음속의 이야기를 거리낌 없이 할 수 있는 사람, 그런 사람이 진정한 친구다.

요즘 내 주변을 돌아보면 그런 친구라고 여길 수 있는 이가 몇 명 되지 않는다. 선후배는 많아도 그런 친구는 다섯 손가락 꼽기도 힘들 다. '이제 내 인생에 그 어떤 긍정적인 영향을 끼치지 않는 이는 친구로 삼지 말자'고 나 나름대로 기준을 정하고 나서부터 친구 수가 줄 어들었다. 예전에는 서로 가까이 있어 자주 만날 수 있다는 이유만으로, 또 이런저런 이해관계 때문에 친구가 된 이들이 한둘이 아니었다. 그런데 그런 이들은 그런 이유가 없어지고 나면 친구 관계도 곧 시들해져버렸다.

친구는 멀리 떨어져 살아도 자주 만날 수 없어도 서로 변함이 없어야 한다. 어떤 이해관계가 발생했을 때 내가 좀 손해를 보더라도 받아들일 수 있는 마음의 깊이가 있어야 한다. 항상 자기 이익에 지나치게 매달리면 서로 친구가 되기 어렵다.

내가 위탁을 받아 경영하던 출판사를 정리할 때 저자들에게 미리 지급한 선인세를 되돌려줄 것을 요구했다. 그동안 친구처럼 친하게 지냈던 이들은 대부분 돌려주지 않았다. 어떤 이는 아예 전화도 받지 않고 만나주지도 않았다. 오히려 돌려주지 않으리라고 여겼던 이들이 돌려주었다. 꼭 돌려주지 않을 것 같은 사람은 돌려주고, 꼭 돌려줄 것 같던, 내 입장을 누구보다도 안타깝게 여겨줄 친구들은 오히려 돌려주지 않았다. '쇠는 불에 넣어봐야 알고, 사람은 이익을 앞에 놓고 취하는 태도를 보면 안다'는 말은 빈말이 아니었다. '불 속에 들어가보면 쇠의 질김과 여림을 가늠할 수 있고, 명리(名利) 속에 들어설 때 비로소 사람의 됨됨이를 알 수 있다'는 말은 친구 관계에도 어김없이 해당되는 말이었다.

나는 요즘 만나는 친구 수가 더 줄어들었다. 나이가 든다는 것은 진정한 친구가 점점 줄어든다는 것을 뜻하는 것일까. 이러다가 나중에는 만날 친구가 한 명도 없게 될까 봐 두렵다. 친구가 없다는 것은 오른손이 없는 왼손과 같고, 자주 오가지 않아서 흔적도 없어져버린 산길과 같다고 하지 않는가.

그러나 마냥 두려운 것만은 아니다. 어느 날 책을 읽다가 '친구는 한 사람이면 족하고 두 사람이면 너무 많고 세 사람은 불가능하다'는 말을 읽게 되었는데 그 말이 큰 위안이 되었다. 내게 어머니가 한 사람, 아버지가 한 사람이듯 친구도 결국 한 사람이면 족하다는 것이다. 얼마나 친구가 많은가가 중요한 게 아니라 단 한 사람이라도 얼마나 서로 진실하고 신뢰하며 사랑하느냐가 더 중요하다는 것이다.

진정한 친구란 결국 서로 사랑하는 사이가 되지 않으면 안 된다. 친구 간의 우정도 남녀 간의 사랑의 본질과 마찬가지다. 주지 않으면 받지 못하고 받지 못해도 주어야 한다. 무엇보다도 내가 먼저 좋은 친구가 되어야 좋은 친구를 얻을 수 있다.

우정은 천천히 자란다. 연애가 한순간의 격정에 뜨거워진다면 우정은 모닥불 속에 굽는 고구마처럼 천천히 뜨거워진다. 사랑이 한여름에 느닷없이 퍼붓는 장대비라면 우정은 봄날에 내리는 보슬비나 가을에 내리는 가랑비다.

생텍쥐페리는 『어린 왕자』에서 여우의 입을 통해 "친구를 갖고 싶으면 나를 길들여보라"고 말한다. 어린 왕자가 여우에게 "어떻게 하면 되느냐"고 묻자, 여우는 "인내심이 있어야 한다"고 말한다. 돌이켜보면 우정에도 가장 필요한 것이 인내다.

원고지 위에서 죽고 싶다

"원고지 위에서 죽고 싶다."

소설가 최인호 선생께서 남기신 말이다. '문학의 거리'가 조성돼 있는 서울 연세로 홍익문고 앞 보도 바닥에는 김남조, 이어령, 조정래 등 몇몇 작가들의 두 손을 핸드프린팅해서 글귀 한 구절과 함께 동판에 새겨놓았는데 최인호 선생의 동판에는 바로 이 말이 새겨져 있다.

서대문구청에서 주최한 핸드프린팅 제막식에 참석했던 나는 최인호 선생의 동판 앞에서 오랫동안 발걸음을 떼지 못했다. '원고지 위에서 죽고 싶다'는 이 말 한마디가 한 편의 절명시처럼 아프게 내 가슴을 때렸기 때문이다. 더구나 다른 작가의 글귀는 다 자필이었으나 최인호 선생의 글귀만은 자필이 아닌 활자체 글씨로 새겨져 있었다. 자필 글귀를 받아야 할 시점에 그만 최인호 선생께서 작고하시는 바람에 미처 받지 못했다는 것이다. 그의 두 손 또한 유족의 허락을 받아 영안실에서 핸드프린팅 작업을 한 거였다.

한동안 가슴이 먹먹해졌다. 문학의 거리 동판에 새겨진 손은 다들 생존 작가의 손이었지만 최인호 선생의 손만은 사후의 손이었다. 그러고 보니 그의 손가락 끝은 유달리 잔주름이 많이 있고 왼손이 조금 휘어져 있어 사후에 프린팅한 손임을 짐작게 해주었다.

나는 동판에 새겨진 최인호 선생의 두 손을 한참동안 쓰다듬었다. 선생의 손의 온기가 그대로 전해졌다. 그의 작가적 열망과 문학적 완성이 그대로 내게 전해져 나 또한 시를 쓰다가 원고지 위에서 죽고 싶다고 소원하는 마음이 일었다.

'원고지 위에서 죽고 싶다'는 이 말은 소설가로서의 그의 생애를 단 한 마디로 대변해 주는 말이다. 목숨이 다하는 순간까지 작가로서의 삶을 살겠다는 강한 열망과 결의를 나타낸 말이다.

소망대로 그는 원고지 위에서 죽었다. 침샘암을 앓는 환자가 아니라 작가로서 죽고자 했던 그는 죽는 순간까지 펜을 들어 한 칸 한 칸 원고지 위에다 글을 씀으로써 작가로서의 삶을 완성했다. 그의 유고 산문집 『눈물』을 읽어보면 깊은 밤에 홀로 고통의 원고지 위에 눈물의 만년필로 소설을 쓰는 그의 모습이 선명하게 보인다.

"빠진 오른손 가운데손톱의 통증을 참기 위해 고무골무를 손가락에 끼우고, 빠진 발톱에는 테이프를 칭칭 감고 구역질이 날 때마다 얼음 조각을 씹으면서 미친 듯이 20매에서 30매 분량의 원고를 하루도 빠지지 않고 집필했다."

이 얼마나 견딜 수 없는 고통 가운데서도 작가로서의 본분과 책무를 다하는 진정한 모습인가.

"아아, 주님. 그래도 난 정말 환자로 죽고 싶지 않고 작가로 죽고 싶습니다. 주님, 나를 나의 십자가인 원고지 위에 못 박고 스러지게 해주소서."

이 얼마나 고뇌에 찬 간절한 기도인가. 원고지는 그의 십자가였으며, 그는 결국 소원대로 그 십자가 위에 작가로서 못 박혀 죽었다.

나는 1970년대 말에 최인호 선생께서 월간 《샘터》에 연재하는 소설 「가족」을 매달 교정보고 편집하는 일을 하면서 그를 처음 만났다. 그는 꼭 마감 직전에 원고를 보내셨는데 동화작가 정채봉 씨가 난필로 유명한 그의 글씨를 한 자 한 자 알아보고 다시 썼으며, 바쁘면 읽어주면서 내게 대필시키기도 했다.

소설 「가족」의 최초의 독자인 나는 늘 그의 아드님인 도단이와 따님인 다혜와 함께 사는 듯했다. '이렇게까지 솔직하게 써도 되나' 하는 생각이 들 만큼 그는 가족의 일상사를 세세하게 끄집어내어 글을 썼다. 일상 속에서 어떤 태도로 무엇을 발견해 내느냐 하는 것이 글쓰기에 있어 얼마나 중요한가를, 일상의 삶 속에 진정 문학이 있다는 것을 나는 그때 그를 통해 배웠다. 가족을 사랑하는 일

에서부터 인간의 모든 사랑이 시작된다는 것 또한 내겐 큰 가르침이었다.

최인호 선생은 후배들에 대해 사랑이 많으셨다. 내가 1982년 《조선일보》 신춘문예에 단편소설이 당선되었을 때는 일부러 전화를 해주셨다.

"소설이 당선되었다니, 정말 축하해. 열심히 써. 이제 넌 내 후배야. 시인이 소설가가 되려면 열심히 쓰는 수밖에 없어."

선생의 말씀과 달리 나는 소설을 쓰지 못하고 말았지만 그때는 당대 최고의 소설가가 직접 축하 전화를 해주었다는 사실만으로도 가슴이 뭉클했다.

최인호 선생은 이제 김수환 추기경의 품에 안겨 그동안 참 많이 아팠다고 어리광을 부리고 있을지도 모른다. 아니면 법정 스님과 찻상을 마주하고 대밭을 스치는 바람소리를 들으며 작설차 한 잔 나누고 있을지도 모른다. 아니면 슬며시 어느 술집에 들러 『별들의 고향』의 경아와 카랑카랑한 목소리로 거침없이 이런저런 이승의 이야기를 나누며 빈대떡에 소주라도 한잔 나누고 있을지 모른다.

선생께서는 나자렛 마을에 살았던 2천 년 전 청년 예수 이야기와, 여든 넘게 그림을 그리면서 끊임없이 정열적으로 여자를 사랑했던 화가 피카소 이야기를 소설로 쓰고 싶어 하셨다. 어쩌면 지금쯤은 나무 책상 하나 마련하고 만년필에 잉크를 새로 넣어 선생만의 새로운 관점에서 막 집필을 시작했을 것이다. 원고지 위에서

죽고 원고지 위에서 다시 사는 법을 최인호 선생만은 알고 계시기
때문이다.

동심이 세상을 구원한다

    정채봉은 '아동문학가'보다 '동화작가'라는 명칭을 더 좋아했다. 내가 어떤 글에서 정채봉을 아동문학가로 표기하자 굳이 동화작가로 고쳐줄 것을 부탁하기도 했다. 왜 그러느냐고 묻지는 않았지만 아마 아동문학가라는 명칭이 지닌 통칭성에서 오는 진부함이나 무분별함을 싫어한 게 아닌가 싶다. 또 아동문학의 여러 장르 중에서 동화를 앞세우고 싶었던 게 아닌가 하는 생각이 들기도 하고, 작가라는 말속에 담긴 광의의 의미를 더 좋아한 게 아닌가 하는 생각도 든다.

    작가라는 명칭 속에는 시, 소설, 동화, 에세이, 희곡 등 장르를 구분하지 않고 총칭하는 의미가 포함돼 있다. 내 생각에도 '아동문학가 정채봉'보다 '동화작가 정채봉'이 그의 문학적 이미지를 더 선명하고 명징하게 해주는 느낌이다.

실제로 정채봉의 작품은 동화에만 머무르지 않고 시, 산문 등 여러 분야로 확대돼 있다. 대표적인 것으로는 단편동화『물에서 나온 새』, 장편동화『오세암』, 생각하는 동화『멀리 가는 향기』, 에세이『스무 살 어머니』, 시집『너를 생각하는 것이 나의 일생이었지』등을 들 수 있다. 따라서 그는 아동문학가로서 아동문학의 영역에만 갇혀 있기를 싫어했던 게 아닌가 싶다.

정채봉 동화는 무엇보다도 교훈성에서 멀리 일탈돼 있다. 교훈성이 있다 하더라도 문학성으로 높이 승화돼 있다. 그동안 우리나라 아동문학 작품이 교육적 도구로 전락돼 지나치게 교훈성이 강조된 작품이 많고 문학적 잣대보다 교육적 잣대로 작품을 평가한 점이 없지 않다. 그러나 정채봉 동화에는 교훈성이 있다 하더라도 어디까지나 성취도 높은 문학성 안에서 이루어져 있다.

그의 문학적 정서는 맑음과 밝음과 깨끗함으로 요약할 수 있다. 그는 더러운 것, 부서져 피가 나는 것, 버려져 나뒹구는 것, 어둠 속에서 보이지 않는 것 등을 가장 맑고 밝고 깨끗하게 변화시킨다. 높은 것보다는 낮은 것, 힘센 것보다는 연약한 것, 많은 것보다는 적은 것, 넓은 것보다는 좁은 것, 똑바른 것보다는 구부러진 것, 날카로운 것보다는 부드러운 것, 차가움보다는 따뜻함에서 동화의 소재를 찾았으며, 기쁨보다는 슬픔, 분노보다는 화해, 증오보다는 사랑, 질책보다는 용서, 절망보다는 희망을 동화의 그릇에 주제로 담았다.

그의 이러한 문학적 태도는 순수성에 대한 끝없는 지향 때문이다. 그의 작품을 일관되게 관통하는 하나의 광맥은 인간과 사물에 대한 순수한 사랑이다. 그의 작품 중 여기에서 크게 벗어난 작품을 찾기는 어렵다. 그가 순수한 사랑을 통해서 추구한 것은 결국 인간의 아름다움이다. 그는 인간을 악한 존재로 여기지 않고 어디까지나 선한 존재로 여겼으며 악함 속에서도 선함을 끄집어내었다.

정채봉이 가장 순수하고 아름답다고 생각한 존재는 바로 아이들이다. 그의 동화는 대부분 '아이들은 순수와 사랑의 세계'라는 인식에서부터 출발한다. 그의 동화를 읽다 보면 아이들만큼 순수한 사랑의 본질을 지닌 존재가 없다는 사실을 쉽게 알 수 있다. 그의 동화 속에 나타난 비극이 단순한 비극으로 끝나지 않고 깊은 반전의 눈물과 감동을 주는 까닭은 바로 아이들의 동심이 바탕이 된 순수한 사랑 때문이다.

정채봉의 그러한 사랑은 모든 사물에 생명을 부여하는 방법으로 나타난다. 일단 그의 동화의 손을 거치면 모든 사물이 살아 움직이고 생각하는 사물이 된다. 그는 사물을 의인화하는 능력이 뛰어났다. 사물에 있는 어린이의 마음을 의인화하는 데는 천부적 재능이 발휘되었다. 그의 작품에서는 흰구름도 말을 하고 제비꽃도 말을 한다. 그는 모든 사물에 생명을 부여하거나 인간과 동일시하는 물활주의자(物活主義者)다.

그가 그 누구보다도 탁월하게 자유자재로 사물의 마음과 소통할 수 있었던 것은 아이의 마음을 늘 지녔기 때문이다. 오직 아이의 마음만이 사물의 마음을 읽을 수 있다면 그런 점에서 그는 영원히 아이의 마음을 지닌 작가다.

그의 동화에 나타난 종교적 배경은 불교와 천주교다. 불교적 정서가 가장 두드러진 작품집으로서는 『오세암』, 가톨릭 정서가 가장 두드러진 작품집으로서는 『가시넝쿨에 돋은 별』 등을 들 수 있다. 그는 성장기에 할머니의 손을 잡고 선암사에 다녔으며, 법정 스님과 오랜 친교를 통해 불교적 삶에 대한 깊은 이해를 지녔다. 성당에서 영세를 받은 가톨릭 신자로서의 그의 영세명은 빈자의 성인으로 일컬어지는 프란치스코. 새와 벌레와 짐승들과 대화하던 프란치스코 시인 성자의 모습이 그의 삶에 깊게 투영돼 있음을 부인하긴 어렵다.

정채봉은 시인으로서의 감수성도 아주 예민했다. 실제로 그는 시를 존중했다. 동화를 쓰는 마음과 시를 쓰는 마음이 서로 같은 마음임을 잘 알고 있었다. 그는 암 투병 과정 속에서 메모지에 짧게 압축된 글들을 많이 남겨놓았다. 그것은 그가 의식했든 의식하지 않았든 시의 형식을 빌린 거였다. 그는 이리저리 흩어져 있던 메모지를 그냥 그대로 내게 넘겨준 적이 있다. 그 메모지에 적힌 글들을 내가 시의 그릇에 가지런히 정리 정돈한 게 그의 첫 시집이자 마지막 시집인 『너를 생각하는 것이 나의 일생이었지』이다.

그의 시 또한 순수한 사랑에 대한 끝없는 추구로 일관돼 있다. 아쉬움과 그리움과 기다림의 형태로 나타났으나 결국은 순수한 사랑이 그 지향점이자 귀결점이다. 시를 이해하지 못하는 동화작가는 있을 수 없으며, 동화를 이해하지 못하는 시인 또한 있을 수 없다. 정채봉이 그러한 시인의 마음을 구체화시켜 동화작가로서 한 권의 시집을 남겼다는 것은 참으로 소중한 일이다.

정채봉은 아동문학을 '아동'에만 한정시키지 않고 보다 폭넓은 성인 독자층을 형성하고 '문학'의 자리에 확고히 올려놓음으로써 아동문학의 예술적 지평을 넓혔다는 점을 높이 평가할 수 있다. 그가 '성인동화'라는 장르를 개척했다는 것도 바로 그러한 의미에서 상찬해 마지않아야 할 부분이다.

정채봉은 방정환, 윤석중, 강소천, 마해송, 이원수, 이주홍 등 한국아동문학사의 맥을 잇는 작가로 자리매김할 수 있다. 1980년 이후 한국아동문학계는 문학성의 상실로 인해 침체된 국면이 없지 않았다. 그러한 국면을 정채봉의 동화가 보다 문학성을 획득함으로써 한국아동문학을 한층 더 부흥 발전시켰다고 할 수 있다.

너무 일찍 떠난, 아직도 써야 할 동화가 많을, 어쩌면 지금 천국에서 열심히 동화를 쓰고 있을 그가 오늘 저녁에 참 많이 보고 싶다.

"동심이 세상을 구원한다."

그는 늘 내게 이렇게 말해 왔다. 오늘은 그의 약간 쉰 듯한 목소리가 들린다.

'어른 김용택'보다 좋은 '아이 김용택'

김용택 시인이 벌써 정년 퇴임이라니! 도저히 실감이 나지 않는다. 내게 있어 '시인 김용택'은 그냥 '아이 김용택'일 뿐이다. 기억이 가물가물하지만 그의 가족사진 중에 그가 어린 아들 민세와 따님 민해하고 같이 섬진강 강가에 놓인 돌 위를 훌쩍 건너뛰는 장면의 사진이 있다. 그 사진을 딱 한번 봤을 뿐인데 징검다리를 건너는 젊은 아버지와 아이들이 얼마나 아름다운지 그대로 내 가슴에 각인돼 잊히지 않는다. 지금도 그 사진을 떠올리면 두 다리를 쩍 벌린 아이들하고 똑같은 몸짓을 한 '아이 김용택'의 모습이 떠오른다. 그는 내게 영원히 섬진강 징검다리를 건너는 아이들 중 한 아이로 남아 있을 뿐이다.

나도 김용택 시인이 20대 때부터 초등학교 교사로 봉직한 마암분교에 가본 적이 있다. 학교에 들어서자마자 아이들이 넓은 운동장에서 공차기를 하고 있었는데 공차기하는 아이들과 '선생님 김용택'이 잘 구분되지 않았다. 그래서 나는 아직 김용택 시인을 마암분교 운동장에서 공차기하는 아이들 중 한 명이라고 생각한다. 그런데 그런 그가 회갑이자 퇴임이라니 어떻게 믿을 수 있겠는가.

김용택 시인을 만나면 마음이 편안하다. 자주 만나는 사이가 아니면 친한 사이라 하더라도 다소 서먹서먹해지기 마련이다. 김용택 시인은 문학 관련 공식 행사장에서 이태 만에 만날 때도 있는데 그렇게 오랜만에 만나도 이제껏 그를 만나 마음이 불편해 본 적이 없다. 그래서 김용택 시인 앞에서는 아무것도 경계할 게 없다. 그것은 그의 놀라운 친화력과 자신을 있는 그대로 숨김없이 드러내는 천진함과 누구를 만나든 애초부터 상대방을 편안하게 하는 천성 때문이다.

그를 언제부터 만났는지 잘 기억이 나지 않는다. 꾸준히 만나기 시작한 것은 아마 1999년 11월, 한양대에서 시노래 모임 '나팔꽃' 첫 공연이 있던 무렵일 것이다. 그런데도 그의 첫 시집 『섬진강』이 출간된 이후부터 줄곧 만나온 듯하다. 실제로 만나지 않았는데도 늘 우정을 나누고 만나온 것처럼 느껴지는 것이다.

그것은 그가 사람을 처음 만나도 오래전부터 만나온 사이처럼 금방 친해져버리기 때문이다. 여러 사람이 모여 다들 초면에 서먹서먹해하면 그는 햇빛이 아이스크림을 녹이듯 주변을 금방 화기애애하게 웃음꽃이 피도록 녹여버린다. 그와 함께 있으면 아무리 주변이 냉랭해도 금방 따스한 온돌방에 앉아 있는 것과 같은 느낌을 받는다.

그는 처음 만난 사람이 한 살이라도 후배이면 금방 말을 트고 "어이, 아무개" 하고 탁 이름을 불러버린다. 처음 만난 사람과 친해지려면 몇 년이 걸리기도 하고 아무리 후배라 할지라도 말도 제대로 놓지 못해 꼭 이름 끝에 '씨' 자를 붙이고 마는 나로서는 여간 부러운 일이 아니다. 사람들이 친해지기 어렵다고 하면서 나를 멀리 여기고 그를 가깝게 육친처럼 여기는 까닭이 거기에 있다.

그를 가만히 마음속으로 그려본다. 지워지지 않는 하나의 이미지가 계속 떠오른다. 아무래도 그는 꼭 하동(夏童) 같다. 폭염이 쏟아지는 여름날 섬진강가에서 동네 또래들과 밥 먹는 것도 잊어버리고 멱을 감고 있는, 얼굴과 등줄기가 뜨거운 햇빛에 새까맣게 타버린 아이의 모습. 그 모습이 자꾸 떠오른다. 사실 그렇지 않은가. 말을 할 때나 웃을 때 한번 보라. 그 얼마나 개구진 얼굴인가. 눈이 살살 웃고 입가에 웃음이 그치지 않는다. 그가 누구를 노려본다 해도 그건 그냥 쳐다보는 것일 뿐 아무런 약효가 없다.

한번은 그가 가르치는 아이들이 수업시간에 떠든다고 야단치는 모습을 본 적이 있는데 그건 야단치는 게 아니라 그냥 소리를 획 한번 질러보는 데 불과했다. 아이들 역시 '김용택 선생님'이 소릴 지르나 마나 아무런 상관도 하지 않고 계속 떠들어대었다. 어쩌다가 그가 화를 내며 심각한 표정으로 이건 이래서 안 된다고 나무라거나 주장하는 모습을 본 적도 있는데 그런 모습도 내겐 교실에서 마구 떠드는 아이들 눈에 비친 '김용택 선생님'으로밖에 느껴지지 않았다.

나는 그를 만날 때 가끔 그가 입은 옷을 눈여겨볼 때가 있다. 지금까지 내가 기억하기론 그가 단정히 양복을 입은 모습은 단 한 번도 본 적이 없다. 그동안 그가 입은 옷들은 거의 다 개량한복류의 옷들이다. '개량한복이 안 나왔으면 도대체 무슨 옷을 입으려고 저런 옷만 입는 거지? 장가갈 때도 저런 옷을 입었나' 하는 생각이 들 정도로 그는 양복 입은 모습을 보여주지 않았다. 곰곰 생각해 보면 내가 개량한복류의 옷을 입으면 어울리지 않을 것이라고 생각되는 것처럼 그 또한 양복에 넥타이를 매면 어울리지 않을 것이라는 생각이 든다. 그건 내가 '도시형 인간'이라면 그는 '시골형 인간'이기 때문이다.

모텔 방에서 그와 같이 잠을 자보면 그가 얼마나 시골형 인간인지 금방 알아차릴 수 있다. 나는 거의 자정이 넘고 한 시가 되어야 잠잘 생각을 하는데, 그는 저녁 아홉 시(정말 초저녁이 아닌가)만 되면 잠이 온다고 하면서 다리를 뻗고 길게 눕는 자세를 취한다. 어쩌다가 일 년 만에 '나팔꽃' 식구들이 모여 그동안 의논하지 못했던 '시노래'에 대해 본격적으로 막 이야기를 펼치려고 하면 "나 먼저 잘라네" 하고 빈방을 찾아 드러누워버린다. 내가 뒤늦게 그의 옆에 누우면 그는 이미 깊은 잠에 빠져 있다.

문제는 그다음에 일어난다. 나는 깊이 잠들어 있는데 그는 아침(나로서는 정말 한밤중이다) 여섯 시만 되면 일어나버린다. 마침 일요일이라 학교에 출근할 까닭도 없는데 일찍 일어나 내 단잠을 깨워버린다. 내가 깰까 봐 조심조심하는 게 아니라 불을 훤히 켜버린다. 그러니 어쩌겠는가. 속으로 미워하면서 일어나는 수밖에. 도시형 삶에 찌들린 나 자신을 스스로 원망할 수밖에.

나는 정말 '어른 김용택'보다 '아이 김용택'이 더 좋다. "콩! 너는 죽었다!" 하고 소리치며 또르르 쥐구멍으로 굴러들어가는 콩을 잡으려고 달려가는 '아이 김용택'이 훨씬 더 좋다. 그가 완벽한 어른이 되기 위하여 환갑의 나이가 되고 퇴임하고 하는 게 영 싫고 마뜩찮다. 축하하는 마음을 갖는 것조차 영 잘못하는 것 같다. 그래서 깊은 밤 나 혼자 몰래 섬진강에게 부탁해 본다.

"섬진강아, 나도 김용택 시인만큼은 아니지만 너를 사랑한다. 나도 경남 하동에서 태어나 너랑 일찍이 인연이 있으므로 내 부탁 하나 들어다오. 너는 세월 따라 유유히 흘러가며 늙어가더라도, 너를 놀랍게도 '전라도 실핏줄'이라고 표현한 '섬진강 시인 김용택'만은 세월따라 늙어가지 않도록 좀 해다오. 정말 부탁한다! '아이 김용택' 그대로 살게 해다오."

아이들은 위대한 시인이다

요즘 아이들은 시를 어려워한다. 중고등학교에 강연을 가서 시 이야기를 하면 학생의 표정이 진지하기는 하나 이해하기 어렵다는 표정을 짓는다. 시는 무조건 어려운 것, 내 삶과 공부에 아무런 관계가 없는 것이라는 생각을 하는 표정이다. 심지어 학교 측도 지금 아이들에게 시가 무슨 교육적 의미와 가치가 있을까 하는 부정적 태도를 보일 때도 있다.

"요즘 아이들은 공부하느라고 정서적으로 퍽 메말라 있어요. 실은 시와 음악 미술 등 예능교육이 정말 필요하지요."

학교 측에서 이렇게 말하기도 하지만 그건 그냥 필요성만 강조된 경우가 대부분이다.

왜 그럴까. 아마 발등의 불인 입시 때문일 것이다. 명문대에 몇 명의 학생을 입학시키느냐 하는 문제가 학교의 위상을 높일 수 있는 관건이기 때문이다. 그래서 당장 눈에 안 띄는 비효과적인 시 공부에는 관심이 멀어질 수밖에 없다.

학교는 학원이 아니다. 학교는 입시를 목적으로 한 데가 아니라 교육을 목적으로 한 데이나 현실은 그렇지 않다. 시를 통해 언어의 아름다움을 느낄 수 있고 자연과 인간을 이해할 수 있는데도 시를 중요하게 여기지 않는다. '한창 시를 좋아해야 할 나이에 아이들은 왜 저토록 시를 어려워하는가. 또 학교 측은 시에 대해 왜 저토록 무관심한가' 곰곰 생각해 보지 않을 수 없다.

요즘 아이들은 독서 세대가 아니다. 게임 세대이며 영상 세대다. 스마트폰 세대이며 인터넷 세대다. 자연히 책과 멀어질 수밖에 없는 환경이다. 읽을 책이 없어서 독서환경이 나쁜 게 아니라 책 외에 다른 매체가 많아서 오히려 열악하다. 독서가 상상력을 키우는 역할을 한다면 영상은 바로 직접 보여줌으로써 상상력을 제한시키는데도 영상 위주의 삶을 즐긴다.

그래도 초등학생 때는 책 중에서도 동시집을 많이 읽는 편이다. 동시가 언어 감각을 익히게 하고 표현력을 키우며 시적 감수성과 상상력을 향상시키기 때문이다. 특히 초등학교 저학년 때는 깜짝 놀랄 정도로 시를 아주 잘 쓴다.

석가탄신일이다

즉 부처님 오신 날이다

절에 가서 절도 드렸다

기뻤다

부처님

오래오래 사십시오

— 김영수 지음, 「석가탄신일」 전문

이 얼마나 동심이 가득한 천진난만한 시인가. '절에 가서 절도 드렸다'는 '절'의 이중적 의미를 나타낸 것도 놀랍지만, 부처님보고 '오래오래 사시라'고 한 점은 절로 웃음이 나온다. 천진성을 바탕으로 시적 해학성이 뛰어난 동시가 아닐 수 없다.

오줌이 누고 싶어서

변소에 갔더니

해바라기가 내 자지를

볼라고 볼라고 볼라고 한다

그렇지만 그렇지만

나는 안 보여줬다

— 안동대곡분교 3학년 이재흠 지음, 「내 자지」 전문

이 시는 시골 초등학교 변소에서 오줌을 누다가 문득 창가의 해바라기가 자신의 '고추'를 보고 있다고 생각했다는 점이 참으로 놀랍다. 실은 해바라기가 창가에 서 있을 뿐인데 소년은 고개 숙인 해바라기가 자기의 '고추'를 보려고 한다고 생각한 것이다. 시를 발견하는 마음의 눈이 이 얼마나 경이롭고 천진한가. 나아가 이 시는 소년이 해바라기한테 자신의 '고추'를 안 보여줬다고 한 데서 더욱 놀라운 시적 형성력을 갖는다.

아이들은 모두 시인이다. 아이들이야말로 위대한 시인이다. 아이들이 지니고 있는 동심 자체가 시의 원형이자 본질이다. 아이들의 마음속에 있는 시의 꽃나무를 일찍부터 어른들이 뽑아버리지 말아야 한다. 집에서나 학교에서나 아이들로 하여금 시를 자꾸 읽게 해야 한다. 그래야만 어른이 되어서도 자연스럽게 시를 읽게 되고 시를 읽음으로써 인간을 이해하고 인간이 이루는 삶을 진정 이해할 수 있다.

얼마 전, 전남 광주 무등중학교에서는 한 담임교사(국어과 교사가 아니라 사회과 교사라고 한다)가 지각생에게 체벌 대신 시를 한 편씩 외게 해 화제가 된 적이 있다. 「가장 아름다운 체벌」이라는 제목으로 신문에 기사가 나기도 했는데 학생들이 시를 외기 싫어서 지각생이 줄어들었다고 한다. 나는 그 학급에 지각생이 자꾸 줄어들까 봐 걱정이다. 지각생이 없으면 그렇게라도 시를 외울 기회가 없어지니까!

백두산을 품에 안은 아이들

종원아, 규범아, 유진아! 백두산을 품에 안고 잘 있니? 이렇게 너희들의 이름을 다시 불러보니 너희들의 얼굴 하나하나, 눈빛 하나하나, 몸짓 하나하나가 다 떠오르는구나. 아마 지금도 너희들의 가슴속에는 백두산 천지의 푸른 물결이 출렁이고 있을 거야.

너희들과 함께 백두산을 다녀온 지 벌써 20여 일이 지났구나. 내 귀엔 아직도 "소연아, 경우야, 윤상아" 하고 너희들을 부르던 여러 선생님들의 다정한 목소리가 들려온다. 그래서 지금도 너희들하고 차를 타고 백두산을 향해 달려가는 것만 같구나.

너희들은 다른 아이들과는 달리 귀가 안 들리고 키가 반밖에 되지 않고 자폐 장애 등이 있긴 했지만 내가 보기엔 다른 아이들과 조금

166

도 다를 바가 없었어. 장애를 지니고 살아가야 할 인생이라는 산이 백두산보다 더 높고 험하다 할지라도 열심히 살아갈 수 있도록 너희들에게 힘과 용기를 주기 위해 마련된 백두산 기행에 나도 함께할 수 있어서 실은 얼마나 기뻤는지 몰라.

우리는 백두산을 오를 수 있는 길 중에서 천지 바로 앞까지 계단이 놓여 있어 비교적 오르기가 쉬운 북파 쪽을 택했지. 너희들은 우리 민족의 영산인 백두산을 오른다는 사실에 다소 걱정은 하면서도 다들 상기된 표정이었어. 백두산 자락에 있는 이도백하 마을에서 탄 셔틀버스에서 내려 천지까지 올라갈 수 있는 1,236개나 되는 계단 앞에 섰을 때, 너희들은 다들 입을 다물고 천지 쪽을 올려다보았어.

'내가 이 계단을 올라갈 수 있을까. 계단 너머에 정말 천지가 있을까.'

끝이 안 보이는 계단을 올려다보면서 너희들은 다들 그런 생각을 하는 것 같았어. 그때 함께 간 산악인 엄홍길 대장이 너희들에게 신발 끈을 다시 매게 하고 말씀하셨지.

"우린 지금부터 천지를 향해 백두산을 걸어 올라가는 거야. 그런데 각자 혼자 올라가는 게 아니고 다 함께 같이 올라가는 거야. 누가 먼저 올라가는 게 아니야, 알았지?"

"네!"

엄 대장님 말씀에 너희들은 참으로 힘차게 대답했어. 무슨 일이 주어져도 꼭 해낼 수 있다는 결의에 찬 목소리였어.

"그래, 너희들이 올라갈 수 있다고 생각하면 올라갈 수 있는 거야!"

너희들은 엄 대장님 말씀대로 다 함께 백두산을 올라갔어. 혹시 누가 뒤처지지는 않는지 뒤돌아보기도 하고 조금 뒤처지는 친구가 있으면 손을 잡아주기도 했어. 나는 그런 너희들이 얼마나 예뻤는지 몰라.

천지를 보는 순간 너희들은 누가 먼저라고 할 것 없이 "야아!" 하고 소리를 내질렀지. 천지는 그 환호성에 너희들을 기다리고 있었다는 듯이 손을 흔들며 찬란하게 빛나고 있었지.

나도 천지까지 올라가는 게 힘들었지만 천지를 보는 순간 "와!" 하는 탄성이 저절로 터져나왔어. 힘들다는 생각은 순식간에 사라지고 너무나 놀랍다는 생각만 들었어. 어떻게 2,750미터나 되는 높은 산 꼭대기에 그렇게 깊고 넓고 푸른 물이 고여 있는지 정말 아름다웠고 신비로웠어. 그래서 얼른 내 가슴속에 백두산 천지를 품고 또 품었지. 그리고 너희들을 따라 힘껏 만세를 불렀어. 너희들의 힘찬 음성과 밝은 미소에 나도 큰 힘을 얻었어. 그때 천지의 푸른 물결이 아버지처럼 굵은 주름을 지으며 나를 보고 빙그레 미소 지어주었지.

'천지는 하느님이 쓴 시다!'

너희들과 천지를 배경으로 신 나게 사진을 찍으면서 나는 그런 생각도 들었어. 하느님이 쓴 시가 아니라면 어떻게 그토록 웅장하고 아름다울 수가 있겠니.

나는 지금까지 살아오면서 조금만 슬퍼도 눈물을 잘 흘렸어. 그러니까 울보지.

'나는 왜 이렇게 눈물이 많을까.'

참으로 한심하다고 생각한 적이 많았는데 백두산 천지를 보니까 그게 아니야. 인간이라면 누구의 인생이든 다 눈물이 많은 거야. 백두산 천지가 바로 백두산의 눈물인 거야.

천지라는 눈물이 그렁그렁 고여 있는 백두산. 백두산도 자기 반을 중국에게 빼앗겼으니 그 얼마나 슬프겠니. 또 남북으로 분단된 조국을 보고도 슬프지 않을 수 없을 거야. 나만 슬픈 줄 알았더니 그게 아닌 거야. 백두산도 슬퍼서 천지라는 눈물이 고여 있는데 내 가슴에 눈물이 고여 있는 것은 당연하지 않겠니.

우리가 백두산을 떠나던 날 밤, 모닥불을 피워놓고 캠프파이어를 할 때 삼행시 짓기 대회에서 '산은 역시 백두산이다'라고 쓴 소연이가 일등을 했는데 소연이는 왜 그렇게 지었을까. 아마 소연이도 천지에 대한 감동 때문에 그런 삼행시를 지었을 거야.

참, 영화 〈말아톤〉의 실제 주인공인 형진이는 지금도 마라톤을 잘하고 있니? 형진이는 우리 시대의 가장 멋진 마라토너이니까 지금도 백두산을 가슴에 품고 힘차게 마라톤을 하고 있을 거야.

형진아, 시원아, 희도야! 우리 모두 백두산 천지를 늘 가슴에 품고 살자. 아침마다 가슴속에 천지의 맑은 햇살이 찬란히 비치도록 하자. 그리하여 그 햇살을 다른 친구들의 가슴에 전해주자. 아니, 우리 모두 백두산 천지의 햇살이 되어 우리처럼 아픈 아이들의 가슴을 비춰

주자. 수많은 세월이 지난 뒤에도 우리 다시 만나면 그날 다 함께 백두산 천지에서 만세를 불렀듯이 만세를 부르자. 백두산이 울면 우리도 같이 울고 백두산이 웃으면 우리도 같이 웃자.

검정 고무신의 추억

어릴 때 처음 신어본 신발은 고무신이다. 그것도 폐기 처분된 타이어 등을 재활용해서 만든 검정 고무신이다. 요즘 아이들은 고가의 유명 메이커 운동화를 신지만 내 어릴 때는 부모님께서 사주시는 검정 고무신이 고작이었다. 새 고무신을 신은 지 얼마 되지도 않았는데 앞이 터져 엄지발가락이 삐죽이 삐져나왔던 생각을 하면 지금도 피식 웃음이 나온다. 어떤 동무들은 다 떨어진 검정 고무신에 헝겊을 대고 기워서 신고 다니기도 했다.

내가 자라던 대구에서는 그때만 해도 집에서 조금만 걸어 나가면 논이 있고 산이 있고 과수원이 있고 내가 흘렀다. 겨울에는 신천 냇가에서 썰매를 탔으며 여름에는 발가벗고 미역을 감았다. 미역을 감다가 심심하면 고무신에 작은 돌멩이나 모래, 풀잎 등을 가득 싣고 냇물에 띄워 놀기도 했다.

동네 형들을 따라 고기잡이 하러 갈 때는 굳이 망태기나 그물망이 필요 없었다. 신고 있던 검정 고무신을 벗어들면 그것으로 얼마든지 고기를 잡을 수 있었다. 고기가 다니는 길목을 적당히 돌로 막고 고무신 한 짝을 찔러두면 정신 나간 고기가 그곳에 코를 박고 숨어 있었다. 주로 피라미나 미꾸라지가 고무신에 코를 박고 있었는데 그럴 때는 신 나게 환호성을 지르며 나머지 한쪽 고무신에 물을 받아 마치 어항인 양 잡은 고기를 넣어두었다. 그러면 미처 고기를 잡지 못한 아이들은 내 고무신을 들여다보며 참으로 부러워했다.

나 같은 조무래기와는 달리 어른들은 심심하면 냇물에 폭약을 터뜨려 고기를 잡곤 했다. 폭약 터지는 소리에 까무라쳐 죽은 고기들이 허옇게 배를 뒤집고 물 위에 둥둥 떠올랐다. 그럴 때면 신고 있던 고무신을 벗어 들고 물결에 떠내려오는 고기들을 건져내기에 바빴다. 큰 메기라도 몇 마리 건져 집에 가져가면 어머니는 고추장을 풀어 맛있게 매운탕을 끓이셨다. 그러면 나는 여동생 앞에서 보란 듯이 으쓱대곤 했다.

어른들은 또 잠자리채 같은 그물망에 배터리를 이용해 전기를 통하게 해서 고기를 잡기도 했다. 그물망을 대자마자 강한 전류에 감전돼 기절한 고기가 물 위로 떠오르면 우리 조무래기들은 그것을 차지하려고 몸싸움도 마다하지 않았다. 그러다가 싸움판이 커지면 들고 있던 고무신짝으로 상대의 뺨을 후려치고 잽싸게 도망치기도 했다. 나는 고무신 한 짝을 떨어뜨린 줄도 모르고 냅다 도망치다가 결국 고무신을 찾지 못한 일도 있었다.

초봄에 냇가에 나가 이제 막 알을 까기 시작한 개구리를 잡는 데에도 검정 고무신은 단단히 한 몫을 했다. 아이들은 긴 작대기 끝에다 날카로운 못을 박아 그것을 창처럼 삼아 개구리를 잡았다. 눈을 끔벅끔벅하면서 돌 밑이나 물풀이 돋은 기슭에 재주껏 숨어 있던 개구리들은 창끝에 찔려 죽어갔으며 죽은 개구리들의 시체는 어김없이 고무신에 담겨 각자의 집으로 운반되었다.

조각을 잘 하던 형이 냇가 물밑 바닥에 깔려 있던 '조대흙(찰흙 종류. 흙의 입자가 잘고 고우며 점도가 높다)'을 가져오라고 하면 나는 몇 번이고 고무신에 가득 퍼 담아 갔다. 그러면 형은 흙의 물기를 적당히 없앤 다음 조각칼을 들고 사람의 얼굴을 조각하곤 했다.

생각해 보면 어린 시절의 검정 고무신은 아이들의 일상에서 없어서는 안 될 정도로 그 쓰임새가 참으로 다양했다. 어떤 때는 아이들의 놀이기구로서의 역할도 톡톡히 해냈다. 장난감이 별로 없었던 그때에 검정 고무신은 자동차가 되기도 하고 비행기가 되기도 했다. 고무신 한 짝을 구부리고 까뒤집어 나머지 한 짝의 안쪽에다가 밀어 넣고 "애앵" 소리를 내며 급하게 밀면 그게 바로 지프요 불자동차였다. 리모컨에 의해 원격 조정되는 요즘 장난감 자동차와는 비교할 수 없으나 그런 '검정 고무신 장난감 자동차'를 타고 나는 상상의 세계로 달리곤 했다. 좀 더 구체화되고 명확하게 손으로 만질 수 있는 장난감보다는 상상력에 의해 얼마든지 그 변형이 가능했던 장난감이 내게 보다 더 풍부한 감성을 길러주었다. 고기잡이할 때는 그물이 되었다가 모래밭을 달릴 때는 자동차가 되고 허공을 내지를 때는 비행기가 되는 검정 고무신의 그 가변의 세계는 아직도 내겐 그리움의 세계다.

요즘 도시의 아이들은 아예 고무신을 단 한 번도 신어보지 않고 자란다. 검정 고무신이 있는지조차 모른다. 여성들이 한복을 입을 때에도 하이힐을 신으니 자녀들이 집에서 고무신을 구경하긴 어렵다. 예전엔 고무신을 신고 지하철을 타는 노인들을 간혹 만나볼 수 있었으나 이제 그런 노인조차 만나보기 어렵다.

요즘 아이들에게 신발은 그저 신발일 뿐 변형의 즐거움을 주는 상상력의 매체는 아니다. 섬돌 위에 흰 고무신과 검정 고무신 한 짝이 나란히 놓여 있는 것을 보고 방 안에 누가 와 있는 줄 대뜸 알아차리던 시절은 이미 다 지나갔다. 모내기철에 시골에 갔다가 논둑 위에 막걸리 주전자와 김치보시기와 고무신 몇 켤레가 한데 어우러져 있는 모습을 보면 왠지 가슴이 찡해지곤 했는데 이젠 그런 풍경도 만나기 어렵다. 일상에서 발견할 수 있는 한국적 아름다움이 점차 사라지고 있는 것이다.

신발은 인간 삶의 도정을 나타내는 상징적 의미를 지닌다. 누가 "그 사람 신발 벗었어" 하고 말하면 그 사람이 이미 이 세상 사람이 아님을 나타낸다. 경주에 사시던 외할머니를 화장하고 돌아와 쪽담 위에 고이 놓여 있는 할머니의 코고무신을 발견하고 나는 그만 눈물을 폭 쏟았다. 평소에는 아무렇지도 않게 보이던 할머니의 고무신이 바로 할머니의 죽음을 의미했기 때문이다.

검정 고무신은 이제 이 땅에서 그 모습을 감추었다. 6·25 전쟁 때 피난민들이 보따리를 이고 걸어가면서 신었던 그 고무신. 눈 내린 논밭, 전사자의 발밑에 나뒹굴던 그 피 묻은 역사의 고무신을 이제는 찾기 어렵다. 그러나 내 외할머니의 코고무신이 아직 내 가슴속에 남아 있듯이 내 유년의 검정 고무신은 언제까지나 내 가슴속에 끝까지 남아 있을 것이다.

아기 발은 예쁘다

사람의 신체 중에서 가장 예쁘고 아름다운 것을 손꼽으라면 단연 아기의 발이다. 첫돌 지난 아기의 신체 부위 중 어디 한 군데 어여쁘지 않은 데가 있으랴마는 나는 아기의 발을 가장 예뻐한다. 물론 고사리 새순 같은 아기 손도 예쁘지만 얇은 홑이불 사이로 살며시 삐져나온 아기의 발은 너무나 예쁘고 앙증스러워 나를 어쩔하게 만든다. 특히 새끼발가락을 보면 무슨 맛있는 과자인 양 그대로 앙 하고 깨물어 먹고 싶다. 연분홍빛을 살짝 띤 아기의 새끼발톱은 얇고 보드랍다 못해 투명하기까지 하다. 굳은살이 박이고 뭉그러져서 보기조차 싫은 내 새끼발톱이 처음에는 이렇게 어여쁜 것이었구나 하고 감탄하게 된다.

나는 사람의 새끼발가락이 원래 태어날 때부터 그렇게 못생긴 줄 알았다. 발톱을 깎을 때마다 뭉툭하게 뭉그러진 새끼발톱만 봐 왔기 때문에 갓난아기의 새끼발톱이 그렇게 어여쁜 줄 짐작조차 하지 못했다.

처음엔 누구나 아기 발처럼 발이 다 예쁘지만 살아갈수록 발 모양이 점점 보기 싫게 변한다. 발의 모양이 곧 삶의 모양이 되는 것이다. 삶이 힘들면 힘들수록 발의 형태가 일그러져 그 힘듦을 고스란히 드러낸다. 마치 고된 훈련 과정을 거친 레슬링 선수의 귀가 뭉툭하게 변형된 것처럼 발의 모양 또한 마찬가지다. 발끝에 힘을 주고 서서 춤을 추는 발레리나의 발이 어찌 온전할 수 있겠는가. 스케이트 선수들은 발과 스케이트와의 밀착도를 높이기 위해 스케이트를 맨발로 신는다고 하니 그 발이 온전할 리 있겠는가.

나는 갓 태어난 아들 후민이의 발이 하도 예뻐서 틈만 나면 만지거나 간질이거나 입술을 갖다 대며 행복해했다. 그런 나를 보고 동화작가 정채봉 씨는 "아기 발바닥에 먹물을 묻혀 탁본 뜨듯이 화선지에다 꾹 찍어놓으면 훗날 큰 기념이 될 것"이라며 특별히 권유하기도 했다. 차일피일하다가 결국 그렇게 하지는 못했지만, 막 걸음마를 시작한 후민이가 처음으로 신발을 신은 날은 아직 기억에 새롭다.

그날 일에 지친 봉급생활자의 전형적인 모습으로 퇴근을 하고 현관문에 들어서자 신발장 위에 조그만 신발 한 켤레가 놓여 있었다.

"어? 이 신발 누구 거지? 후민이?"

"네, 오늘 후민이 신발 샀어요, 호호."

마치 기다렸다는 듯이 달려 나와 한 뼘도 채 안 되는 신발을 들고 호들갑을 떠는 아내는 드디어 후민이가 신발을 신게 되었다는 사실에 기뻐 어쩔 줄 몰라 했다.

아내의 손에 들린 후민이의 신발은 홑이불 사이로 삐져나온 후민이의 발처럼 앙증스럽고 어여뻤다. 나는 후민이한테 신발을 신기고 안방과 마루를 한참 동안 걷게 했다. 뒤뚱거리다가 넘어지면 또 일으켜 세워 세상을 향한 첫걸음을 시작하게 했다.

'내가 처음 신발을 신고 아장아장 걸었을 때도 부모님이 지금 나처럼 기뻐하셨겠구나.'

문득 그런 생각을 들어 공연히 숙연한 웃음이 입가에 번졌다. 신발 공장에서 아기 신발을 만드는 이들은 얼굴에 항상 웃음꽃이 필 것이라는 생각도 들었다. 비록 신발을 만드는 노동의 공정이 힘들겠지만 신발을 신고 아장아장 걸을 아기들을 떠올리면 그 아니 미소가 떠돌지 않겠는가.

나는 요즘도 아기 발만 보면 만지고 싶어 안달한다. "아이고, 예뻐라" 하고 아기 발을 슬쩍 만져본다. 그럴 때 아기가 나를 보고 한순간 웃음이라도 보이면 그동안 켜켜이 쌓인 삶의 고통이 봄눈 녹듯이 녹아버린다. 세상에! 이런 무상의 선물이 어디 있는가. 이것이야말로 천사의 미소가 아닐 수 없다.

그러나 아무리 예뻐도 아기의 손발을 함부로 만지면 안 된다. 요즘 젊은 엄마들은 낯모르는 사람이 아기가 예쁘다고 말하는 것은 싫어하지 않지만 머리를 쓰다듬거나 볼이나 손발을 만지는 것은 싫어한다. 그래서 요즘 나는 아무리 만지고 싶고 뽀뽀하고 싶어도 손으로는 만지지 않고 그저 눈으로만 만진다. 어떤 때는 아기를 자꾸 만지는 이를 만나면 그러지 말라고 참견하기도 한다.

한번은 지하철에서 어떤 노인이 아기가 예쁘다고 손으로 자꾸 만지자 젊은 엄마가 싫은 기색을 하고 아기의 몸을 돌려 못 만지게 했다. 그런데도 그 노인은 알아차리지 못하고 자꾸 아기를 만지려고 들었다.

"요즘은 아기가 아무리 예뻐도 만지시면 안 됩니다. 젊은 엄마들이 싫어해요. 세상이 변했어요."

마침 그 노인이 나와 같은 역에 내리길래 일부러 그렇게 말해 준 적도 있다.

아기 발은 꼭 나뭇잎 같다. 아니, 나뭇잎에 내린 봄눈 같다. 아니, 나뭇잎에 어리는 초봄의 햇살 같다. 아니, 따스한 봄날 냇가의 작고 맑은 조약돌 같다.

나는 비록 나이가 들었지만 내 발을 아기 발처럼 소중히 여긴다. 많은 이들이 손의 수고는 소중히 여기지만 발의 수고는 대수롭지 않게 여긴다. 그러나 그렇지 않다. 손은 발을 씻겨주는 수고를 마다하지 않지만 발은 그 손을 다른 곳으로 데려다주는 수고를 마다하지 않는다. 손이 가보고 싶은 곳이 있을 때 발이 가주지 않으면 갈 수 없다. 따라서 손의 수고나 발의 수고나 수고의 가치는 똑같다.

하루 종일 서울 거리를 이리저리 돌아다니고 온 내 발을 깨끗이 씻고 물끄러미 바라본다. 아직도 내 발이 포대기 밖으로 살짝 삐져나온 아기의 발이라면 얼마나 좋을까. 그렇지만 온갖 고생을 다 해온, 발뒤꿈치에 굳은살이 굳게 박인 지금의 내 발 또한 아름답지 않은 것은 아니다.

제3부

당신이 없으면 내가 없습니다

가을은 찾아왔지만 지난여름 태풍을 잊을 수 없다. 새벽에 느닷없이 창을 뒤흔들던 태풍은 순식간에 수많은 나무를 쓰러뜨렸다. 아침에 일어나 아파트 마당에 나가 보니 10여 그루의 소나무가 뿌리를 드러낸 채 쓰러져 있었다. 대부분 30미터가 넘는 키 큰 소나무로 어떤 녀석은 허리가 두 동강 난 처참한 몰골을 하고 있었다. 나는 쓰러진 소나무를 바라보며 결국 올 게 오고 만 것이란 생각이 들었다.

우리 아파트 소나무는 한때 야생의 소나무였지만 지금은 시시때때로 영양가 높은 비료를 공급받으니 생존을 위해 스스로 뿌리를 뻗어나갈 필요가 없다. 서 있는 자리 아래가 바로 지하주차장이어서 땅속 깊이 뿌리를 뻗고 싶어도 뻗어 나갈 수가 없다. 지하주차장 위에 깔린 흙더미에 얕게 뿌리를 내리고 조경사의 과보호를 받으며 의존적 삶을 살아가면 되는 것이다. 나는 그런 삶을 사는 그들이 늘 안타깝고 위태로워 보였는데 그만 지난여름 태풍에 쓰러지고 말았다.

미국 서남부 지역엔 밑동의 지름이 10미터인 데다 키가 90미터 이상 똑바로 자라면서도 뿌리가 2, 3미터밖에 되지 않는 레드우드라는 삼나무가 있다. 이 거목은 체구에 비해 뿌리가 연약하지만 낙뢰에 불타는 일은 있어도 태풍에 쓰러지는 일은 거의 없다. 뿌리가 땅 밑으로 깊게 뻗진 못하지만 옆으로 25미터 이상 뻗어 한 뿌리에 여러 그루의 나무가 자라기 때문이다. 지상에서는 각자 한 그루 나무이지만 땅 밑에서는 한 뿌리에 연결돼 공동체를 이루며 한 가족으로 살아가는 것이다. 우리 아파트 소나무가 레드우드처럼 뿌리가 서로 연결됐다면, 나무와 나무 사이를 대나무 막대로 한데 연결해 묶어놓기라도 했다면 비록 지하주차장 위에 사는 삶이었다 하더라도 태풍에 쓰러지진 않았을 것이다.

강진 다산초당 가는 산길엔 소나무 뿌리가 마치 혈맥처럼 길 위로 울퉁불퉁 뻗어 나온 '뿌리의 길'이 있다. 그들은 뿌리가 서로 뒤엉킨 채 한 몸을 이루고 있어 산길을 오르는 수많은 사람이 밟아도 아파하거나 태풍에 쓰러지는 일은 결코 없을 것 같다. 이처럼 한 그루 나무가 생존을 유지하기 위해서 뿌리를 깊게 뻗어 내리는 것도 중요하지만 다른 나무의 뿌리와 한 몸이 되어 공동체를 이루는 것 또한 중요하다.

우리도 지상에서는 각자 한 그루의 나무로 서 있지만 그 뿌리는 사회와 국가라는 공동체를 이루며 산다. 그러나 우리가 이루는 공동체는 레드우드나 다산초당 가는 산길의 소나무처럼 서로 이해하고 공존하는 공동체라기보다 이해하기를 거부함으로써 서로 갈등과 분열을 일으키는 공동체다. 지상에서는 함께 공동체를 이루면서도 땅속에서는 나와 다른 뿌리라고 해서 거부하고 받아들이지 않는다. 나와 삶의 방식이 다르고 이념의 뿌리가 다르다고 해서 서로 한 몸이 되길 꺼린다면 끝내는 우리 아파트 소나무들처럼 쓰러지고 말 것이다.

나는 나로서 존재하지만 궁극적으로 나로서만 존재하지 않는다. 당신이 있음으로써 나는 비로소 존재한다. 일찍이 프랑스 작가 로맹 롤랑은 "이 세상에서 우리가 가질 수 있는 유일한 행복이 있다면 서로를 이해하며 사랑하는 것뿐"이라고 말했다. 이는 결국 당신이 없으면 내가 행복해질 수 없다는 뜻이다. 인도 출신 예수회 신부 앤서니 드 멜로가 쓴 우화 중엔 이런 이야기가 있다.

남자가 연인의 집을 찾아가 문을 두드렸다. 연인이 "누구냐?"고 물었다. 남자가 "나야, 나"라고 대답했다.

그러자 여자는 "돌아가라, 이 집은 너와 나를 들여놓는 집이 아니다"고 하면서 문을 열어주지 않았다.

남자는 그곳을 떠나 광야로 가서 몇 달 동안 연인의 말을 곰곰 생각했다. 그러고는 다시 돌아와 문을 두드렸다.

연인이 다시 "누구냐?"고 물었다. 남자가 이번에는 "너야, 너"라고 말했다. 그러자 금방 문이 열렸다.

우리는 이렇게 나이면서도 동시에 너다. 당신이 없으면 내가 없고, 내가 없으면 당신이 없다. 그런데도 우리는 '나'라는 존재 속에 포함된 '너'라는 존재를 인정하지 않음으로써 갈등과 분열의 폭을 증폭시킨다.

우리 아파트에도 하늘로 쭉 뻗은 몸매를 자랑하는 소나무만 있다면 조경의 미는 형성되지 않는다. 울타리로 심는 쥐똥나무나 회양목 같은 키 작고 볼품없는 나무와 어우러져야 조경의 미는 완성된다. 서로 다르지만 함께 어우러짐으로써 아름다움을 창조한다는 사실을, 서로 다르다는 점이 갈등의 원인이 되지만 삶의 원동력도 된다는 사실을 깨닫게 하기 위해 어쩌면 지난여름 태풍이 소나무를 쓰러뜨렸는지 모른다.

이제 우리 아파트 소나무는 다시 일어섰다. 비록 뿌리는 땅속 깊이 뻗어 나갈 수 없지만 버팀목을 세우고 팽팽한 쇠줄로 몸을 한데 묶었다. 지난여름 태풍보다 더 강한 태풍이 불어오더라도 이제 서로 한 몸을 이루며 쓰러지지 않을 것이다. 태풍은 위장된 축복이라고, 당신이 없으면 내가 없다고 서로 속삭이면서……

유월의 무논을 바라보며

기차를 타고 유월의 차창 밖을 바라본다. 모내기를 끝낸 무논의 풍경이 아름답다. 이제 막 뿌리를 내리기 시작한 어린 벼들이 연초록 옷을 입고 고요하다. 푸른 산 한 자락과 비스듬히 기울어진 전봇대의 그림자가 무논에 어린다. 어느 농부가 부지런히 타고 왔다가 논둑에 세워둔 자전거 한 대도 물속에 제 그림자를 드리운다. 백로 한 마리 무논에 무심히 외발로 서 있는 모습은 아름다움의 극치를 이룬다.

모내기를 끝낸 저 푸른 유월의 풍경 때문에 우리나라는 아름답다. 온갖 자기주장과 시위와 위선과 기만이 날뛰어도 무논은 말없이 아름다울 뿐이다. 물론 무논의 아름다움 속에는 모내기라는 노동의 고단한 과정이 숨어 있다. 그러나 무논은 인간의 노동이 그 얼마나 아름다울 수 있는가를 담담히 자연의 풍경으로 보여준다.

나는 무논의 아름다움도 무논을 일군 노동의 수고도 생각하지 않고 살아왔다. 못자리를 잡고 볍씨를 뿌려 키우고 모내기하는 농부의 땀과 정성을 통해 내가 매일 먹는 쌀이 만들어진다는 사실을 오랜 세월 잊고 살아왔다. 쌀이 필요할 때마다 돈을 내고 사 먹었을 뿐이다. 그동안 쌀을 살 때마다 내 눈에는 늘 상표와 가격표만 보였다. 값을 지불했다는 이유만으로 농사의 고유한 가치마저 산 것은 아니다. 그런데도 그 모든 가치를 내 것인 양 착각해 왔다.

어릴 때 우리집은 직접 농사를 짓지 않았지만 나는 가끔 동네 어른들이 모내기할 때 못줄을 잡아주고 칭찬을 받기도 했다. 고등학생 때는 일손이 모자라는 곳에 지원을 나가 삐뚤빼뚤 모를 심어드리기도 했고, 군 생활을 할 때는 대민봉사를 나가 모내기를 해드리고 양푼이밥을 실컷 얻어먹기도 했다. 그러나 지금은 서울의 골목길은 알아도 무논의 논길은 모른다. 모내기할 때 맨발에 닿던 진흙의 미끄덩한 감촉도, 종아리에 달라붙은 섬뜩한 거머리도, 밤새 요란하게 울어쌓던 개구리 울음소리도 잊은 지 오래다.

내 책상 벽에는 한 농부가 비옷을 입고 소를 몰며 논을 가는 장면의 사진 한 장이 걸려 있다. 사진작가 전민조 씨가 찍은 1970년대 농촌사진이다. 나도 저 소를 몰아 못자리를 잡는 농부처럼 열심히 일하며 살아야 한다는 생각이 들어 붙여놓은 사진이다. 그래서인지 그 사진을 볼 때마다 경건함이 느껴진다. 그러나 그런 느낌도 지하철을 타고 앉을 자리가 없나 두리번거리는 동안 다 잊어버린다. 그만큼 복잡한 도시인의 이기적 일상에 길들어버렸다.

이제 저 무논의 아름다움 속에 예비되어 있는 것은 고통이다. 어린 벼들은 곧 가뭄과 태풍을 맞이하게 될 것이다. 계속 햇볕만 내리쪼이면 벼들은 곧 가뭄의 고통을 당할 것이고, 강한 비바람이 몰아치면 곧 태풍의 고통에 시달릴 것이다. 그러나 벼들에게 그런 고통은 당연하다. 고난 없이 자라는 벼들은 없다. 가뭄에 목마르지 않는 벼가 없고, 태풍에 쓰러지지 않는 벼가 없다. 가뭄으로 쩍쩍 갈라진 논바닥에 뿌리를 내리고 살아남기 위해 안간힘을 쓰는 벼 포기도, 태풍에 쓰러져 있다가도 포기끼리 묶어주면 서로 기대어 일어나는 벼 포기도 실은 당신과 나의 삶을 닮았다. 그런 고통을 견디지 못한다면 벼들은 잘 여문 이삭을 매달고 겸허한 자세로 고개 숙일 수 없다. 쓰러진 벼 포기를 일으켜 세우듯 쓰러진 인생도 일으켜 세워야 고개 숙인 이삭 같은 열매를 얻는다.

예전에 쌀이 귀할 땐 쌀 한 톨을 참으로 소중히 여겼다. 부모님은 밥상 위에 떨어진 밥 한 알조차 꼭 집어 먹도록 가르치셨다. 나는 지금도 밥 한 알 함부로 버리지 못한다. 밥그릇 가장자리에 남아 있는 밥알을 하나하나 떼어 먹으면 점잖지 못하다는 말을 듣는다. 그러나 좀 점잖지 못하면 어떠랴. 밥 한 알에 사랑이 있고 우주가 있다. 무논의 벼는 농부의 발소리를 듣고 자란다고 하지 않는가. 내가 누구를 사랑할 때도 무논을 향해 사랑과 정성을 다하는 농부의 발소리와 같아야 한다.

그러나 나는 오늘도 그렇지 못한 채 밥을 먹는다. 밥 한 알 속에 들어 있는 햇빛과 달빛과 별빛의 기운을 먹고 새로운 생명의 기운을 얻는다. 쌀 한 톨을 가만히 들여다보면 그 속에 구부정한 논길이 보인다. 해질녘 어깨에 삽을 걸치고 돌아가는 농부가 보인다. 쌀 한 톨 앞에 무릎을 꿇고 늦게나마 감사의 기도를 올린다.

부모님은 내가 어릴 때 "사람은 밥값을 해야 한다"고 말씀하셨다. "제발 밥값 좀 하라"고 나무라기도 하셨다. 나는 이제야 밥값을 하며 오늘을 살고 있는지 내게 물어본다. 부끄럽다. 밥값도 제대로 하지 못하면서 매일 밥을 먹는 게 마냥 부끄럽다.

그렇지만 더 맛있게 밥을 먹고 이제라도 밥값을 해야겠다고 생각하면서 다시 아름다운 무논을 바라본다. 농부 한 사람이 논둑에 백로처럼 서서 무논 바닥을 바라본다. 밥값을 하기 위해 나는 인생의 무논 바닥으로 더 내려가야 한다. 무엇을 소유하기 위해 벼농사를 짓는 게 아니라 무엇이 더 가치 있는가를 알기 위해 벼농사를 짓는 것이라면 내 인생의 농사 또한 그러하다.

소나기가 내려야 무지개가 뜬다

소설가 황순원 선생의 대표작 「소나기」를 읽지 않은 사람은 거의 없지 않을까. 중학교 교과서에 빠지지 않고 게재되는 작품이기 때문에 젊은 세대라면 아마 없을 듯하다. 나도 얼마 전 경기도 양평에 있는 '황순원문학촌 소나기마을'을 다녀온 뒤 문학촌의 전체적 분위기가 「소나기」에 나오는 분위기와 흡사해 문고본으로 나온 『소나기』를 다시 꺼내 읽어보았다. 한 소년의 애틋하고 아름다운 첫사랑 이야기가 여름 농촌 풍경을 배경으로 이루어져 있어 나도 문득 내 어린 소년시절로 되돌아가는 듯했다.

개울가, 물장난, 조약돌, 징검다리, 텃논, 가을걷이, 허수아비, 새끼줄, 참새, 원두막, 참외, 수박, 들국화, 도라지꽃, 산마루, 송아지, 먹장

구름, 원두막, 소나기, 초가집, 비안개…….

「소나기」를 읽고 난 뒤 이런 낱말들이 오래도록 내 가슴속에 남아 있었다. 이 낱말들로 인해 한동안 내 어릴 적 고향 동네에 사는 듯한 행복한 심사에 젖을 수 있었다. 지금 도시에서 자란 이들은 이런 낱말을 구체적인 자기 경험을 통해 이해하기 어렵지만 어느 정도 나이 든 이들은 농촌에서 보낸 어린 시절의 그리운 시공간을 이런 낱말에서 끄집어내는 일이 그리 어렵지 않다.

나도 어린 시절을 비록 도시 변두리 지역이었지만 개울과 무논이 있고 과수원과 원두막이 있는 곳에서 보냈다. 지금도 여름방학 때 논두렁길을 걸으며 메뚜기를 잡던 기억은 뚜렷하다. 물론 「소나기」에 나오는 소년처럼 논밭에서 후두둑 소나기를 맞기도 했다.

그때는 쏟아지는 빗줄기를 빨리 피하려고 하지 않았다. 일부러 소나기를 흠뻑 맞았다. 차가운 빗줄기에 온몸이 다 젖고 나면 왠지 시원하고 신이 나고 즐거웠다. 소나기 속으로 이리저리 뛰어다니는 것을 재미난 놀이 정도로 여긴 동심 때문이었을 것이다. 아마 요즘 아이들이 물에 흠뻑 젖은 채 음악분수 속을 신 나게 뛰어노는 것과 같은 동심일 것이다.

고등학생이 되어도 나는 우산을 들고 다니는 일이 거의 없었다. 비가 오면 비를 그대로 맞는 게 좋았다. 어쩌다가 어느 집 처마 밑으로 비를 피한다 하더라도 쏟아지는 빗줄기를 바라보는 일이 재미있었다. 빗물이 거칠게 홈통을 타고 콸콸 내려오는 소리나 흙바닥에 요란하게 툭툭 튀는 소리는 늘 풋풋한 자연의 소리였다.

요즘은 길을 가다가 소나기를 만나는 일이 거의 없다. 어디를 가더라도 지상으로 걸어 다니는 일이 드물기 때문이다. 행여 길을 가다가 소나기를 만났다 하더라도 얼른 피한다. 하필이면 내가 길을 갈 때 소나기가 퍼붓나 하고 원망하는 마음을 갖거나 우산을 챙기지 않은 준비성 없는 나를 나무란다. 소나기를 내게 찾아온 어떤 불운이나 고통의 한 부분으로 여긴다.

비가 오지 않는 하늘은 없다. 비가 오지 않으면 무지개는 뜨지 않는다. 소나기가 내려야 무지개가 뜬다. 무지개가 뜨지 않으면 하늘은 아름답지 않다. 소나기가 지나간 뒤에 해는 더욱 빛난다. 따라서 무지개는 소나기의 다른 모습에 지나지 않는다. 그런데도 사람들은 무지개만 보고 소나기는 보지 못한다. 소나기가 왔기 때문에 무지개가 떴다는 사실을 잊어버린다. 왜 내 인생에 불행의 소나기, 고통의 소나기가 퍼붓느냐고 원망한다.

소나기는 온다 하더라도 하루 종일 오는 것은 아니다. 오다가 반드시 그치기 때문에 소나기다. 소나기가 하루 종일 오면 그것은 이미 소나기가 아니다. 소나기가 며칠 계속되면 그건 이미 장마다. 또 소나기는 그쳤다고 해서 다시 오지 않는 게 아니다. 여름이 오면 또 퍼붓는다.

내 인생의 소나기, 그것이 비록 고통의 소나기라 할지라도 피할 생각은 애초부터 하지 않는 게 좋다. 삶에는 생로병사의 문제가 반드시 일어나게 돼 있어서 아무리 고통이 찾아오지 않기를 원해도 살아 있는 한 결코 피할 수 없다. 오히려 고통이 찾아오기 때문에 살아 있다. 만일 고통이 찾아오지 않는다면 이미 죽은 존재나 마찬가지다.

따라서 고통이 찾아오지 않기를 바랄 게 아니라 소나기처럼 자연적인 삶의 일부로 받아들여야 한다. 소나기를 피하듯 고통을 피하려고 하는 것은 일시적 회피를 통한 안도감에 머무르는 것일 뿐이다. 어릴 때 소나기 속을 뛰어다니며 신 나게 놀던 것처럼 비록 고통의 소나기가 퍼붓는다 할지라도 그것을 받아들이고 승화시킬 수 있는 슬기가 필요하다. 그래야 고통은 생기와 활력을 주는 내 삶의 소중한 영양소가 될 수 있다.

달라이 라마는 "아무리 해결책을 발견할 수 없는 고통이 있다 하더라도 그 고통에 맞서는 편이 더 낫다"고 말한다. 결국 고통은 들이닥치기 때문에 "그동안 회피하고만 있었다면 실제 그런 일이 일어났을 때 견디기 힘든 정신적 불안과 충격을 받게 된다"는 것이다. 그래서 "살아가면서 마주칠 고통을 미리 예상하고 있으면 그것에 익숙해짐으로써 실제 그런 일이 일어나면 마음이 훨씬 평화롭다"고 한다.

결국 고통은 수용하느냐 마느냐의 자기 선택에서 생겨난 갈등의 문제다. 지금 내게 고통의 문제가 있다면 나의 판단과 선택에 따라 스스로 고통을 만들기도 하고 만들지 않을 수도 있다. 고통에서 자유로워지거나 더 고통스러워지거나 하는 것은 어디까지나 나의 선택적 태도에 기인된다.

나는 이제 소나기를 맞고 싶다. 가능한 한 지하철을 타거나 버스를 타지 않고 걸어 다니다가 소나기를 만나고 싶다. 비록 고통의 소나기라 할지라도 소나기가 내려야 내 인생의 가장 아름다운 무지개가 뜬다.

풀잎은 태풍에 쓰러지지 않는다

태풍이 몰아치는 거리를 걸었다. 상반신을 잔뜩 구부린 채 태풍 속을 걸으며 간간이 거리의 나무들을 쳐다보았다. 나무들은 온몸을 뒤흔들며 몸부림을 쳤다. 바람의 방향에 따라 한쪽으로 계속 기울어지면서도 쓰러지지 않고 태풍을 견뎌내는 자세가 의연해 보였다.

다음 날 아침 신문에는 수백 년 된 왕소나무가 뿌리를 드러내고 쓰러진 사진이 실려 있었다. 그 나무뿐 아니라 전국 곳곳에 태풍에 쓰러진 나무가 수없이 많았다. 왜 어떤 나무는 태풍을 견뎌내고 어떤 나무는 태풍에 쓰러지고 말았을까.

태풍이 지나간 거리를 걷다 보면 지상으로 뿌리를 드러낸 채 쓰러져 있는 왕벚나무나 플라타너스들은 대부분 키가 큰 나무들이다.

바로 그 옆에 있는 키 작은 쥐똥나무나 풀잎들은 언제 태풍이 불어 왔느냐는 듯 쓰러지지 않고 그대로 있다. 오랜 세월을 견디며 살아 온 아름드리 거목들이 태풍을 잘 견딜 수 있을 것 같은데 실은 그렇지 않다.

그것은 그들이 두려워하지 않고 꼿꼿하게 태풍과 맞서 싸우기 때문이다. 태풍에 대한 그들의 당당한 태도는 높이 평가할 수 있지만, 그 죽음의 결과는 너무나 처참하다. 만약 자신의 연약함을 인정하고 유연하게 자신을 낮출 수 있었다면 쓰러지지는 않았을 것이다. 그러나 연약함보다는 거목으로서의 강인함을 먼저 생각하고 태풍과 싸워 이기려고 노력했다.

태풍에는 자신을 낮추고 굽힐 줄 아는 나무만이 살아남는다. 보란 듯이 자신을 과시하는 나무는 쓰러진다. 그것은 겸손하지 못한 거목의 오만함으로 비칠 수도 있다. 한 그루 거목이 머리를 풀고 하늘을 뒤흔들면서 스스로 태풍이 되었다고 여길 수는 있지만 태풍처럼 강한 존재가 될 수는 없다.

풀잎을 보라. 풀잎은 태풍에 쓰러지지 않는다. 풀잎은 태풍이 불어오면 일단 몸을 굽히고 삶의 자세를 겸손의 자세로 바꾼다. 풀잎이 빳빳하게 고개를 쳐들고 태풍과 맞서는 경우는 없다. 행여 쓰러진 풀잎이 있다 하더라도 태풍이 지나간 뒤에는 대부분 스스로 일어나 하늘을 본다. 그러나 나무는 한번 쓰러지면 누가 일으켜 세우지 않는 한 스스로 일어나지 못한다.

사람도 그렇다. 자신을 낮추지 못하고 뻣뻣하게 고개를 들고 남 앞에 군림하는 자세로 서 있던 이들은 결국 부정과 부패의 태풍 앞에 쓰러져 일어나지 못한다. 스스로 자신을 이 시대의 지도자라고 여기는 이들도 국민 앞에 육체의 고개는 숙이지만 마음의 고개는 제대로 숙이지 않는다. 그래서 국민의 선택이라는 태풍이 불어오면 자신을 굽히지 않고 태풍과 맞섰던 나무처럼 쓰러지고 만다.

사람이든 나무든 직선보다 곡선의 삶의 자세나 형태가 더 아름답다. 새들은 곧은 직선의 나무보다 굽은 곡선의 나무에 더 많이 날아와 앉는다. 함박눈도 곧은 나뭇가지보다 굽은 나뭇가지에 더 많이 쌓인다. 그늘도 곧은 나무보다 굽은 나무에 더 많이 만들어져, 굽은 나무의 그늘에 더 많은 사람이 찾아와 편히 쉰다. 사람도 직선의 사람보다 곡선의 사람의 품 안에 더 많이 안긴다. 직선보다 곡선의 나무나 사람이 고통의 무게를 견딜 줄 아는 넉넉하고 따뜻한 삶의 자세를 보여주기 때문이다.

태풍은 기다리지 않아도 온다. 태풍이 지나간 마을과 들녘엔 파괴의 망연함만 고요하다. 그렇지만 태풍을 미워하고 증오할 수는 없다. 태풍은 자연계의 한 현상으로 오직 자기 본연의 삶을 살 뿐이다. 태풍이 몰아치지 않으면 고여 있던 생태계는 새로운 활력의 숨을 쉬지 못한다. 태풍의 본성은 인간과 자연의 삶을 파괴하는 데 있는 게 아니라 회복하고 순환시켜 다시 회생시키는 데 있다.

중국 명나라 철학자 왕간의 드렁허리(미꾸라지나 뱀장어처럼 가늘고 긴 물고기) 이야기다. 물이 바짝 마른 생선가게 큰 대야에 드렁허리들이 마치 죽은 것처럼 서로 얽히고 눌려 있었다. 그런데 미꾸라지 한 마리가 갑자기 드렁허리들 속에서 나와 아래로 위로, 좌로 우로, 앞으로 뒤로 쉬지 않고 움직였다. 그러자 죽은 것 같았던 드렁허리들도 따라 몸을 움직이기 시작했다.

드렁허리들이 다시 삶의 의지를 회복하게 된 것은 미꾸라지 한 마리가 이리저리 돌아다니면서 기운을 주고 소통을 시켜주었기 때문이다. 그런데 미꾸라지는 왜 갑자기 그렇게 움직인 것일까. 그것은 드렁허리를 살리기 위해서가 아니라 자기 본성에 따라 생기 있게 움직인 것일 뿐이다.

태풍도 마찬가지다. 자기 본성에 따라 본연의 삶을 사는 것뿐이다. 인간을 파괴하겠다든가 회생시키겠다든가 하는 의도는 없다. 다만 인간이 태풍을 어떻게 받아들이고 이해하느냐 하는 문제만 남을 뿐이다.

태풍은 현재의 자기를 바로 보고 겸손하라고 불어온다. 고통과 절망이라는 인생의 태풍이 불어올 때 삶의 자세를 더욱 낮추라고 불어온다. 나는 남들과 달리 작고 연약한 인간으로 만들어진 데 대해 불만이 많았다. 절대자를 원망하고 등을 돌린 일도 있었다. 그러나 풀잎처럼 자기를 더욱 낮춤으로써 인생의 태풍을 견뎌내라고 그렇게 만들어진 것이라고 생각하니 오직 감사할 따름이다.

나무 그늘에게 감사!

뙤약볕이 내리쬐는 8월의 길을 걸을 땐 누구나 나무 그늘을 찾아 걷는다. 강한 햇볕에 지친 걸음을 걷다가도 나무 그늘 밑으로 들어서기만 하면 온몸에 생기가 돌고 마음도 시원해진다. 잠시 나무 그늘에 앉아 손수건을 꺼내 흐르는 땀을 닦아본다. 내 발밑에 부지런히 기어가는 개미가 보이고 나무 둥치에 달라붙은 매미 허물이 보인다. 지난 겨울에 눈여겨보지 않았던 나무가 올여름에 풍성한 그늘로 더위에 지친 나를 쉬게 해주어 참으로 감사하다. 그늘을 짙게 드리우는 나무가 없다면 이 폭염의 거리를 걸어가긴 힘들 것이다. 나무는 그늘을 통해 나무로서의 고유한 모성적 존재성을 드러내는지 모른다.

나 또한 인간이라는 한 그루 나무다. 나에게도 플라타너스와 느티나무의 그늘처럼 인간이라는 나무 그늘이 짙게 드리워져 있다. 그러나 아무리 뙤약볕이 내리쬐어도 내 그늘엔 아무도 찾아오지 않는다. 그동안 드러내지 않으려고 전전긍긍함으로써 내 그늘의 의미와 가치를 도외시해 온 탓이다. 지금까지 내 삶의 그늘을 휴식과 위안의 그늘, 나눔과 화해의 그늘로 인식하기보다 고통과 절망의 그늘, 시련과 상처의 그늘로만 인식해 온 잘못이 크다. 내가 내 그늘을 소중히 여기지 않는데 누가 내 그늘을 찾아와 쉴 수 있을까.

인생의 그늘은 순간적으로 형성되는 게 아니다. 오랜 인고의 시간을 필요로 한다. 돈으로 살 수 있는 것도 아니고 남한테 빌릴 수 있는 것도 아니다. 무엇보다 나 자신이 가장 편히 쉴 수 있는 유일한 영역이다. 내게 그늘이 없다면 나 자신조차 쉴 곳이 없다. 다시는 떠올리고 싶지 않은 고통의 그늘이라 할지라도 감추지 말고 드러낼 수 있어야 한다. 나무가 겨울이라는 혹독한 고통의 시간을 견뎌내고 여름에 그늘을 드러내듯이 나 또한 절망이라는 세월을 견뎌낸 자세로 그늘을 드러내야 한다. 그래야만 나무 그늘에 앉아 내가 편히 쉬듯이 다른 사람이 내 삶의 그늘에 앉아 편히 쉴 수 있다.

물론 우리의 삶은 그늘과 햇빛이라는 양면성 속에 존재한다. 햇빛이 있어야 그늘이 있고 그늘이 있어야 햇빛이 있다. 그늘과 햇빛은 동질의 존재다. 그런데도 나는 줄곧 햇빛만을 갈구했다. 햇빛이란 내가 소망하는 일이 모두 이루어지기를 바라는 것을 의미한다. 그러나 계속 햇빛만 원한다면 내 인생이라는 대지는 황폐한 사막이 되고 만다. '항상 날씨가 좋으면 곧 사막이 되어버린다'는 스페인 속담은 바로 나를 두고 하는 말이다.

이집트 '백사막'에서 하룻밤 자본 적이 있다. 초저녁엔 하늘 높이 찬란하던 별들이 새벽이 되자 너무나 지상 가까이 내려와 손만 뻗치면 곧 잡을 수 있을 듯했다. 먼 지평선 끝에서는 샛노란 오렌지를 딱 반으로 자른 듯한 반달이 떠올라, 모래 위에 낡은 담요를 깔고 오리털 점퍼를 껴입고 누워 바라보는 사막의 밤하늘은 너무나 신비하고 황홀했다. 어느 별 끝에 의자를 놓고 앉아 있는 생텍쥐페리의 '어린 왕자'라도 된 듯했다. 간혹 여행객의 신발을 물고 간다는 사막여우가 커다란 귀를 쫑긋거리며 자꾸 찾아와 신비스러움을 더해주었다.

그토록 잠 못 이루는 황홀한 사막의 밤이었지만 다음 날 아침 일행 중 아무도 하룻밤 더 자자는 사람은 없었다. 사막의 밤은 아름다웠지만 너무나 춥고 배고팠기 때문이다. 모닥불을 피웠지만 추위를 견딜 수 없었으며, 밥을 했지만 모래가 들어가 먹을 수 없었다.

햇빛만 원한다면 인생은 이런 사막이 되고 만다. 때로는 고통의 비바람이라 할지라도 불어와야 하고 절망의 눈보라라 할지라도 몰아쳐야 한다. 그래야 인생의 대지에서 자란 나무가 숲을 이루고 그 숲의 그늘에 앉아 새들과 함께 내가 쉬었다 갈 수 있다. 계속 햇빛만을 원한다면 그것은 삶의 그늘을 소멸시켜 버리는 죽음의 햇빛을 원하는 일이다.

누구든 그늘 없는 삶은 없다. 부자에게도 그늘이 있고 빈자에게도 그늘이 있다. 다만 그 그늘을 어떻게 여기느냐 하는 차이만 있을 뿐이다. 부자는 그 그늘을 겸손과 나눔의 그늘로 만들면 좋고, 빈자는 부처님 말씀대로 스스로 만족함으로써 부자가 될 수 있는 자족과 감사의 그늘로 만들면 좋다. 언젠가 읽은, 큰아들의 장례식과 작은아들의 결혼식을 하루에 동시에 치른 부부가 그 감당할 수 없는 고통의 그늘을 인내와 순응의 그늘로 만들어간 이야기는 지금도 잊혀지지 않는다.

사회도 마찬가지다. 그늘 없는 사회는 없지만, 이미 우리 사회에 짙게 깔린 갈등과 부정의 그늘을 이해와 긍정의 그늘로 만들어가는 일은 우리 모두의 책무다. 우리 사회와 국가 지도자가 여름의 나무 그늘처럼 그늘이 많다면 국민은 그 그늘에 편히 쉬어 갈 수 있을 것이다.

나무 그늘은 아무런 대가를 바라지 않는다. 누구든지 찾아오기만 하면 자신의 전부를 아낌없이 내어준다. 누구는 와도 되고 누구는 오면 안 된다고 차별하지 않는다. 올해도 나무 그늘의 품은 어머니처럼 넉넉하고 시원하다.

신에게 귀 기울이는 것 또한 기도다

여름날 밤이었다. 아흔이 넘으신 아버지의 방에서 자꾸 중얼거리는 소리가 들렸다. 처음엔 아버지가 TV를 낮게 틀어놓고 드라마를 보시는 줄 알았는데 그게 아니었다. 그건 아버지의 기도 소리였다. 아버지는 의자에 앉아 두 눈을 감고 계속 소리 내어 기도를 하고 계셨다.

아버지는 밤 10시쯤이면 늘 기도를 시작하셨다. 처음엔 저러시다 그만두지 싶었으나 하루도 거르는 일이 없었다. 그것도 눈을 감고 가만히 속으로 기도하는 게 아니라 소리 내어 한 시간 이상씩 하셨다. 도대체 무슨 기도를 저렇게 오래 하나 싶어 하루는 일부러 귀 기울여 들어보았다.

아버지의 기도는 온 식구들을 위해 하는 기도였다. 식구들마다 처해져 있는 상황을 구체적으로 이야기하면서 아무런 어려움 없이 건강하게 잘 살아갈 수 있도록 도와주고 인도해 달라는 게 기도의 주된 내용이었다. 스무 명 정도 되는 가족들 한 사람 한 사람을 다 떠올려가며 기도하기 때문에 아버지의 기도는 늘 한 시간도 모자랐다.

"아버지, 기도를 좀 짧게 하세요. 짧은 기도가 하늘에 닿는답니다."

이런 말씀을 드려도 아버지의 기도는 늘 길게 계속되었다. 기도를 끝내고 물을 마시러 거실로 나온 아버지의 모습은 기쁨에 찬 모습이 아니라 오히려 피곤에 지친 얼굴이었다. 뇌경색으로 쓰러진 적도 있어 저렇게 집중해서 기도하다가 또 쓰러지시기라도 하면 어떡하나 하고 걱정되었다.

아버지의 이러한 모습은 나 자신의 기도에 대해 깊게 생각해 보는 계기가 되었다. 나는 아침에 일어나자마자 이부자리에 그대로 앉아 기도하는데 나의 기도 또한 아버지와 별반 다르지 않았다. 어제 하루의 안녕에 대해 감사하고 오늘 하루의 안녕에 대해 기도할 뿐이었다. 하느님께서 결코 들어주실 리 없는데도 오직 나 자신과 나의 가족들을 위한 기도만을 할 뿐이었다. 내게 하느님은 오늘을 무사하게 살아갈 수 있도록 부탁할 수 있는 존재로서의 하느님, 마음껏 분노하고 욕하고 원망할 수 있는 대상으로서의 하느님일 뿐이었다. 내게 필요하고 유리하도록 하느님을 내 삶의 요소요소에 꼭 필요한 어떤 장치처럼 도구화해 놓고 있었다.

물론 우리는 자기 자신을 위해 먼저 기도할 줄 알아야 한다. 자신을 사랑할 줄 알아야 진정 남을 사랑할 줄 알게 되듯, 자신을 위해 기도할 줄 알아야 진정 남을 위해 기도할 줄 알게 된다. 그렇지만 중요한 것은 결국 자신의 무엇을 위해 기도하느냐 하는 것이다.

나는 나 자신의 영혼을 위해 기도한다기보다 나 자신의 물질을 위해 기도할 때가 많다. 버려야 할 것과 비워야 할 것을 위해 기도하기보다 내가 원하는 욕구의 획득과 완성을 위해 기도할 때가 많다. 내가 가닿아야 할 침묵과 고요와 잃지 않아야 할 미소와 포옹을 위해 기도하기보다는 이 시대의 무질서와 폭력과 분노 속에서 어떻게든 살아남기 위해 기도할 때가 많다. 결국 나의 기도는 나 자신을 위한 소유와 탐욕의 기도일 뿐이다.

기도는 하느님과 대화하고 소통할 수 있는 가장 유일한 길이다. 또 기도의 내용을 구체적으로 실천하는 길만이 하느님이 원하는 삶을 사는 길이다. 그러나 그런 걸 알면서도 제대로 실천하지 못한다. 거기에 나의 불행이 있다. 그래서 언제부터인가 '나 자신만을 위한 기도만 한다면 차라리 기도를 하지 않는 게 더 낫지 않을까' 하는 생각이 들었다.

그러다가 어느 날 내셔널지오그래픽 기자 두 명이 쓴 책 『지혜는 어떻게 오는가』에서 인디언의 영적 스승 매튜 킹이 "신에게 귀를 기울이는 것, 그 또한 기도"라고 한 말을 읽고 감동을 받아 무릎을 꿇었다.

'아, 그동안 내가 기도를 잘못 이해하고 있었구나. 내가 하고 싶은 말을 하느님께 하는 게 기도가 아니라, 하느님께서 내게 하시는 말씀에 고요히 귀 기울이는 게 바로 기도구나!'

그동안 나는 내가 하고 싶은 말만 기도해 왔다. 단 한 번도 하느님이 나를 위해 기도하신다는 생각은 하지 못했다. 하느님이 내게 하시는 말씀에는 전혀 귀 기울이지 않고 일방적으로 하고 싶은 말만 한 게 나의 초라한 기도의 모습이었다.

돌이켜보면 하느님께서 내게 하신 말씀은 수없이 많았다. 때로는 맑은 바람소리로, 거친 천둥소리로, 반짝반짝 빛나는 별빛으로 늘 말씀해 오셨는데도 나만 듣지 못했다. 남의 말은 듣지 않고 내가 하고 싶은 말만 하면서도 그걸 기도라고 생각한 게 바로 오늘을 사는 나의 불쌍한 모습이다.

한국외방선교회 선교사제인 최강 신부께서는 수필집 『나는 넘버 쓰리가 두렵다』에서 "우리가 하느님과 대화를 나누기 위해서는 먼저 인간의 언어를 접어야 한다"고 말한다. "침묵이 바로 하느님과의 대화를 위한 가장 첫걸음이다. 아무 말 없이, 아무 생각 없이 우선 하느님을 향해 앉아 있으라. 그렇게 앉아만 있어도 당신은 서서히 변화되는 당신의 삶을 체험할 것이다"라고 말하고 있다.

어쩌면 지금 하느님께서는 나를 위해 기도하고 계실지 모른다. 기도란 인간인 내가 하느님을 향해 하는 것이지 하느님이 인간을 향해 하는 건 아니라고 생각해 왔으나 지금은 그런 생각이 든다.

이제부터라도 오만한 인간의 언어를 접고 하느님의 기도에 먼저 침묵의 귀를 기울임으로써 하느님과 진정 대화할 수 있는 내가 되고 싶다.

갈릴래아 호숫가를 거닐며

　지난여름 이스라엘 갈릴래아 호수에 가보았다. 우리나라 산정호수 정도 되겠거니 하고 생각했는데 멀리 수평선이 보일 정도로 망망한 바다 같았다. 예수 시대의 작은 고깃배라도 오갈 줄 알았으나 모터보트를 타고 호수 한가운데로 질주하거나 파도를 가르며 윈드서핑을 즐기는 휴양객들이 있는 현대화된 호수였다.

　나는 2천여 년 전 예수의 제자인 베드로가 예수한테 수위권(首位權)을 받았다는 '베드로 수위권 성당' 아래 호숫가를 천천히 거닐었다. 갈대가 우거진 호수는 뜨거운 햇살 아래 은빛 물결을 빛내며 고요했다. 바위에 앉아 양말을 벗고 발을 담그자 물은 따스했다. 피라미 같은 물고기들이 내 발밑에서 부산히 움직였다. 문득 이런 갈릴래

아 호숫가에서 예수를 만났을 가난한 어부 베드로의 모습이 떠올랐다. 밤새 물고기 한 마리 잡지 못한 베드로가 "깊은 데로 가서 그물을 던져라"고 한 예수의 말을 따르자 '그물이 찢어지고 배가 가라앉을 정도로 물고기가 많이 잡혔다'는 성서의 이야기도 떠올랐다.

만일 베드로가 예수의 말을 무시하고 깊은 데에 그물을 던지지 않았다면 어떻게 되었을까. '호수 구석구석을 다 아는, 갈릴래아 최고의 어부인 내가 밤새도록 그물을 던져도 못 잡았는데 깊은 데로 그물을 던지라니!' 하고 못마땅하게 여겼다면 어떻게 되었을까.

가족의 생계를 책임진 어부로서 그는 그날 참으로 애탔을 것이다. 힘이 빠지고 마음이 상해 다시 그물을 던져보라는 예수의 말에 화를 낼 수도 있었을 것이다. 만일 그랬다면 그는 물고기를 한 마리도 잡지 못했을 것이고, 예수의 제자도 되지 않았을 것이다. 그러나 그는 그렇게 하지 않았다. 그때까지만 해도 누구인지 잘 알지 못하는 예수의 말을 그대로 따랐다.

나는 갈릴래아의 푸른 물결을 오랫동안 바라보며 베드로의 이 점이 아주 중요하다고 생각했다. 우리는 나와 상관없는 사람이 내 일에 간섭하거나 관여하는 걸 별로 좋아하지 않는다. 더구나 내가 잘 아는 분야에 다른 사람이 참견할 경우 화를 낼 수도 있다. 그러나 베드로는 누구보다도 고기를 잘 잡는 어부임에도 불구하고 자신의 부족함을 인정하고 남의 권고를 받아들이는 겸손한 자세를 보여주었다. 이는 자기주장만 하고 다른 사람의 말에는 아예 귀를 닫아버리는 이 시대의 우리에게 진정 필요한 자세라고 생각된다. 특히 자기 잘못을 인정하지 않는, 다른 사람은 다 아니라고 해도 자기만은 옳다고 주장하는 위정자들은 베드로의 이 겸허한 자세를 배울 필요가 있다.

또 물고기를 잡지 못해 가족을 굶길 처지에 놓인, 요즘 식으로 이야기한다면 하루 벌어 하루 먹고 사는 베드로에게 관심을 가진 예수의 태도 또한 중요하다. 우리는 개인주의가 팽배해 남이야 어떻게 되든 남의 일에 관여하지 않는다. 누가 길바닥에 쓰러져 있어도 무관심하다. 그러나 예수는 베드로의 일을 자기 일처럼 여기고 참견한다. 예수의 이러한 태도는 오늘을 사는 우리에게 꼭 필요한 공동체적 삶의 자세다.

나는 지금까지 예수가 베드로에게 한 말씀이 내게 한 말씀이라고 생각하며 살아왔다. 그것은 그 '깊은 데'의 의미를 내 인생에 이익이 되도록 이해하고 살아왔기 때문이다. 시가 잘 써지지 않거나 창조성이 요구되는 어떤 일이 지지부진할 때 '깊은 데로 그물을 던져라. 그래야 큰 고기를 잡지' 하고 늘 '큰 것'이라는 내 외형적 이익을 생각해 왔다. 인생을 시작하는 젊은이들에게도 늘 그런 말을 잊지 않았다.

"젊을 때는 인생의 꿈과 목표를 크게 잡아라. 처음부터 깊은 데에 그물을 던져라. 고래가 바닷가에 살지 않듯이 큰 물고기는 얕은 데에 살지 않는다."

나는 이렇게 인생의 목표는 '큰 것'이어야 하고 그것을 잡기 위해서는 처음부터 '깊은 데'에 그물을 던져야 한다고 주장해 왔다. 그러나 그것은 인생의 외형적 크기와 물질적 성공에 중점을 둔 것이라고 할 수 있다. 예수가 말한 그 '깊은 데'란 인생의 외형적 목표와 그 규모에 대한 것이 아닐 것이다. 인생의 내면적 깊이, 깊은 사랑과 정의가 있는 영혼의 깊이를 의미할 것이다.

인생은 상대적 넓이도 중요하지만 절대적 깊이도 중요하다. 인생은 바다이면서도 우물과 같다. 우물이 넓기만 하다면 바다지 우물이 아니다. 우물은 넓이도 중요하지만 결국 깊어야 우물로서의 존재가치가 형성된다. 인생은 넓은 바다가 되기만을 바랄 게 아니라 깊은 영혼의 우물을 지닐 수 있는 존재가 되어야 한다.

예수는 베드로를 물고기 낚는 물질의 어부에서 사람을 낚는 영혼의 어부로 전환시켰다. 물고기가 많이 잡히기만을 바라는 평범한 어부로 하여금 깊은 데에 그물을 던지게 함으로써 인간을 낚을 수 있는 진리의 어부가 되게 했다. 이것은 베드로의 삶의 내면이 더 깊어짐으로써 그 인생의 깊이 또한 더 깊어진 것을 의미한다.

지금 이 시대를 사는 우리에게 '깊은 데'란 어디일까. 거짓과 비리, 불법과 기만이 있는 데가 아니라 진실과 화해, 사랑과 용서가 있는 데가 아닐까. 가을을 맞아 내 삶의 갈릴래아 호수 그 깊은 데가 어떤 의미를 지닌 것인지 다시 한 번 생각해 본다.

사진을 찍으려면 천 번을 찍어라

성철 스님이 지내시던 해인사 백련암 손님방에서 하룻밤 잔 적이 있다. 스님이 입적하시기 10여 년 전 일이다. 당시 잡지사 기자로 일하던 나는 스님께 인터뷰를 요청했으나 허락하시지 않았다. 그 대신 서면 질문을 하면 서면으로 답변해 주시겠다고 하셨다. 그래서 그날 밤 나는 무슨 질문을 할까 곰곰 생각하면서 가야산 백련암에서 하룻밤 묵게 되었다.

하안거 해제 전날인 백련암의 여름밤은 깊고 고요했다. 밤하늘엔 보름달이 두둥실 떠올라 있었고 어둠 속에서 들리는 풀벌레 울음도 깊고 청명했다. 큰스님이 가까이 계시는 데서 밤을 맞았다는 사실만으로도 내 가슴은 보름달처럼 차올랐다. 물론 잠은 오지 않았다. 어느새 시간이 지나 해인사의 새벽 종소리가 은은히 들려왔다. 벌떡 일어나 스님 주무시는 방을 바라보았다. 스님 방엔 맑은 불이 켜져 있었고, 달빛 아래 마당을 거니시는 스님의 모습이 보였다.

천천히 아침공양을 하고 나자 스님은 언제 해인사로 내려갔는지 보이지 않았다. 나는 서둘러 해인사로 내려갔다. 이미 대웅전엔 많은 스님들과 불자들이 빽빽이 들어차 있었다. 나는 그 사이를 비집고 들어가 앉아 대웅전 높은 단상에 올라 주장자를 손에 쥐고 하얀거 해제 설법을 하시는 스님을 바라보았다. 스님은 마치 엷은 미소를 띤 호랑이처럼 보였다.

그날 설법을 마치고 스님이 백련암으로 걸어 올라가실 때 함께 가도 된다는 허락을 받았다. 그때 자연스럽게 동행하면서 여쭙고 싶은 걸 여쭙고 찍고 싶은 사진도 찍으라는 게 당시 제자승인 원택 스님의 배려 깊은 말씀이었다.

스님은 설법을 마치자마자 지체 없이 바로 백련암으로 향했다. 나는 사진기자와 함께 부지런히 스님 뒤를 따라갔다. 스님은 청년처럼 휘이휘이 빠른 걸음으로 산을 올라가셨다. 감히 말씀을 붙이기 어려웠다. 그래도 뒤처지지 않고 스님 뒤를 따라가 세상 사람들을 위해 한 말씀 해주시기를 청했다. 스님께서는 "내가 무슨 할 말이 있겠나. 다 자기 자신을 들여다보면 알 건데" 하시고는 빙그레 웃기만 하셨다. 그러고는 호랑이 한 마리가 그려진, 백련암 방향을 가리키는 나무표지판이 나오자 그 앞 바위에 앉아 사진을 찍을 수 있도록 포즈를 취해주셨다.

사진기자가 이때다 싶어 연방 셔터를 눌렀다. 그때였다. 스님께서 "왜 그렇게 사진을 많이 찍노. 필름이 안 아깝나" 하고 물으셨다. 사진기자가 사진 찍는 데 여념이 없어 스님의 질문에 얼른 대답을 하지 않았다. 그래서 내가 나서서 "좋은 사진을 찍으려면 많이 찍어야 합니다. 벌써 필름을 다섯 통도 더 썼습니다" 하고 말씀드렸다. 그러자 스님께서는 "그래, 그러면 천 번을 찍어라" 하고 말씀하셨다.

'아이쿠, 천 번이나!'

나는 그때 '어떻게 천 번을 찍으라고 하시나, 스님께서 농담도 잘 하신다'고 생각했다. 사진기자는 열심히 사진을 찍었다. 처음엔 사진 찍는 걸 그리 달가워하지 않으신 스님이 그 말씀을 하시고 나서는 카메라를 피하지 않으셨다. "그만 좀 찍어라"라는 말씀도 하지 않으셔서 그날 스님 사진을 참 많이 찍었다. 스님이 벗어놓은 검정 고무신과 누더기 승복, 스님이 잡수시는 소박한 무염식 밥상을 찍기도 했다.

그 뒤 "사진을 찍으려면 천 번을 찍어라"라고 하신 스님의 말씀이 내 인생의 화두가 되었다. 그 말씀이 무슨 뜻일까. 생각할수록 어려웠다. 그래도 그 말씀을 늘 잊지 않으려고 애를 쓰다가 어느 날 문득 '무슨 일을 하든 최선을 다해 노력하라'는 뜻이라고 쉽게 생각했다.

당시 스님께서는 어린아이들은 조건 없이 만나주셨지만 일반인이나 신도들은 부처님께 먼저 삼천배를 하지 않으면 만나주지 않으셨다. 그래서 나는 '삼천배를 어떻게 하나. 요구가 너무 지나치고 까다로우시다. 그냥 만나주시지' 하는 생각을 했다. 말이 삼천배지 삼천배를 하려면 며칠이나 걸리고 아파 드러누울 수도 있는 일이었다.

이제 와 생각해 보면 삼천배를 하면서 그만큼 '먼저 부처님을 만나고 자기 자신을 만나라'는 뜻이었다고 생각된다. 그래서 한 말씀 해 달라고 했을 때 "자신을 들여다보면 다 안다"고 말씀하신 것이었다. 스님께서 늘 '자기 자신을 바로 보라'고 하신 까닭도 거기에 있었다.

나는 그동안 남을 들여다보는 일은 수없이 많았어도 나 자신을 들여다본 일은 거의 없었다. 들여다볼 기회가 있어도 일부러 외면해 왔다. 이제 비로소 나를 들여다본다. 들여다볼수록 고개를 들 수가 없다.

"사진을 찍으려면 천 번을 찍어라."

스님의 이 말씀만 들려온다.

"시를 쓰려면 천 번을 써라."

"누굴 사랑하려면 천 번을 사랑해라."

아무리 생각해 봐도 바로 이 말씀이다. 무슨 일을 하든 천 번을 할 정도로 열심히 노력하면 결국엔 이루어진다는 말씀이 아닐 수 없다. 나는 이제부터라도 시를 한 편 쓰더라도 천 번을 써야 한다. 삶에서 가장 중요한 것은 성공보다 노력이다. 노력하는 과정 자체가 우리의 삶이며 노력 없이 이루어지는 것은 아무것도 없다.

목적을 버려야 목적에 다다른다

영화 〈티베트에서의 7년〉 중에서 뇌리에 강하게 남아 있는 장면이 하나 있다. 티베트의 한 승려가 황, 백, 적, 흑, 청 등 색채의 모래로 만다라를 그리는 장면이다. 아니, 좀더 정확하게 말한다면 다 그린 만다라를 손으로 지워버리는 장면이다. 만다라는 불법의 모든 덕을 두루 갖춘 경지를 일컫기 때문에 만다라를 그린다는 것은 바로 부처님의 세계를 그리는 것이다. 즉 만다라를 그리는 과정 속에서 부처님을 만나는 것이다. 그런데 그런 정성 어린 마음으로 그린 만다라를 한순간에 지워버리는 것을 보고 놀라지 않을 수 없었다.

그때 나는 그 승려가 만다라를 보관하기 위해 그리는 게 아니라, 그리는 과정의 중요성을 깨닫기 위해 그리는 것이라는 생각이 들었다. 그리고 내 인생도 그 승려가 모래로 그렸다가 지워버리는 만다라와 같다고 생각했다. 지금 내가 살아가는 것은 하나의 만다라를 그리는 과정이고 다 그렸다고 생각되는 순간 만다라를 지우는 것, 그것이 바로 죽음이라고 생각했다. 그래서 만다라는 완성시키는 데에 목적이 있는 게 아니라, 그리는 과정 자체가 목적이라고 생각했다. 목적을 완성시켜야 목적에 다다르는 게 아니라, 목적을 버리고 지우는 과정 속에서 목적에 다다르게 된다는 것이다.

불가에서는 나의 삶을 놓아버리면 좀더 충실하게 나의 삶으로 돌아갈 수 있다고 한다. 소유와 집착과 탐욕 그 자체가 나를 괴롭히기 때문에 놓아버리라고 한다. 결국 자아를 버려야 진정한 자아를 찾을 수 있다는 것이다. 내게 이루고 싶은 어떤 목표가 있다면 그 목표를 이루기 위해 애를 써야 하지만 동시에 그 목표를 놓아버려야 한다는 것이다.

가톨릭에서도 '십자가 성 요한' 성인은 "모든 것을 얻기에 다다르려면 아무것도 얻으려고 하지 말라. 모든 것이 되기에 다다르려면 아무것도 되려고 하지 말라"라고 이야기하고 있다. 목적에 다다르는 길은 수없이 많지만 목적을 버림으로써 목적에 다다르는 길이 바로 진정한 길이라는 것이다.

어떤 목적을 향해 나아갈 때 그 목적을 자꾸 생각하면 조급해지고 힘들어진다. 의욕이 앞서 자칫 과욕을 불러올 수 있다. 과욕은 목적으로 가는 길을 힘들게 만든다. 등산할 때 왜 위를 올려다보며 걷지 말라고 하는 것일까. 정상에 오른다고 생각하면 산을 오르기 힘들어지기 때문이다. '어서 정상에 올라가야지' 하는 급한 마음을 가지면 그 순간부터 산행이 힘들어진다.

그것은 과정의 소중함보다 목적에 대한 욕심과 욕망이 앞섰기 때문이다. 욕심은 과정을 힘들게 하거나 파괴시킨다. 목적에 다다르기 위해서는 과정을 중요시해야 하는데 그 과정을 무시하면 목적에 다다를 수 없다. 위를 보지 않고 묵묵히 앞을 보며 한 걸음 한 걸음 떼어놓다 보면 어느새 정상에 다다를 수 있다.

목적보다 과정이 중요하다. 산길에 핀 꽃들과 등 굽은 소나무의 아름다운 곡선을 바라보기도 하고, 멀리 산 아래 보이는 도시의 풍경을 바라보며 잠시 쉬기도 해야 등산이 즐겁다. 산의 정상을 오른다는 목적만 생각하면 그 순간부터 산행의 즐거움은 반감되고 힘들게 된다. 인생의 어떤 목적도 처음부터 출발하자마자 바로 그 목적에 다다를 수 없다. 한 걸음 한 걸음 산 밑바닥을 딛고 올라가야 비로소 산 정상에 다다르듯 인생의 목적이라는 정상도 마찬가지다.

그러나 대부분 과정보다 결과를 더 중요시한다. 과정도 중요하다고 말하지만 이는 결과가 좋지 않을 때 건네는 위로의 한 방편일 때가 많다. 결과가 중요할수록 결과에 매달리지 않아야 한다. 결과에 대한 집착에서 벗어나 과정에서 성실과 최선을 다할 때 비로소 그 결과가 좋아진다.

누구나 성공을 바라지만 성공은 목적을 달성하기 위한 수단에 불과하다. 성공 자체가 인생의 목적이 아니다. 성공을 목적으로 삼으면 인생이 공허해진다. 성공은 그 자체가 목적이 아니라 인생이라는 인간으로서의 소중한 임무를 다하기 위한 하나의 디딤돌일 뿐이다.

올림픽에 출전한 선수가 '금메달을 꼭 따야지' 하고 생각할 때보다 '지금 최선을 다해야지' 하고 생각할 때 더 나은 결과를 가져온 경우가 많을 것이다. 실제로 은메달을 딴 선수보다 동메달을 딴 선수들이 더 기뻐한다고 한다. 은메달 수상자들은 조금만 더 잘했더라면 금메달을 딸 수 있었을 거라고 생각하기 때문이고, 동메달 수상자들은 만일 조금만 실수했더라면 아예 수상도 못했을 것이라고 생각하기 때문이다.

이렇게 인생은 목적보다 과정을 어떻게 생각하느냐에 따라 달라진다. '좀더 잘했더라면'에 초점이 맞춰지면 인생은 기쁨을 잃게 되고, '이 정도라도 했으니 다행'에 초점이 맞춰지면 인생은 기쁨을 잃지 않게 된다.

인간은 목적을 달성한 이에게 관심을 갖지만, 신은 열심히 노력하는 이의 과정을 소중히 여긴다고 한다. 목적은 결과일 뿐, 목적 자체가 목적이 아니다. 목적이 중요할수록 과정에 집중해야 한다. 목적에 몰두하되 집착하지 않는 게 중요하다. 목적에서 벗어나야 비로소 그 목적에 다다른다.

견딤이 쓰임을 결정한다

일본 호류사[法隆寺]에는 절 앞에 소나무 숲길이 길게 형성돼 있다. 대부분 오랜 시간의 나이테를 지닌 건강하고 잘생긴 소나무들로 보는 것만으로도 청정한 느낌이 든다. 호류사 안마당에도 윗부분이 뚝 잘린, 수령 몇백 년은 된 소나무 두 그루가 서 있는데 그 기품이 여간 예사롭지 않다.

내가 한참 동안 그 소나무를 쳐다보고 있자 일행 한 분이 호류사는 천 년 된 소나무로 지었다고 일러주었다. 그리고 이 절을 1,400여 년 동안이나 대대로 지켜온 '궁목수' 가문이 있다고 한다. 일본에서는 천 년 이상 갈 수 있는 절이나 궁궐을 짓는 목수를 '궁목수'라고 하는데, 니시오카 가문이 바로 그런 가문이라고 한다.

이 가문에서는 "천 년 이상 갈 수 있는 건물을 지으려면 천 년 된 노송을 써야 한다. 그리고 그런 나무로 건물을 짓는다면 모름지기 천 년은 갈 수 있는 건물을 지어야 궁목수로서 그 나무에게 면목이 서는 일이다"라고 후손들에게 가르쳤다고 한다.

이는 나무의 두 가지 생명, 즉 자연적 생명으로서의 수령과 목재로 사용된 뒤부터의 생명 연수가 같다는 뜻이다. 나무의 나이를 통해 그 나무가 얼마나 오랜 세월을 견뎌낼 수 있을까를 파악한 것이다. 그러니까 견딤의 기간이 쓰임의 기간을 결정한다는 것이다. 천 년을 견딘 나무니까 천 년의 쓰임을 받는다는 것이다.

나는 이 가문의 가르침이 시라는 집을 짓는 언어의 목수인 내게도 해당된다고 생각한다. 좋은 시의 집을 짓기 위해서는 무엇보다도 먼저 인간과 사물의 삶에 대한 깊은 이해와 체험이라는 나무가 있어야 한다. 그것도 오랜 세월 동안 온갖 고통과 시련을 견뎌온 나무라야 한다. 만일 그런 나무가 없다면 단 한 줄의 시도 쓸 수 없게 된다.

내 인생에 처음으로 견딤의 힘이 가장 필요했던 시기는 20대 초 군 복무할 때다. 1970년 2월, 신병훈련을 마치고 배치 받은 공병부대로 가자 일주일 뒤 제대한다는 한 병장이 나를 불러 세웠다.

"어이, 정 이병, 넌 언제 제대하나?"

"네! 73년 초입니다!"

나는 병장의 질문에 큰 소리로 대답했다. 그러자 그가 "하하, 73년? 그때까지 언제 기다려, 잘해 봐, 응?" 하고 내 어깨를 툭 쳤다. 주위에

있던 다른 병장들도 한꺼번에 웃음을 터뜨렸다. 나는 그때 그 얼마나 아프고 견뎌야 할 세월이 아득했는지 모른다.

지금은 군 복무기간이 약 20여 개월이지만 그때만 해도 36개월이었다. 제대하려면 꼬박 3년을 참고 견뎌야 했다. 그래서 군모에 '세월아, 구보로!'라고 쓴 병사가 있는가 하면, '백인(百忍)'이라고 쓴 이도 있었다. 나는 모자 안쪽 잘 안 보이는 곳에 '참을 인(忍)' 자 세 개를 썼다. 한 해가 지나면 한 자를, 또 한 해가 지나면 또 한 자를 지웠다. 그러나 글자 한 자를 지우는 게 그리 쉬운 일은 아니었다.

누구나 견딘다는 것은 힘든 일이다. 견디고 견디다가 구부러지고 뒤틀어진 나무처럼 되기 십상이다. 그런데 궁목수 가문에서는 그런 나무도 적재적소에 사용했다고 한다. 심하게 구부러지고 뒤틀린 나무라도 바로잡으려고 하지 않고 그 나무의 성질을 잘 이용해 알맞은 용처에 썼다고 한다. 심지어 남쪽 벽에 쓸 나무는 산의 남쪽에서 자란 나무를 쓰고, 서쪽 벽에 쓸 나무는 산의 서쪽에서 자란 나무를 썼다고 한다.

그렇다. 내가 만일 똑바로 자라지 못하고 뒤틀린 나무 같은 존재가 되었다 하더라도 나름대로 쓰일 데가 있다. "나 같은 놈이 어디 쓰일 데가 있겠어!" 하는 생각이 든다면 이 궁목수 가문의 이야기에 귀 기울일 필요가 있다.

용 무늬가 아름다운 우리나라 전통가구 전주장(全州欌)만 해도 용목이라는 나무를 사용한다. 그런데 그런 나무가 따로 있는 게 아니다. 오랜 세월 병 때문에 몸의 일부가 옹이 지고 뒤틀린 나무가 그렇게 용무늬로 나타난 것이다. 목공예 소목장(小木匠)들은 구하기도 어렵고 부르는 게 값인 그런 나무의 무늬를 최고로 친다.

지금 나의 고통과 상처도 그런 용목이 되기 위한 것이다. 가장 잘 견디는 것이 가장 잘 쓰이는 것이므로 용목처럼 견딤으로써 인생의 아름다운 무늬로 거듭나야 한다. 그러기 위해서는 어떠한 고통이라도 받아들이고 견딜 수 있는 인내의 힘을 키우지 않으면 안 된다.

니시오카 궁목수 가문에서는 천 년 노송으로 집을 짓고 나면 언젠가는 후대에서 사용할 것이라고 생각하고 반드시 다시 소나무를 심었다고 한다. 천 년을 내다보며 집을 짓고 천 년을 내다보며 나무를 심은 것이다. 지금도 호류사를 지은 목재의 일부를 대패질하면 천 년 된 노송의 향긋한 솔 내음이 난다고 한다. 견딤이 낳은 쓰임의 향기가 아닐 수 없다.

오늘의 우리 젊은이들한테도 그런 향기가 났으면 좋겠다. 자살이 국가적 질병이 된 이 시대에 젊은 청년들마저 견딜 수 없다고 자살해 버린다면 언제 어디에 누가 쓰일 수 있을 것인가. 견딤은 미래의 나를 준비하는 과정이다. 견딤이 쓰임을 결정한다. 내게 견딤이 있어야 귀하게 쓰이는 결과를 가져온다.

너는 네 인생의 주인이 되라

— 군 복무중인 일병 아들에게

보고 싶은 아들 후민이!

잘 있지? 요즘은 나무마다 신록의 이파리들이 눈부시다. 저 푸른 잎새들 사이로 언뜻언뜻 네 얼굴이 보인다. 저 나무들이 추운 지난 겨울을 잘 견뎌냈기 때문에 지금 온 세상에 신록의 빛을 펼치고 있는 것처럼, 후민이도 내일의 찬란한 아름다움을 위하여 지금 힘든 군 생활을 잘 견뎌내고 있을 것이라고 생각된다.

내가 이렇게 후민이가 보고 싶은데 너도 가족들이 참 보고 싶겠지. 그렇지만 참고 견뎌내도록 하자. 사실 가족이라고 해서 언제까지나 함께 사는 것은 아니다. 다 각자의 인생길이 있어 시간이 지날수록 함께 살 수 없는 것이 삶의 이치다. 후민이도 이제 군 생활을 통해 그 이별의 첫 경험을 하고 있는 것이다.

나는 지금도 네가 입대하던 날 "부모님을 향해 경례!"라는 명령이 떨어졌을 때 두리번거리며 나를 찾던 너의 불안한 표정이 영 잊히지 않는다. 그래서 너를 보낸 첫날은 네 방에서 잤다. 그날 밤 네가 자던 침대에서 뒤척이면서 너의 체취를 깊게 맡으며 내 인생에서 가장 소중한 존재가 후민이, 바로 가족이라는 생각을 새삼 하게 되었다.

여름날, 우리 식구 모두 서해 무창포에 갔을 때의 일이다. 넌 다섯 살 무렵이어서 기억이 어렴풋하겠지만, 우리 모두 바닷가로 나가 시원하게 파도를 바라보고 있을 때였는데 내 옆에 앉아 모래를 만지고 있던 네가 갑자기 보이지 않았다.

순간, 가슴이 털컥 내려앉고 정신이 하나도 없었다. 엄마하고 이리저리 정신없이 뛰어다니며 한참 찾아보았지만 넌 보이지 않았다. 그때 이 세상에서 너 외에 다른 소중한 존재는 없었다. 너는 어른들 눈에는 잘 안 띄는 갯바위 구석진 곳에 앉아 파도에 씻기는 작은 조개껍질을 만지면서 놀고 있었는데 몸피가 너무 작아 갯바위에 가려 잘 보이지 않았다.

너를 찾는 순간, 얼마나 감사했는지 모른다. 너만 찾을 수 있다면 세상의 모든 것을 다 주어도 아깝지 않다는 생각을 그때 했었다. 그렇게 너는 나로 하여금 세상에서 가장 소중한 존재가 무엇이며 누구인지 깨닫게 해주었고 진정 감사하는 삶을 살게 해주었다. 나는 너로 인해 인생의 가장 소중한 가치와 그 가치에 대한 감사를 배우게 된 것이다.

이제 네가 입대한 지도 벌써 9개월째로 접어든다. 이렇게 시간은 가지 않는 것 같으면서도 결코 제 속도를 늦추는 법이 없다. 돌이켜보면 그동안 한시도 널 생각하지 않은 적이 없다. 추우면 네가 야간에 보초 설 때 추울까 봐 걱정되고, 눈이 많이 내리면 연병장 눈 치우느라고 힘들까 봐 걱정되고, 더우면 네가 더위에 지칠까 봐 걱정되곤 했는데 이게 부모의 마음인가 새삼 깨닫는다. 내가 군에 있을 때 아버지께서 늘 내게 편지 보내신 마음을 널 군에 보내놓고 비로소 알게 되니 나도 참 어리석은 인간인 듯하다.

요즘 우리 군이 참 많이 좋아졌다고들 하지만 군대라는 본질은 원래 변하지 않는 것이므로 나 모르는 고생이 많을 것이다. 그렇지만 어떠한 고생이든 참고 견뎌내는 방법밖에 없다. 너는 아직 젊어 잘 모르겠지만 인생의 자세는 견딤의 자세이고 인생의 힘 또한 견딤의 힘이다. 내 인생에 인내의 힘이 있다면 그건 다 군에서 배운 것이다. 군 생활이 힘들다고 해서 다들 견디지 못한다면 누가 분단된 이 불행한 조국을 지킬 수 있겠는가.

'가다가 넘어지면 바로 그곳에 내가 찾는 보물이 있다'고 한다. 만일 네가 넘어졌다면 넘어진 곳에서 기진맥진하지 말고 정신을 차려 주변을 둘러보길 바란다. 그러면 반드시 바로 그곳에서 네가 찾고자 하는 가장 소중한 것을 발견하게 될 것이다.

나는 군 생활을 하는 동안에도 열심히 시를 썼다. 함박눈 내리는 한밤에 무기고 앞에서 보초를 서면서도, 페치카의 열기가 식어가는 내무반에서 불침번을 서면서도 시를 생각했다. 다행히 군 복무 중에 신춘문예에 두 군데나 당선돼 제대 후 문예장학생으로 총장장학금 전액을 지급받았을 수 있었다. 그것은 군 복무 중에서도 내가 찾고자 하는 것을 찾으려고 노력했기 때문이다.

후민아, 군 생활도 인간관계의 원만함을 배우는 수행의 기간이다. 다른 병사들과의 관계에서 어떤 어려움이 있더라도 너는 늘 인간적인 따뜻함을 잃지 않도록 해라. 내가 인간을 이해하고 인간이 이루는 사회를 이해하게 된 것은 다 군에서 경험한 인간관계에 대한 배움 때문이다.

그리고 무엇보다도 건강관리를 잘해라. 건강해야 군 생활을 잘 할 수 있다. 건강해지려면 마음이 강하고 긍정적이어야 한다. 마음이 약해지면 몸도 따라 약해진다. 주어진 너의 현재를 받아들이고 긍정하는 일이 마음이 강해질 수 있는 첫 번째 조건이다. 후민이는 비록 겉으로는 연약해 보이지만 긍정하는 마음만은 바위같이 단단할 것이라고 믿어 의심치 않는다.

"나는 내 인생의 주인이 아니라 관리인에 지나지 않았다."

이 말은 러시아 작가 안톤 체호프가 죽기 직전에 한 말이다. 며칠 전 나는 이 말을 읽고 많은 생각에 잠겼다. 지금까지 나도 내 인생의 관리자에 지나지 않았다는 생각이 나를 몹시 괴롭혔다. 그것도 제대로 관리를 하지 못한 '부실한 관리인' 말이다.

그러나 후민아, 너는 아직 젊은 20대 초반의 청년이므로, 너는 네 인생의 주인이 되도록 해라. 군 생활은 네가 네 인생의 주인이 될 수 있는 소중한 밑거름이 되어줄 게 틀림없다. 휴가 오면 더 많은 얘기 나누자. 너를 사랑하는 아버지가.

부모는 활이고 자식은 화살이다

아들이 군에서 제대하고 복학 준비를 할 때였다. 복학 신청을 하려면 무엇보다도 등록금을 내야 하는데 아들은 등록금 낼 생각을 하지 않았다.

"왜 등록금 내야 한다는 말을 안 하니?"

내가 궁금해서 묻자 아들은 복학 신청을 했는데도 학교 인터넷 사이트에 등록금 고지 내용이 뜨지 않는다는 거였다.

나는 은근히 걱정이 돼 좀 자세히 알아보라고 했다. 아들은 학교 회계팀에 전화해 보고는 등록금을 내지 않아도 복학이 된다고 염려하지 말라고 했다. 군에 입대하기 전에 이미 등록금을 내고 입대했기 때문에 그렇다는 거였다.

나는 그럴 리가 없다는 생각이 들었다. 아들이 입대 휴학을 하려고 하자 학교 측에서 그 학기 등록금을 미리 내야 한다고 해서 냈다가 되돌려 받은 기억이 있기 때문이었다.

 "그러면 집안 형편상 등록금 내기 힘들어 군에 먼저 가려는 학생은 어떡하느냐, 이건 재고해 봐야 할 문제다."

 나는 그때 학교 측이 일 처리를 잘못한다고 생각돼 항의 전화를 해서 돈을 되돌려 받은 적이 있었다. 학교 측에서는 복학할 때 등록금 인상분은 받지 않는다는 취지에서 그렇게 한 것이라고 해명하면서 반환해 주었다. 그래도 혹시 내가 잘못 기억하는 게 아닐까 싶어 지난 통장을 찾아보자 분명 입금이 돼 있었다. 아들이 입대한 뒤 되돌려 받았기 때문에 아들은 그런 사실을 미처 모르고 있었다.

 "아니다. 되돌려 받은 게 분명하다. 등록금을 내야 한다."

 말은 그렇게 했지만 한순간 내 마음이 흔들렸다. 학교 측에서 내라고 하지도 않는데 이대로 내지 말고 그냥 지나가버릴까 하는 생각이 들었다. 학교 담당자가 등록금을 받은 사실은 기록해 놓고 반환한 사실은 누락시킨 게 분명했다. 이미 그렇게 전산 처리돼 있기 때문에 잘못이 드러날 까닭이 없었다. 안 내면 안 내는 대로 아무런 문제가 발생하지 않을 수 있었다. 설령 나중에 드러난다 해도 그때 내면 그뿐일 사항이었다. 말은 하지 않았지만 아들도 한순간 그렇다면 굳이 낼 필요가 없지 않으냐 하는 듯한 표정이었다.

 그렇지만 이내 그런 생각을 지워버렸다. 아버지인 내가 부정한 모습을 보이면 아들이 앞으로 부정을 긍정화하면서 살아갈 수 있겠다는 생각이 들었다. 그래서 아들한테 분명한 태도로 말했다.

"이건 담당자의 실수다. 남의 실수를 악이용해서는 안 된다. 무엇보다도 내 아들인 네가 복학해서 다시 공부하는데 아버지인 내가 그런 잘못을 저지를 수는 없다. 항상 올바른 태도를 지니고 사는 게 중요하다."

나는 아들에게 담당자를 찾아가 언제 얼마가 학교 측 명의로 내 통장에 입금되었다는 사실을 확인하게 하고 다시 등록금을 납부하도록 했다.

지금도 그때 일만 생각하면 아찔하다. 당연한 결정이지만 얼마나 잘한 일인지 참 다행이다 싶을 때가 있다. 만일 그런 사실을 숨긴 채 등록금을 내지 않고 복학하게 했다면 아들 앞에 두고두고 얼마나 부끄럽겠는가. 그렇게 속여서 대학을 졸업하게 해서 아들이 사회에 나가 무엇을 해주기를 바랄 수 있겠는가. 한때 그것은 일상의 사소한 일로 여겨졌지만 세월이 갈수록 인생의 중요한 일로 느껴진다.

부모는 활이고 자식은 화살이라고 했다. 화살이 과녁에 명중하기 위해서는 활의 정확도와 성공도가 결정적 역할을 한다. 안정된 자세에서 정확한 방향을 향해 화살을 힘껏 쏘았다 하더라도 그 순간 활이 흔들리면 화살이 제대로 날아갈 리 없다. 부모는 어떠한 상황에서도 흔들리지 않는 활이 되어야 한다. 부모의 삶의 태도는 곧 자식의 삶의 태도를 결정짓는다.

나는 화살인 아들에게 아버지라는 활로서의 바른 자세를 보여준 게 얼마나 다행인지 모른다. 만약 내가 잘못 만들어진 활이라면 아들 또한 잘못 날아가는 화살이 될 게 뻔하다. 이미 잘못 날아간 화살을 활은 더는 어떻게 할 수가 없다. 내가 부모로서의 활의 구실을 제대로 할 수 없었다면 화살로서의 아들도 어쩌면 바람직하지 않은 삶의 방향으로 날아가버렸을지도 모른다. 그래서 나는 요즘 아들 앞에 항상 떳떳하고 당당하다. 아들 또한 자기 자신과 이 사회 앞에 늘 당당한 태도를 지니고 오늘을 살아가고 있을 것이다.

언젠가 지나가는 말로 아들에게 "너라면 그런 상황에서 어떻게 했을 것이냐"고 물어보자 아들이 "당연히 등록금을 내야지요" 하고 말했다. 나는 그 말을 듣고 얼마나 기뻤는지 모른다.

화살은 활이 많이 휘면 휠수록 멀리 날아간다. 멀리 날아간 화살일수록 역으로 그 화살을 날려 보낸 활은 많이 휘었다는 것을 의미한다. 부모의 허리가 휘면 휠수록 자식은 그만큼 멀리 나아간다. 활은 휘어질수록 고통이 심하지만 오직 화살을 멀리 날려 보내기 위해 그 고통을 참고 견딘다.

실제로 늙은 부모의 육체는 등이 활처럼 굽어진다. 그동안 화살인 자식을 위해 끊임없이 노동하며 활의 역할을 다해왔기 때문이다. 부모가 자신을 위해 활처럼 깊게 휘어지는 삶을 살았다는 사실을 깨닫는 순간, 자식도 그만 자기 자식의 활이 되고 만다.

내가 사랑하는 화가 렘브란트

나는 화가 렘브란트를 사랑한다. 1606년 네덜란드의 풍차방앗간 집 아들로 태어나 1669년 63세의 나이로 세상을 떠날 때까지 그는 그 어떤 화가보다도 불행한 삶을 살았다. 그는 자녀 넷을 자기 생전에 먼저 잃었으며, 아내와 아내 사후에 사랑한 여인조차 살아생전에 먼저 떠나보냈다. 그뿐 아니라 자신의 전 재산을 남의 손에 넘기는 불운도 겪었으며, 항상 빚에 쪼들리는 삶에서 벗어나지 못했다.

눈에 넣어도 아프지 않다는 자식을 하나도 아니고 넷이나 먼저 떠나보내야 했던 렘브란트의 심정은 어떠했을까. 말할 수 없이 견디기 어려웠을 것이다. 고난과 고통이 끊이지 않았던 렘브란트의 삶에서 나는 내 삶의 고통을 위안 받을 때가 많다.

'빛과 영혼의 화가'로 일컬어지는 렘브란트는 초상화 의뢰를 받으면 의뢰자의 요구와 의도대로 그리지 않고 자신의 의도대로 그렸다. "화가가 자신의 의도를 성취했을 때 하나의 작품이 완성되는 것"이라면서 초상화 한 점을 완성하는 데도 다른 화가에 비해 시간이 많이 걸렸다. 스스로 더 이상 손볼 곳이 없다는 생각이 들 때까지 끊임없이 되풀이해서 그렸다.

그래서 "렘브란트에게 초상화를 그리게 하려면 그 앞에서 2, 3개월은 앉아 있어야 한다"는 이야기가 널리 퍼져 초상화를 주문하는 이들의 발길이 뚝 끊어지기도 했다. 생활비가 필요한 현실적 어려움 가운데서도 화가로서의 자존심과 작품성을 지키려고 노력한 렘브란트의 이러한 태도는 시대를 초월하여 시인으로서의 삶을 살아가야 하는 내게 늘 귀감이 되었다.

내가 렘브란트의 그림을 처음 보게 된 것은 나보다 네 살 많은 의대생 형 때문이었다. 형은 경북대 의과대학에서 의예과 2년을 마치고 본과에 올라가자 해부학 공부를 하기 시작했다. 그때 형 책상 위에 놓여 있던 여러 의학서적 가운데 고등학생이었던 내 눈길을 유난히 끄는 책이 한 권 있었다. 해부대에 죽은 사람을 눕혀놓고 해부하는 장면의 그림을 표지로 사용한 해부학 책이었다. 그림은 해부된 왼쪽 팔의 신경조직을 가위로 자르고 있는 엄숙한 표정의 교수와 놀라고 긴장된 눈으로 그 모습을 쳐다보고 있는 학생들이 그려진 그림으로 해부학 강의 장면을 그린 거였다.

나는 그 그림에 잔뜩 호기심이 일었다. 시체를 들여다보거나 교수의 강의를 듣는 학생들의 표정이 진지하고 생동감이 있었다. 마치 학생들 중에 누가 내게 말이라도 툭 걸어올 것 같았다. 특히 죽은 이의 표정이 정말 '죽은 시체의 표정' 같았다. 굵게 쌍꺼풀진 눈을 감고 혀를 살짝 입 밖으로 내민 표정이 섬뜩할 정도였다. 해부된 팔의 낱낱이 쪼개진 신경과 힘줄은 붉은 국수 가락처럼 너무나 섬세했다. 남근 부분을 흰 천으로 살짝 가린 채 누워 있는 시체의 알몸은 산 자의 몸이나 다름없이 밝고 생생해 마치 시체 전체가 환하게 조명을 받고 있는 것 같았다.

그러나 교수와 학생들은 어두운 벽면을 배경으로 모두 검은 옷을 입고 있었다. 밝게 그려져야 할 산 자들이 오히려 어둡게 그려지고 죽은 자가 밝게 그려져 화가가 생과 사의 기본적인 색상에 대한 인식을 일부러 바꾸어버린 게 아닌가 하는 느낌이 들었다.

"형, 이 그림 누가 그린 거야?"

"렘브란트야. 네덜란드 화가인데, 그 시대엔 이런 해부학교실 풍경을 그린 그림들이 더러 있었어."

평소 그림에 대해 조예가 깊은 형이 대답을 주저하지 않았다.

"형, 정말 잘 그렸다. 그런데 시체가 약간 부어 있는 거 같아."

"그래, 어떤 병에 걸려 죽었을 거야. 여기 해부하지 않은 손을 보면 많이 부어 있잖아? 복부도 좀 부어 있고. 아마 간이 안 좋았던 사람인지도 몰라."

형은 의학도답게 그림 속 시체의 사망원인까지 어림잡아 이야기했다.

"형, 정말 사람 팔하고 손의 힘줄이 이렇게 국수 가락처럼 생겼어?"

"그럼, 별로 다르지 않아."

"형도 요즘 이 그림처럼 이렇게 해부학 실습을 하는 거야?"

"똑같지는 않지만 비슷해. 언제 한번 와 볼래? 구경시켜 줄까? 너는 문학을 하니까 해부학교실을 보는 것도 좋을 거야."

형은 문학을 하려면 해부되는 인간의 모습을 꼭 보아야 한다며, 어느 일요일 날 나를 데리고 해부학교실을 구경시켜 주었다.

놀라지 않을 수 없었다. 해부용 시체들은 각 조별로 해부대 위에 납품해야 할 무슨 제품처럼 수분이 마르지 않도록 흰 붕대와 비닐에 싸여 있었다. 놀라운 것은 형의 조가 담당하고 있던 시체가 렘브란트의 그림에서처럼 팔 부분이 해부돼 있었고, 형이 팔뚝 근처의 힘줄을 당기자 시체의 손가락이 살짝 움직였다.

그 후, 나는 그림에 더욱 관심을 가지면서 렘브란트라는 이름을 잊은 적이 없다. 나중에 안 일이지만, 내가 해부학 책 표지에서 본 그림은 렘브란트가 1632년에 시장이자 외과의사인 튈프 교수에게 의뢰를 받아 그린 〈튈프 교수의 해부학 강의〉라는 제목의 그림이었다. 이 그림은 렘브란트에게 화가로서의 명성을 안겨준 그림이었다.

형은 의학도이면서도 그림을 무척 좋아했다. 내가 청소년 시절에 고흐, 고갱, 샤갈, 달리, 르누아르 등의 화집은 물론 뭉크의 〈절규〉나 앙리 루소의 〈잠자는 집시〉 등의 그림을 볼 수 있었던 것은 다 형 덕분이었다. 형은 틈만 나면 대구 시내 헌책방을 뒤지고 다니면서 화집을 사 모았다. 형이 수집한 그림 중엔 성서에 나오는 이야기를 그린 그림과 수난당하는 예수에 관한 그림들이 무척 많았다.

그때 나는 그 그림들이 누구의 그림인지 잘 몰랐다. 서른 중반이 되어서야 청소년 시절에 본 성화(聖畵) 대부분이 렘브란트가 그린 그림이라는 사실을 알게 되었다. 렘브란트의 〈해부학 강의〉 그림만 기억하고 있던 나로서는 렘브란트가 성화를 많이 그린 화가라는 사실이 잘 믿기지 않았다. 창에 눈이 찔린 채 머리를 깎이는 삼손을, 천사와 씨름하는 야곱을, 사랑하는 아들 이삭을 하느님께 바치기 위해 칼로 죽이려고 하는 아브라함 등을 그린 화가라고는 믿기 힘들었다.

그중에서도 〈십자가의 예수〉는 내가 늘 좋아하는 '예수 그림' 중 하나였는데 그것 또한 렘브란트가 그린 그림이었다. 그 그림 속에 그려진 예수는 육신의 고통을 다 끝내고 고개를 푹 숙이고 있는 모습이 아니라 고개를 치켜들고 강하게 고통을 호소하는, 마치 그 울부짖음이 들릴 것 같은 모습이라서 어릴 때부터 내 마음속 깊이 새겨진 예수의 인간적인 모습이었다.

'아, 예수도 인간이구나, 인간이라서 저렇게 고통을 호소하고 있구나.'

나는 '사람의 아들'로서의 예수를 생각할 때마다 이 그림을 떠올리곤 했다. 내가 예수를 '인간의 예수'로 생각하고 '서울의 예수'라는 시를 쓰게 된 것도 어쩌면 렘브란트의 이 그림에서 비롯된 바가 크다.

렘브란트는 이 그림에서도 십자가에 못 박혀 고통당하는 예수의 모습은 밝고 환하게 그리고, 그 배경은 한없이 깊고 어둡게 그렸다. 아마 이렇게 의도적으로 빛의 명암 대비를 극명하게 드러내었기 때문에 '렘브란트 브라이트(Rembrandt bright)'라는 말이 생겨난 게 아닐까.

내가 좋아하는 예수 그림 중에 렘브란트가 그린 〈엠마오의 만찬〉이라는 그림도 있는데, 이 그림 또한 렘브란트를 이야기하면서 빼놓을 수 없다. 이 그림은 예수가 무덤을 빠져나와 엠마오로 가는 두 제자와 길을 가다가 어느 여관에 들러 함께 저녁을 먹는 장면의 그림이다. 제자들은 길에서 만난 낯선 나그네가 예수인 줄 모르고 식탁에 앉아 막 빵을 먹으려고 하다가 그 나그네가 스승 예수인 줄 뒤늦게 알아차리고 경이로운 눈으로 후광이 비치는 예수의 모습을 쳐다보고 있다.

나는 이 그림에 나타난 예수의 모습이 참 좋다. 그저 보기만 해도 편안하고 평온하다. 십자가에 매달린 고통의 얼굴은 어디론가 사라지고 없다. 예수는 우리에게 고통을 주는 얼굴이 아니라 평화를 주는 얼굴이다. 긴 머리를 한 여성처럼 얼굴이 작고 약간 왼쪽으로 고개를 기울이고 있는 모습 또한 인간적이며 어떤 연민의 정을 느끼게 한다.

이렇게 내가 어릴 때 보았던 성화들이 대부분 렘브란트가 그린 그림이라는 사실만으로도 나는 그를 좋아하지 않을 수 없었다. 렘브란트가 어떤 과정을 거쳐 성서 이야기를 그림으로 그렸는지는 잘 모르지만 그가 그린 성화들은 꺼져가는 내 신앙의 아궁이에 다시 불을 활활 지펴주었다.

박항률 그림을 사랑하는 까닭

때때로 박항률 그림 속 인물이 되고 싶다. 그의 그림 속에 있는 인물을 볼 때마다 혹시 내가 저 그림 속에 있는 게 아닌가 하는 생각이 들 때가 한두 번이 아니다. 그러다가 그만 내가 그의 그림 속에 고요히 앉아 있다고 생각돼 적이 행복해질 때가 있다. 어느 봄날의 가장 아름다운 날, 꽃들이 만발한 산속에서 꽃바구니를 무릎 위에 얹어놓고 엷은 미소를 띠고 있는 그림 속 소녀의 모습은 어쩌면 내 전생의 모습인지도 모른다.

어릴 때 사촌누나들과 산과 들을 쏘다니며 나물을 캐며 놀다가 봄햇살이 따스한 너럭바위에서 잠깐 잠이 든 적이 있다. 그때 그 얼마나 편안하고 아늑했던지 아직도 그때의 느낌을 잊지 못한다. 내 인생의 어느 한 순간이 낙원에 이르렀다면 바로 그때가 아니었을까.

내 삶이 만원 지하철을 타고 어디론가 한없이 달려가기만 한다고 생각될 때, 문득 박항률의 그림 속에서 그런 낙원을 발견하고 고요한 평화를 느낀다. 나물 캐던 누나들의 얼굴에 맑게 스치던 고소한 흙냄새와 바람냄새를 다시 맡으며 낙원과 피안의 세계에 도달한다.

박항률의 그림에는 꽃과 새가 많이 등장한다. 꽃과 새가 없는 낙원은 있을 수 없기 때문이다. 그는 이 세상의 꽃 중에서 매화를 가장 많이 그린다. 아마 매화가 지닌 고매한 인고의 순결성을 닮고 싶기 때문일 것이다.

그는 꽃의 특징을 섬세하게 살려가며 그린다기보다 꽃의 이미지만 그린다. 그래서 그의 화폭에서 피어난 꽃들은 모두 은유의 꽃이다. 아름답지만 고통스러운 우리 인생의 고통의 꽃이자 상처의 꽃이다. 그동안 치유되지 않았던 내 인생의 상처가 그의 화폭에서 아름다운 꽃으로 피어난 듯하다.

소년의 가슴에 꼭 안겨 있는 한 마리 새의 그림 또한 마찬가지다. 그 그림을 보는 순간 그동안 아무한테도 말 못했던 내 삶의 고통을 그 새한테만은 은근히 고백하는 나 자신을 발견하게 된다. 특히 젊은 여인의 머리 위에 작은 새 한 마리가 고요히 앉아 있는 그림을 보면 그만 숨이 딱 멎는다.

인간의 머리 위에 앉아 있는 새는 바로 내 영혼의 구체적 모습이다. 만일 내 영혼의 모습이 날카로운 돌맹이거나 구겨진 지폐라면

그 얼마나 부끄러운가. 내 영혼이 한 마리 새가 되기 위해서는 오늘의 내 삶이 맑고 순결해야 하나 그렇지 못해서 그의 그림 앞에서 늘 내 심장은 멎는다.

나는 또 박항률의 그림 속 인물과 새가 서로 한없이 바라보고 있는 모습을 보면 도대체 저 새와 소녀가 무슨 이야기를 나누고 있는지 궁금해서 견디지 못한다. 그래서 잔뜩 귀를 기울이며 나 나름대로 무한한 상상의 대화를 엿듣는다. 그러다가 그만 내가 그림 속 인물이 되어 새와 이야기를 나눌 때도 있다. 한번은 나도 모르게 그 새에게 "난 널 사랑해!" 하고 말한 적도 있다.

박항률에게 새는 인간 영혼의 존재다. 그는 "사람과 가장 가깝고 친근한 새이기 때문에" 참새와 비둘기를 많이 그린다. 프랑스 파리에 갔을 때 노트르담 성당에서 모이를 가진 한 중년 남자 주변으로 새들이 모여드는 모습을 보고 인간과 새가 서로 소통할 수 있다는 사실을 깨닫게 되었다. 또 이탈리아 베네치아의 산 마르코 성당 중앙광장에서 비둘기 떼가 인간과 하나가 되어 아름다운 풍경을 이루는 것을 보고 인간과 새의 영혼이 서로 교감하는 일체된 모습을 그리게 되었다.

박항률이 새를 그리게 된 것은 대학생 때부터다. 처음에는 새가 알을 품고 있는 형상을 많이 그렸다. 헤르만 헤세의 소설 『데미안』에 나오는 "새는 알을 깨고 나온다. 알은 새의 세계다. 태어나려고 하는 자는 한 세계를 파괴하지 않으면 안 된다"는 구절에서 대학생 박항률은 '참나'를 찾아가는 구도적 자기 탐구의식이 발로되었다. 알을 깨고 나온 새의 모습이 바로 자신의 내면의 모습이라는 인식은 지금도 그의 그림에서 주조를 이룬다.

박항률은 "인물의 내면을 표현하기 위해 새를 많이 그린다"고 말한다. 이 말은 그림으로 드러내고 싶은 자기 내면의 존재를 새를 통해 많이 드러낸다는 말이다. "꽃과 새는 내 인생의 동행자이자 동반자의 의미를 지닌다"는 그의 말 또한 자연적 존재야말로 인간이 동반할 수 있는 가장 이상적 존재라는 의미다.

그래서일까. 그의 새는 항상 인물이나 사물의 끝에 앉아 있다. 그는 인물의 머리 위나 손가락 끝에, 또는 나뭇가지 끝에 앉아 있는 새를 그린다. 심지어 한 마리 나비나 잠자리조차 대금이나 풀잎의 끝에 앉아 있게 한다. 왜 그럴까. 그러한 가장자리의 세계, 끝의 세계, 그 절정의 세계는 무엇을 의미하는 것일까. 그는 지상과 천상의 세계를 이어주는 "솟대 끝에 앉아 있는 새의 이미지를 빌려온 것"이라고 하지만, 나는 그것을 인간 고독의 극단을 의미하는 절대고독의 세계라고 말하고 싶다.

박항률은 인물을 그리되 여러 사람을 그리지 않는다. 그의 그림에 군상(群像)은 등장하지 않는다. 그의 화폭에는 항상 단 하나의 인물만 등장한다. 그는 "사람을 그린다는 것은 결국 자기 자신을 그린다는 것이다. 그림 속에 보이는 인물은 다른 사람을 모델로 그리는 것 같지만 실은 나를 그리는 것이다. 내 존재에 대한 다양성을 드러내고 비쳐본다고 할 수 있다. 내 속에는 소년도 있고 소녀도 존재한다. 그림 속의 인물이 조용히 앉아 있지만 실은 그런 것도 아니다"라고 말한다.

이는 결국 그림 속의 인물이 다른 사람이 아니라 화가 자신이라는 것이다. '나'라는 존재를 한 화폭에 여러 인물을 통해 나타내는 게 아니라, 한 화폭에 하나의 인물을 통해 다양한 존재의 나를 나타낸다는 것이다.

그의 그림 속의 '고요한 동적(動的) 인물'에서 나는 외로움보다 고독을 느낀다. 그의 인물은 항상 고독한 명상적 존재다. 고독은 상대적이고 사회적 의미를 지니는 외로움과 달리 절대적이고 존재적 의미를 지닌다. 절대자와 인간인 나라는 존재 사이에서 느껴지는 마음의 부분, 그런 절대고독의 모습이 그의 그림 속 인물의 모습이다.

그는 또 "내가 그림 속의 인물을 보기도 하지만, 그림 속의 인물 또한 나를 보기도 한다"고 말한다. 이는 객체와 주체의 경계가 사라짐으로써 고독한 영혼의 교감을 통해 서로 영원한 일체감을 형성한다는 말이다. 그래서 그는 "내 그림이 나 자신을 들여다보는 매개체가 되길 바란다"고 말한다.

오늘은 "사람은 때때로 홀로 있을 줄 알아야 한다"는 법정 스님의 말씀을 그의 그림 속 인물을 통해 묵상해 본다. 절대고독의 영역에 있을 수 있는 자만이 진정 자신을 사랑할 수 있고 또 남을 사랑할 수 있는 것이라고 성찰해 본다.

인생은 어느 순간에 가장 아름다워지는가. 자연 속에서 자연과 하나가 되어 고독한 성찰의 세계에 머물 때 가장 아름다워진다. 박항률의 그림 속에 앉아 자연과 하나가 될 때 나는 가장 아름다운 인생의 순간을 살게 된다. 그의 그림을 많은 이들이 좋아하고 또한 내가 사랑하는 까닭은 바로 그림 속의 인물과 내가 하나가 됨으로써 아름다워질 수 있기 때문이다. 그의 그림 속 인물과 하나가 되어 한순간이나마 영원히 낙원에 이를 수 있기 때문이다.

내 마음의 정자 섬호정

우리나라 산의 능선은 부드럽고 완만한 곡선의 형태다. 고속버스나 기차를 타고 가다가 차창 밖으로 바라본 산의 능선은 마치 젊은 여인의 풍만한 젖가슴을 떠올리게 한다. 어느 초등학생이 '산은 여름산/ 여름산은 엄마의 초록빛 브래지어'라고 쓴 동시를 읽은 적이 있는데, 아이의 눈에도 엄마의 젖가슴으로 느껴질 만큼 우리나라 산은 부드럽고 아름답다. 더구나 산봉우리나 산기슭에 조그마한 정자가 숨은 듯 고즈넉이 놓여 있으면 그 아름다움은 더해진다.

도시의 산이든 시골의 산이든 우리나라 산의 아름다움은 정자에 의해 완성된다고 해도 과언이 아니다. 산에 정자가 없으면 왠지 허전하고 뭔가 소중한 것을 잃은 듯하다. 산이 어머니라면 정자는 언제

나 어머니 품속에 안겨 쉬고 싶은 자식인지도 모른다.

내 마음속에는 그런 정자가 하나 있다. 힘들고 지쳐 혼자 쉬고 싶어도 아무 데도 갈 데가 없을 때 나는 내 마음속의 정자를 찾아간다. 그 정자의 이름은 섬호정(瞻湖亭). 섬호정은 경남 하동에 있지만 언제나 내 마음속에도 있다.

섬호정을 생각하면 어린 시절이 떠오른다. 사람은 누구나 자기만의 잊을 수 없는 유년의 공간을 지니고 있다. 나에겐 멀리 섬진강이 내려다보이는 섬호정이 바로 그곳이다. 아버지의 손을 잡고 걷던 하동 송림이나 아버지랑 옷을 벗고 멱을 감던 섬진강 백사장은 그립다 못해 아리다. 하동의 남향받이 언덕 집에서 나를 낳았을 무렵, 아버지는 하동 상업은행에 근무하셨는데 여름이면 섬진강으로 피서를 가시곤 했다. 넓은 천막 안에 웃통을 벗은 어른들이 빙 둘러앉아 수박을 먹던 모습과 반바지 차림으로 아버지가 흰 모래밭에 혼자 앉아 한없이 강물을 바라보던 모습은 영 잊히지 않는다.

어릴 때 나는 늘 섬호정에 가서 놀았다.

"호승이 니는 하동에서 나서 여섯 살 때까지 살다가 평택으로 이사를 갔는데, 니는 맨날 섬호정 정자에 가서 놀았다. 밥 먹으라고 붙들러 가기 전까지는 집에 올 생각을 안 해서 내가 얼마나 애먹었는지 아나?"

시집살이 10년 만에 하동으로 첫 살림을 나가셨다는 어머니는 그 꽃다운 시절을 이야기할 때마다 이런 말씀을 하셨다.

나는 어머니의 말씀을 들을 때마다 섬호정에서 동무들과 나무작대기로 칼싸움을 하며 놀던 일이 떠오른다.

"앞으로 나란히!"

형들이 소리치면 얼른 달려가 두 팔을 앞으로 뻗고 줄을 서곤 했다. 하동에서 순천으로 가는 섬진강 철교 위로 "철커덕 철커덕" 기차가 소리를 내며 지나가면 놀기를 멈추고 넋을 잃은 채 기차가 안 보일 때까지 바라보곤 했다.

한번은 섬호정 아래 구멍가게에서 껌을 통째 훔쳐 동무들과 나누어 먹다가 주인한테 들켜 혼이 난 적도 있다. 껌을 혼자 먹지 않고 동네 동무들에게 다 나누어주었으니 주인에게 들킬 것은 뻔한 일이었다. 아버지가 주인에게 사과하고 돈을 물어내고 하던 기억은 아직도 생생하다. 결코 남의 것을 탐내면 안 된다는 인생의 소중한 교훈을 일찍이 섬호정에서 얻은 셈이다.

어른이 된 뒤 나는 섬호정에 한번 가보고 싶었다. 섬호정에 올라 섬진강 철교 위로 지나가는 기차를 다시 한 번 오랫동안 바라보고 싶었다. 철교 건너편에 있는 섬진강 다리 위로 보일 듯 말 듯 느릿느릿 걸어가던 사람들도 다시 보고 싶었고, 아버지가 천막을 쳐놓고 놀게 했던 섬진강 백사장을 다시 뛰어다니고 싶었다. 설탕에 절인 산딸기를 얻어먹기 위해 매일 아침마다 할아버지 가게에 신문을 갖다드리며 오갔던 골목길도 다시 걷고 싶었다.

그러나 두 아이의 아버지가 된 뒤로는 하루하루 직장생활을 하며 살아가기에 바빠 선뜻 찾아 나설 수가 없었다. 시간이 갈수록 그것은 이미 헤어져버린 첫사랑 여인을 그리워하듯 늘 마음속으로만 그리워하는 일이 되고 말았다.

기회는 오랜 세월이 지난 뒤 저절로 찾아왔다. 내 나이 막 마흔이 되었을 때 직장 일로 해남 대흥사에 출장을 갔다가 뜻밖에 시간이 하루가 남았다. 이때다 싶어 상경하는 길에 망설임 없이 하동에 들렀다.

하동은 조그마한 소읍이었다. 설거지 냄새 비릿하게 풍기는 어머니 같이 하동은 나를 포근히 감싸주었다. 이리저리 읍내를 기웃거리다가 길을 묻고 또 물어 곧장 섬호정으로 향했다. 골 깊은 청대숲을 지나 땀을 뻘뻘 흘리며 올라가자 2층 누각인 섬호정이 섬진강이 한눈에 다 내려다보이는 곳에 내 기억대로 그대로 나를 기다리고 있었다.

가슴이 두근거렸다. 30여 년이나 기다리고 사모하던 여인을 그제야 만난 심사가 바로 그런 것이었을까.

하동포구 80리에 물새가 울고
하동포구 80리에 달이 뜹니다
섬호정 댓돌 위에 시를 쓰는 사람은
어느 고향 떠나온 풍류랑인고

마침 섬호정 앞에 어머니가 늘 불러주시던 노래가 새겨진 노래비가 있어 몇 번이나 되풀이해서 읽어보았다. '섬호정 댓돌 위에 시를 쓰는 사람'은 혹시 내가 아닐까. '풍류랑(風流郎)'이란 풍치가 있고 멋스러운 젊은 남자를 일컫는데 혹시 내가 그런 사람이 아닐까 하는 생각에 가슴은 더욱 두근거렸다.

나는 한참 동안 땀을 식히고 있다가 조심스레 신발을 벗고 섬호정에 올랐다. 멀리 구례 쪽에서 불어오는 시원한 바람에 나를 맡기며 섬호정 아래로 말없이 흐르는 섬진강을 바라보았다. 지리산 끝자락이 몰래 산을 내려와 강물에 발을 담그고 있는 듯한 섬진강 흰 모래밭은 허옇게 속살을 드러낸 처녀 같았다. 광양만으로 빠지는 섬진강 하구의 물결은 완만하게 관능미 넘치는 한 여인의 몸매가 그대로 드러난 듯했다. 먼 강물 위에 한 점 점처럼 떠 있는 뗏마선은 평화롭기 그지없었다.

다리 하나를 사이에 두고 경상도와 전라도가 구분되는 섬진강 다리 위로는 하동과 광양으로 오가는 시외버스들이 간간이 지나갔다. 멀리 바람결에 다정한 전라도 말씨가 들려오는 듯했다. 건너편 철교 위로는 초등학생이 크레용으로 그린 것 같은 기차가 소리도 없이 부드럽게 몸을 감추는 모습이 보였다.

"맴맴맴 메에에……."

강기슭을 거슬러오는 섬진강 물결소리 사이로 간간이 매미소리가 들려왔다. 세상의 온갖 잡소리를 다 들어온 내 귀가 한순간에 맑고 청량해졌다. 바람은 또 그 얼마나 맛이 있는지…….

섬호정 바로 아랫동네에 산다는 아이들이 돗자리를 펼쳐놓는 바람에 나는 염치를 무릅쓰고 그 위에 벌렁 드러누워버렸다. 곱게 칠을 했으나 다소 퇴락한 단청이 한눈에 들어왔다. 푸른 하늘이 길게 손을 뻗어 내 지친 가슴을 자꾸 쓰다듬어주었다.

"엄마는요, 콩밭에 김매시고요, 아부지는요, 시장에 가셨어예."

모기한테 물린 자국이 있는 허벅지를 그대로 드러낸 아이들이 내 옆에 누워 좋알거렸다.

"어릴 때 나도 이 섬호정에서 놀았어. 너만 할 때 나도 섬호정 저 아랫동네에 살았어."

"정말이라예?"

"그럼!"

나는 마음속으로 아이들처럼 '내가 섬호정에 얼마나 와보고 싶었는지 너희들은 모를 거야' 하고 좋알거리며 섬호정에서 놀던 그리운 유년시절로 되돌아갔다.

당신은 생가(生家)가 있으십니까?

나는 생가가 있는 세대에 속한다. 이 말은 달리 말하면 요즘 세대는 생가가 없는 세대라는 말이기도 하다. 요즘 태어나는 이들은 대부분 생가가 없다. 특별한 경우를 제외하고는 거의 병원에서 태어난다. 이웃의 도움을 받거나 산파를 불러 집에서 태어나던 예전 사람들과는 퍽 대조적이다.

내 아이들만 해도 종합병원에서 태어났다. 그들에게도 생가란 없는 셈이다. 굳이 말한다면 병원 신생아실이 생가다. 아들과 한강대교를 지나면서 말한 적이 있다. "저기 저 63빌딩 옆에 있는 여의도성모병원이 네 생가"라고.

말은 그렇게 했지만 과연 종합병원 신생아실을 생가라고 할 수 있을까. 그곳은 말 그대로 신생아 분만실일 뿐이다. 그곳은 의학적 획일성이 존재할 뿐 인간적 자연성은 결여돼 있다. 신과 자연의 부드러운 손길보다는 문명과 과학의 차가운 손길이 돋보일 뿐이다. 인간의 출생에는 적정온도가 유지되는 분만실의 손길보다는 높은 산맥을 넘어온 따뜻한 바람이나 나뭇가지에 켜켜이 쌓인 함박눈이나 따스한 봄볕 같은 자연의 손길이 더 필요하다.

다행히 나에게는 생가가 있다. 지금도 허물어지거나 불타지 않고 온전히 보존돼 있다. 그렇다고 해서 현재 나의 삶이 달라질 것은 아무것도 없다. 그러나 생가 있다는 사실 그 자체가 왠지 고요하고 아늑한 기쁨을 준다. 그것은 언제든지 다시 태어나 인생의 출발점에 다시 설 수 있다는 그런 뜻밖의 기쁨일 것이다.

나는 어릴 때부터 어머니한테 경남 하동에 있는 생가 이야기를 귀에 못이 박이도록 들으면서 자랐다.

"호승이 니는 하동 읍내에 있는 은행 관사에서 났다. 하동에서 경치가 제일 좋은 집이다. 큰 감나무도 있고 치자나무도 있고, 무화과나무 백일홍도 있는 집인데, 언덕바지에 있어서 하동 읍내가 다 내려다보였다. 니 낳고 몇 달 만에 6·25가 나, 니 업고 피난 다니느라고 정말 죽을 고생 많이 했다. 피난 갔다 오니까 마루 밑에 넣어둔 쌀가마니는 하나도 안 남았더라. 오리새끼들은 다 죽어서 마당에 널브러져 있고. 니는 얼마나 깔끔한지, 우물에 가서 고무신을 씻고 나서 흙 묻는다고 그 신을 아예 신지 않고 마를 때까지 손에 들고 다녔다."

어머니한테 그런 이야기를 들을 때마다 나는 늘 그 집에 가보고 싶었다. '도대체 어떤 집일까. 그 집에 찾아가보면 세상에 막 태어났을 때의 나를 만날 수 있을까' 하는 생각이 들어 늘 그 집이 그리웠다.

그런 기회는 왔다. 어느 해 여름이었다. 그리운 곳은 그리워하고만 있을 게 아니라는 생각이 들어 늙으신 아버지를 앞세우고 구례를 지나 섬진강 하구에 있는 하동을 찾았다.

아버지는 하동 읍내에 들어서자 대로변에 있는 어느 약국부터 먼저 찾았다. 그곳엔 내가 태어날 때 나를 받아냈다는 산파 할머니가 살고 계셨다.

"인사해라, 이 어른께서 너를 받아내었다."

나는 그분께 정중히 큰절을 올렸다.

"아이고, 이게 누군고 보자. 얘가 은행집 둘째아들이가? 내 손으로 받아냈는데 이렇게 컸나?"

할머니는 반색을 했다. 마치 죽은 자식이 살아 돌아온 듯 반가워하는 모습이었다. 나도 어떤 인연의 끈 같은 것이 끈끈하게 느껴져 마치 외할머니라도 만난 듯했다.

할머니는 내게 이런저런 말을 시켰다. 직장은 어디를 다니며 애들은 몇이나 두었는지 궁금해했다.

"얘는 시를 씁니다. 시집도 몇 권 냈습니다."

아버지가 전에 없이 내 자랑을 늘어놓았다.

"그라믄 시인이가? 내 그럴 줄 알았다. 니 날 때 울음소리가 노래 부르는 것 같더라."

할머니는 내가 시를 쓴다고 하자 기특하다는 눈빛으로 한참 동안 나를 쳐다보았다.

"이제 자주 들르겠습니다."

아버지가 이런저런 예전 이야기를 하다가 자리에서 일어나자 할머니는 몹시 안타까운 표정을 지었다.

"이제 또 언제 보겠노. 내가 그리 오래 살 것 같지가 않다. 서울 가면 우짜든지 잘 살거라. 아이구 정말 반갑데이."

내 어깨를 쓰다듬어주시는 할머니의 손길은 연약하나 따뜻했다.

생가는 약국 뒷골목에서 언덕 쪽으로 10여 분쯤 걸어 올라간 곳에 있었다.

"아마 이 집이지 싶다. 계단을 보니까 이 집이 맞다. 어디 한번 올라가보자."

아버지의 기억은 정확했다. 서둘러 돌계단을 오른 아버지는 당신의 젊은 날이 되살아나는 듯 잠시 하늘 끝을 바라보았다.

"그런데 이게 무슨 일이고? 대문은 부서져 있고, 사람이 아무도 없네."

남향받이 일본식 목조 단층집인 그 집에는 아무도 사는 사람이 없었다. 넓은 뜰 안엔 무릎까지 자란 풀들이 무성했다. 아기 주먹만 한 연초록빛 감들이 떨어져 나뒹굴었으며 우물은 말라 있었다. 나보다

훨씬 키가 큰 감나무와 치자나무에서는 매미 우는 소리가 요란했다.

아버지와 나는 방문을 못질 해놓아 안으로는 들어갈 수 없었지만 이리저리 집안 구석구석을 살펴보았다.

"그래 바로 이 방이다. 이 방에서 니가 났다. 이 방 마루에서 니 업고 피난 갔다. 이 밑을 파서 쌀독을 묻어놓았다."

떨리는 아버지의 목소리에 내 가슴도 뛰었다. 내가 태어난 집에 내가 성인이 되어 늙으신 아버지와 함께 찾아왔다는 사실이 나를 감동시켰다.

그 집은 원래 일본인이 살았던 적산가옥으로 아버지가 근무하던 은행 사택이었는데, 하동군청 소유가 되어 몇 해 전까지만 해도 하동군수가 살았다고 한다. 그리고 마땅한 임자가 나서면 민간에게 곧 매도할 작정이라고 했다. 나는 그 집을 사고 싶었다. 내가 태어난 집에서 아버지와 함께 살고 싶었다. 그 집에서 아버지를 떠나보내고 나 또한 그 집에서 떠나고 싶었다. 그러나 그것은 한낱 꿈일 뿐 마음속으로만 늘 그리워할 뿐이었다.

그 뒤 10여 년의 세월이 흐른 뒤, 그 집을 다시 찾아가보았다. 원형은 그대로 보존돼 있으나 여기저기 손본 데가 많았다. 벽에 노란 페인트가 칠해져 있어서 고즈넉한 분위기가 사라지고 어떤 나이 든 여인이 짙은 화장을 한 듯한 느낌이 들었다.

그러나 반가웠다. 헤어졌지만 늘 그리워했던 여인을 만난 듯했다. 마당에 세발자전거 한 대와 빨래건조대가 놓여 있는 것으로 보아 이미 다른 사람이 집을 사서 살고 있는 게 분명했지만 이번에도 사람은 만날 수 없었다. 마침 가을이어서 마당에 떨어진 홍시 몇 개를 주워 먹으면서 나는 생각했다.

신은 왜 이 집에서 나를 태어나게 했을까. 나를 태어나게 한 신의 뜻은 무엇이었을까. 나는 신이 원하던 뜻대로 오늘의 삶을 살고 있는 것일까.

그날 서울로 돌아오면서 저 생가를 모태로 삼아 이제 나 자신뿐만 아니라 다른 사람의 집이 될 수 있는 인생을 살아야 한다는 생각을 했다.

한가위는 어머니다

한가위는 길고 무더운 여름의 끝자락에 찾아온다. 아침저녁으로 제법 서늘한 바람이 불어올 때쯤이면 한가위라는 명절을 맞아 서로의 기쁨을 나누게 된다. 만일 한가위가 없다면 여름에 지친 내 몸과 마음은 참으로 고단하기 짝이 없을 것이다. 한가위 없이 가을을 보내고 겨울을 맞는다면 나는 어머니의 사랑을 받지 못해 병든 아이와 같게 될 것이다.

한가위는 어머니다. 한가위는 늘 어머니의 마음을 지니고 찾아온다. 인간의 어머니가 자연이라면 한가위는 그 어머니의 마음이자 품속이다. 지난여름 내내 힘들게 일한 나를 다정히 껴안아주는 모성의 모습을 보여준다. 나를 비록 자연인 어머니를 사랑하지 않고 파괴와 오염을 일삼았지만 어머니는 나를 한없이 용서하고 받아들인다. 땅과 햇볕과 바람을 통하여 풍요로운 새 생명의 먹거리를 제공하고 "지난여름, 참으로 힘들었으니 편히 쉬어라" 하고 토닥토닥 내 어깨를 두드리며 기쁨과 휴식의 시간을 제공한다. 나아가 그 휴식의 시간을 통하여 결실의 의미 또한 깨닫게 한다. 결실을 통하여 감사를 느끼고, 감사에서 오는 기쁨을 가족과 이웃과 함께 나누게 한다.

한가위에 노모와 송편을 빚는 일은 한 해의 가장 큰 기쁨이다. 노모와 다정히 무릎을 맞대고 앉아 이런저런 이야기를 나누며 맛있는 음식을 장만할 수 있는 시간은 오직 그때뿐이다. 그것도 아직 어머니가 살아 계시니까 가능한 일이므로 송편 빚는 일이 갈수록 더 소중하게 여겨진다.

어머니는 내가 어릴 때부터 송편을 만드실 때 꼭 우리 형제들을 불러 앉혀놓고 같이 만들자고 하셨다. 송편 속에 넣는 고물로는 콩, 밤, 깨 등을 장만하셨는데 송편을 만들다가 어머니 몰래 달콤한 고물을 한 숟가락씩 훔쳐 먹는 재미는 지금도 잊을 수 없다. 여동생이랑 서로 송편을 잘 만들었다고 자랑하는 사이에 은연중 서로가 서로에게 얼마나 소중한 존재인지 깨달을 수 있었다. 햅쌀로 정성껏 만든 송편이 할아버지 차례상에 올려진 것을 보고는 내 존재의 뿌리가 어디인가 하고 깊게 들여다볼 수도 있었다.

나는 송편을 작게 아주 잘 만든다. 어릴 때부터 어머니한테 배운 솜씨다. 나도 이제 송편을 빚을 때 아이들을 다 불러 함께 빚는다. 아이들이 어머니를 중심으로 빙 둘러앉아 장난을 쳐가며 송편 빚는 모습을 보면 내 가슴이 한가위 보름달처럼 기쁨으로 가득 차오른다.

한가위는 이런 기쁨의 시간이다. 결국 이런 시간은 가족과 가정의 소중함을 깨닫게 하고 조상과의 종적 관계를 확인하고 기리는 시간으로 이어진다. 햅쌀로 지은 밥이나 송편을 조상의 차례상에 먼저 차리는 것은 그 얼마나 아름다운 일인가. 오늘의 내 존재를 부모와 조상의 은덕으로 생각하고 감사를 드리는 일은 내 삶의 가장 소중한 가치다.

한가위를 맞아 나는 올 한 해 어떠한 열매를 맺기 위하여 땀 흘리며 노력했는지 생각해 본다. 노력의 땀도 흘리지 않고 열매 하나 맺지 못한 채 한가위를 맞이한 것은 아닌지 자책의 마음이 앞선다. 무엇보다도 다른 사람을 위한 사랑의 열매가 달려 있지 않아 부끄럽다. 지하철 입구에서 내게 다가와 손을 내밀며 도움을 청하던 장애소녀를 무심한 눈으로 쳐다보고 그냥 지나친 일은 지금도 마음에 걸린다. 우리 아파트 뜰에 있는 나무는커녕 우리 집 베란다에 있는 화분에 물을 주는 일조차 게을리하였으니 이 또한 어이할 것인가. 들여다볼수록 나 자신만을 위한 열매만 있고 이웃을 위한 열매는 보이지 않는다. 일하지 않고 땀 흘리지 않은 자는 먹지도 말라고 했으나 나는 지금 천연덕스럽게 밥을 매일 먹고 있다.

한가위는 내 삶의 반성과 성찰을 위한 시간이다. 자연인 어머니가 주신 곡식을 내 육체가 배불리 먹고 마시기만 해서는 안 된다는 것을 깨닫기 위한 시간이다. 한가위를 맞아 나는 올해도 이기로 가득 찬 내 내면을 위한 성찰의 시간을 가져본다. 내 인생에게 내가 지은 죄가 무엇인지, 내 영혼에게 내가 무슨 죄를 지었는지 깨닫고 고백하는 깊은 성찰과 기도의 시간을 가져본다.

어머니인 한가위는 언제나 나를 다 용서해 주신다. 한가위 둥근 달을 바라보면 볼수록 집 나간 아들이 돌아오기를 항상 문을 열어놓고 기다리는 어머니의 마음이 비친다. 초저녁엔 붉은 주황빛을 띠더니 차차 노란빛이 더 강해진다. 세상에 어떻게 저토록 아름다운 신비의 빛깔이 있을 수 있을까. 모성의 색채가 있다면 바로 저 만월의 색채가 아닐까.

한가위 보름달은 초승달과 반달이라는 고통스러운 과정을 견뎌왔다. 나도 저 달을 통해 보름달이 되기까지의 인내와 기다림을 잊지 말아야 한다. 보름달과 같은 눈을 지니고 나와 이 시대의 가난한 내면을 들여다볼 수 있어야 한다. 한가위 달이 이토록 둥근 것은 원만한 내면을 지닌 인간이 되라는 뜻이다. 한가위 둥근 달이 이토록 맑고 밝은 것은 어두운 나를 밝히고 가난한 이웃 또한 환히 밝히라는 뜻이다.

서울도 고향이다

서울은 내 고향이 아니다. 나는 경남 하동에서 태어나 줄곧 대구에서 자랐다. 그래서 누가 고향 이야기를 하면 대구가 먼저 떠오른다. 그런데 요즘은 서울이 고향처럼 느껴진다. 너무 오랫동안 서울에서 산 탓이다. 고향 대구에서 산 날보다 서울에서 산 날들이 훨씬 더 많아 몸담고 사는 곳이 고향이라는 말이 더욱 절감된다. 고교를 졸업하고 곧바로 서울로 올라와 벌써 나이 예순이 넘었으니 어쩌면 서울을 고향으로 여길 때도 된 듯싶다.

한때는 서울을 떠나 고향 대구에서 살기를 꿈꾸었다. 어쩌다가 고향에 사는 친구들을 만나면 그렇게 부러울 수가 없었다. 그들은 어딘지 모르게 여유가 있어 보이고 인정 또한 훈훈했다. 서울의 종로나

광화문 거리를 스쳐 지나가는 사람들한테서 훅 느껴지는 냉기 같은 게 고향 친구들한테서는 느껴지지 않았다. 엘리베이터를 탔을 때 서로 차가운 얼굴로 못 본 척하는 이들이 사는 곳이 서울이라면, 엘리베이터 안에서도 서로 따뜻하게 말을 나누며 사는 이들이 바로 고향 사람들이었다. 그래서 나이 마흔이 넘기 전에 고향 대구에 가서 살 꿈을 꾸었다.

그 꿈은 이룰 수 없었다. 직장을 옮기는 것도 문제였지만 이미 서울에 뿌리를 내리기 시작한 가족들을 데리고 쉽게 서울을 떠날 수가 없었다. 어머니가 계신 곳이 고향이라면 내 어머니 또한 대구를 떠나 서울에 사셨다.

사실 나는 40여 년 넘게 서울에 살면서도 서울이 고향이라는 생각을 해본 적이 없었다. 서울은 늘 나를 받아들이지 않았으며 나 또한 서울을 받아들이지 않았다. 늘 자기 집이 없어 철따라 이사 다니는 가난한 가장의 심정이거나, 전장에 나가 적들과 싸우다가 잠시 바람 부는 들판에 앉아 쉬고 있는 한 병사의 막막한 심정일 뿐이었다.

서울을 고향처럼 느끼게 된 지금도 실은 서울이 두렵고 무섭다. 아침 출근길에 지하철 환승 통로를 걷다 보면 어떤 땐 몸서리가 쳐진다. 그 비좁은 통로를 꽉 메운 사람들이 하나의 물결을 이루고 흘러가는 모습을 보면 그대로 익사할 것만 같다. 공동체의 삶을 살기 위해서 반드시 지켜야 할 가장 기본적인 질서마저도 지켜지지 않는 서울이라는 사막에는 밤하늘 별들도 없다. 나는 그런 사막에서 한 마리 낙타도 없이 지금껏 살아온 셈이다.

그러나 언제부턴가 이 삭막한 서울에서도 고향에서나 느낄 수 있는 작은 기쁨을 하나 둘 발견할 수 있었다. 어느 날 아침 출근길에 교회 십자가 철탑 위에 있는 까치집을 보았을 때 왠지 가슴속이 환히 밝아왔다. 그 까치집에 사는 까치가 나를 쳐다보고 뭐라고 말을 건네는 것 같아 가슴이 두근거렸다. 아침마다 늘 지나다니는 길인데도 그곳에 까치집이 있는지조차 몰랐다는 것은 전적으로 내 잘못이었다.

그 후로 나는 더욱 놀라운 경험을 하게 되었다. 서울에는 사람만 사는 게 아니었다. 새들도 살았다. 서울에는 고층빌딩만 있는 게 아니었다. 나무도 풀도 꽃도 있었다. 그날 이후로 보도블록 틈새에 피어난 한 송이 민들레만 보아도 감격했다. 민들레 주변으로 기어 다니는 개미를 보아도, 느티나무 둥치에 붙어 있는 매미 허물을 보아도, 한강을 날아오르는 청둥오리 떼를 보아도 놀라움을 금지 못했다.

그동안 나는 서울에 사는 사람들의 냉혹함과 사막화된 도시의 삭막함만 보고 꽃과 새들을 보지 못한 것이다. 빌딩의 화려하고 천박한 불빛만 보고 빌딩과 빌딩 사이의 밤하늘로 떠오른 초승달을 바라보지 못한 것이다. 그만큼 내 삶에 여유가 없었던 것이다.

요즘 나는 서울의 사람들보다는 서울의 나무와 풀과 꽃을 보려고 노력한다. 고층빌딩의 눈부신 간판보다 빌딩 사이로 슬며시 얼굴을 내민 달을 보려고 노력한다. 길을 걸을 때는 천천히 걸으면서 감나무가 있는 이웃집 담도 슬쩍 넘겨다본다. 가을하늘 위로 펼쳐진 구름도 신기롭고 좀처럼 눈에 들어오지 않던 북한산 인수봉도 눈에 들어온다.

그래서일까. 이제 봄이 올 때마다 아파트 앞마당에 피는 산수유도 바라볼 줄 안다. 산수유 그 연노란 꽃빛을 보고 내 인생에도 일 년에 한 번씩 봄이 찾아온다는 사실을 깨닫는다. 겨울에 산수유 붉은 열매를 새들이 맛있게 쪼아 먹는 것을 보고 왜 해마다 봄이 오면 산수유가 꽃을 피우는지 깨닫는다. 산수유 붉은 열매가 새들의 겨울양식이 되는 것처럼 나 자신을 모두 내어주지 않으면 완전한 사랑에 도달할 수 없다는 사실 또한 깨닫는다.

그리고 폭설이 내리면 아파트 개들과 눈 속을 뛰어다닐 줄도 안다. 눈을 뭉쳐 개와 눈싸움을 벌일 줄도 안다. 일방적인 눈싸움이지만 개들도 그리 싫어하지 않는다는 것을 이제 안다. 개들과 함께 눈사람을 만들면서 내가 사는 지금 이곳이 바로 고향이라는 사실을 깨닫는다.

서울도 고향이다. 서울은 스스로 자연을 찾는 자에게만 자신의 고향의 얼굴을 보여준다. 그 얼굴을 볼 때마다 서울이 아름답게 느껴지고, 그 아름다움이 내 어릴 때 고향의 산과 들에서 느꼈던 아름다움을 떠올리게 한다. 나는 이제 서울을 훌쩍 떠났다가 돌아올 때도 기차가 한강 철교 위를 달릴 때쯤이면 오히려 어머니의 품에 안긴 듯 마음이 편안해진다.

갈매기가 날아야 바다다

소라야, 잘 지내니?

기름이 바다를 덮었는데 괜찮니?

너는 집도 없는데 어떡하니?

「소라에게」라는 제목의 이 동시는 충남 태안 앞바다 기름유출 사고의 고통을 가장 극명하게 드러낸 시다. 2008년에 발간된 환경문제 작품집 『강물아, 바다야』에 실려 있는 이 동시는 당시 명지초등학교 1학년 김현수 어린이가 썼다. 지금 그 소라는 어떻게 되었을까. 아마 이 동시에서 번지는 맑은 동심에 위안을 받으며 인간을 원망하지 않고 다음 세대에게 자기 삶을 온전히 잘 넘겼을 것이다.

나는 아직도 2007년 서해안 겨울 바다에 밀려온 검은 '기름 파도'를 잊지 못한다. 누가 하늘에서 기름을 퍼다 부은 듯한 광경에 경악을 금치 못했다. 수많은 뱀들이 한데 뒤엉켜 있는 듯한 기름띠가 얼굴을 희번덕거리며 섬 전체를 잡아먹을 듯 둘러싸고 있었다. 해질 무렵 아이들과 손을 잡고 거닐 때, 먼 바다의 황금빛 노을이 스며들던 해변의 모래까지 기름범벅이 된 것을 보고 놀란 가슴을 쓰러내리지 않을 수 없었다.

기름투성이 서해를 살리기 위해 온 국민이 한마음이 되었던 자원봉사의 뜨거운 열기 또한 아직 잊을 수 없다. 도저히 회복 불가능해 보이던, 몇십 년은 지나야 본디 모습을 되찾을 수 있을 것 같던 기름 바다가 불과 2년 만에 해수욕을 하고 수산물을 먹을 수 있을 정도로 제 모습을 되찾았다는 것은 기적이 아니고서는 불가능하다.

그러나 그것은 기적이 아니었다. 국민 모두의 노력의 결과였다. 세계에 유례가 없는 일로 일컬어지는 이 일은 기름유화제 때문도 아니요 정부의 노력 때문도 아니다. 오직 국민 한 사람 한 사람의 마음속에서 스스로 우러나온 사랑과 봉사의 땀방울, 그 땀방울의 힘때문이다.

노란 비닐옷과 초록 장화를 신고 호미와 흡착포를 들고 기름이 엉켜 붙은 바위 틈새를 누비던 저 많은 국민들. 누가 하라고 지시한 것도 아닌데 전국 방방곡곡에서 달려와 길게 인간 띠를 이루며 바다에 뜬 원유를 퍼 나르던 남녀노소들. 그들은 무슨 생각을 하며 왜 아픈

허리를 참아가며 마치 내 방 청소하듯이 기름을 제거했을까.

그것은 조국의 바다를 사랑했기 때문이다. 후손에게 빌려온 자연을 더 이상 파괴시켜서는 안 된다고, 맑고 깨끗하게 있는 그대로 온전히 보전해서 되돌려줘야 한다고 생각했기 때문이다. 그리고 하루 아침에 삶의 터전을 잃은 태안 어민들의 삶을 바로 자신의 삶이라고 생각했기 때문이다.

지금 서해는 언제 그런 사고가 일어났느냐는 듯 아름답고 평온하다. 천리포와 만리포 해역은 이미 청정해역이 된 지 오래다. 굳이 귀를 기울이지 않아도 파도 소리는 맑고 깨끗하다.

멀리 지는 해를 바라본다. 서해의 붉은 수평선 위로 기름범벅이 된 채 먼 수평선을 바라보던 뿔논병아리 사진 한 장이 떠오른다. 인간인 나를 한없이 원망하던 뿔논병아리의 분노의 눈동자를 결코 잊을 수가 없다. 뿔논병아리뿐 아니라 바다쇠오리, 가마우지 등 모든 바닷새들은 참으로 처참한 일생을 보냈다. 끈적끈적한 검은 기름을 온몸에 뒤집어쓰고 갯가재며 고동이며 조개들도 다들 목숨을 잃었다. 그러나 지금 그들의 새끼들은 서해안 바다 위를 신나게 날고 있다. 태안의 기름띠를 한마음으로 제거해 준 국민들에게 고맙다고 인사라도 하듯 자유롭게 날아다님으로써 바다를 아름답게 한다.

칠레 출신 작가 루이스 세풀베다가 쓴 동화 『갈매기에게 나는 법을 가르쳐준 고양이』에는 유조선 기름 덩어리를 뒤집어쓰고 죽은 한 갈매기 이야기가 나온다.

갈매기 켕가는 사력을 다해 날아오르다가 결국 함부르크 바닷가 마을에 떨어져 검은 고양이 소르바스에게 세 가지 약속을 받아낸 뒤 알을 낳고 죽는다. 알을 잡아먹지 말 것. 새끼가 태어날 때까지 알을 지켜줄 것. 어린 갈매기에게 나는 법을 가르쳐줄 것. 소르바스는 고양이의 명예를 걸고 그 약속을 지킨다. 어린 갈매기가 두려워 날지 않으려고 할 때 이렇게 말한다.

"날개만으로 날 수 있는 건 아니란다. 오직 날려고 노력할 때만이 날 수 있는 거란다."

이 말은 우리에게도 해당된다. 이제 오염의 오명을 얻었던 태안바다는 청정해역이라는 날개를 다시 얻었다. 그러나 그 날개로 다시 날기 위해서는 깨끗한 바다를 지켜내는 지속적인 노력이 필요하다.

바다는 누구 한 사람 개인의 것이 아니라 우리 모두의 것이자 생명 그 자체다. 더 이상 바다생명들에게 기름바다라는 죽음의 고통을 안겨줘서는 안 된다. '서해의 기적, 위대한 국민'이라고 새겨진 기념비가 만리포에 서 있고, 이원방조제 벽면엔 〈에버그린 희망벽화〉라는 세계 최대 규모의 벽화가 그려져 있지만 그런 가시적 노력만으로는 안 된다. 바다생명체의 삶이 곧 우리 인간의 삶이라는 인식이 더욱 깊어져야 한다. 조개도 캐고 굴도 따고 홍합도 따기 위해서는 그들이 건강하게 존재해 있어야만 가능하다.

꽃이 피지 않는 도시는 도시가 아니듯 갈매기가 날지 않는 바다는 바다가 아니다. 비록 초고층 빌딩이 죽순처럼 솟아나는 대도시라 할지라도 골목마다 꽃이 피어야 도시이듯이 아무리 아름다운 바다라 할지라도 수평선 위로 갈매기들이 신 나게 날아야 바다다.

제4부

내 인생의 스승 운주사 석불들

　겨울 운주사를 다녀왔다. 새해에 내 인생의 스승을 찾아뵙고 엎드려 절을 올리고 싶어서였다. 누군가에게 엎드려 절을 올린다는 것은 진정 나를 찾을 수 있는 좋은 기회이므로 연초에 그런 시간을 갖고 싶었다. 그러나 선뜻 누구를 찾아뵙긴 어려웠다. 찾아뵙고 싶은 분들은 대부분 세상을 떠나서서 그 대신 운주사 석불들을 찾아뵙고 절을 올렸다.

　그동안 몇 번 운주사를 찾아갔지만 눈 내린 겨울 운주사를 찾은 건 처음이었다. 석불들은 찬바람에 말없이 눈을 감고 고요히 서 있거나 앉아 있었다. 어떤 석불은 눈이 채 녹지 않아 머리에 흰 고깔을 쓰고 있는 것 같았고, 칠성바위 위쪽에 계신 와불은 가슴께에 눈이 좀 남아 있어 마치 흰 누비이불을 덮고 있는 것 같았다. 석불들은 내가 절을 올리자 두 팔을 벌리고 나를 꼭 껴안아주었다. 어릴 때 엄마 품에 안겼을 때처럼 아늑하고 포근했다. 지난 한 해 동안 고통과 상처로 얼어붙었던 내 가슴이 이내 따스해졌다. 다시 한 해를 살아갈 힘과 용기가 솟았다.

운주사에 가면 다들 마음이 편하다고 한다. 나도 그렇다. 마치 부모형제를 찾아뵌 것 같다. 일주문을 지나자마자 오른쪽 석벽에 비스듬히 기대서 있거나 앉아 있는 석불들을 보면 마치 오랫동안 집 떠난 나를 기다리고 있는 다정한 식구들 같다. "왜 이제 오느냐, 그동안 어디 아프지는 않았느냐" 하고 저마다 말을 걸어오는 것 같다. 사 가지고 간 만두나 찐빵이라도 내어놓으면 당장이라도 둘러앉아 다들 맛있게 웃으면서 먹을 듯하다.

그런데 그들을 가만히 쳐다보고 있으면 하나같이 못생겨서 오히려 더 반가운 생각이 든다. 그들은 대부분 코가 길고 이마 쪽으로 눈이 올라붙은 비대칭 얼굴인 데다 거의 다 뭉개졌다. 오랜 세월 만신창이가 된 탓인지 이목구비를 제대로 갖춘 이를 찾아보기 힘들다. 평소 내가 참 못생겼다고 생각되는데 이들을 보면 그런 생각이 싹 달아난다. 그래서 그들을 볼 때마다 부처님을 뵙는다기보다 골목에서 마주친 이웃을 만난다는 생각이 들어 더욱 정이 간다.

어떤 부처님은 너무 위압적이어서 공연히 주눅 들 때가 있지만 이들은 그렇지 않다. 경주 석굴암 대불이 당대의 영웅이나 권력자를 위한 석불이라면 이들은 민초들을 위한 석불이다. 나를 위로해 주는 존재는 그런 영웅적 존재가 아니라 운주사 석불 같은 평범한 존재다.

그들은 항상 겸손의 자세를 가르쳐준다. 삶에서 어떠한 자세가 가장 중요한지, 무엇을 가장 중요하게 생각하며 살아야 하는지 늘 가르쳐준다. 가슴께로 다소곳이 올려놓은 그들의 손은 겸손하게 기도하는 손이다. 부처는 인간으로부터 기도의 대상이 되는 존재인데 그들은 오히려 인간을 위해 기도하고 있다. 인간사회의 사랑과 평화를 염원하는, 이 얼마나 이타적 삶의 겸손한 자세인가.

운주사 석불 중에 눈을 뜨고 있는 이를 찾긴 힘들다. 다들 눈을 감고 있다. 눈을 감고 양손을 무릎 아래로 손바닥이 보이게 내려놓고 있는 자세는 무엇 하나 소유하지 않고자 하는, 나보다 남을 더 생각하고자 하는 염원이 담긴 자세다.

눈을 감으면 비로소 남이 보인다. 내가 보인다 하더라도 남을 위한 존재인 내가 보인다. 그동안 나는 나를 위해 항상 눈을 뜨고 다녔다. 눈에 보이는 모든 존재는 다 나를 위한 존재였다. 이 얼마나 오만하고 이기적인 삶인가. 지난여름엔 매미가 너무 시끄럽게 운다고도 싫어하지 않았는가. 매미는 자신의 삶을 열심히 사는 것인데 나는 매미만큼이라도 열심히 산 적이 있었던가.

20여 년 전 운주사를 처음 찾았을 때 와불을 찾아가는 산길 처마 바위 밑에 있는 한 석불을 보고 나는 그만 숨이 딱 멎는 듯했다. 마모될 대로 마모된 얼굴로 눈을 감은 채 영원을 바라보며 모든 것을 버린 듯 고요히 앉아 있는 석불의 모습에 울컥 울음이 치솟았다. 고통의 절정에서도 고요와 평온을 유지하고 있는 석불의 모습에서 아마 내가 지향해야 할 삶의 자세를 발견했기 때문이었을 것이다.

그날 나는 오랫동안 그 석불 앞에 울며 서 있었다. 그러자 석불이 고요하고 낮은 목소리로 내게 말했다.

"울지 마라, 괜찮다, 나를 봐라."

"……"

"손은 빈손으로, 눈은 감고 영원을 향해, 그렇게 살아라."

"네."

나는 울먹이면서 속으로 그렇게 살겠다고 대답했다. 그날 이후 운주사 석불들은 초라한 내 인생의 스승이 돼주었다.

그날 해 질 무렵 천천히 눈을 밟으며 운주사를 막 떠날 때였다. 누가 석불 앞에 조그마한 눈사람을 만들어놓은 게 눈에 띄었다. 만들어놓은 지 며칠 됐는지 눈사람 또한 얼굴이 마모되고 형체도 일그러져 운주사 석불 모습을 그대로 닮아 있었다.

문득 그 눈사람이 나 자신 같았다. 나는 그 눈사람을 가슴에 품고 서울로 돌아왔다. 올 한 해도 운주사 석불 같은 '눈사람 부처'를 가슴에 품고 열심히 살아가리라 생각하면서.

삶은 이기는 게 아니라 견디는 것이다

나뭇잎들이 떨어진 창밖에 유난히 한 나무가 눈에 들어온다. 그 나무는 지난봄 온몸의 가지를 절단당한 나무다. 나무가 시야를 가리고 집 안을 어둡게 한다고 아파트 저층 주민들이 항의한 탓이다. 그래서 봄에 가지치기할 때 가지만 자른 게 아니라 아예 윗동을 싹둑 잘라버렸다. 마치 커다란 말뚝 하나를 땅에 박아놓은 것처럼 만들어버렸다.

오랫동안 그 나무를 잊고 지냈다. 내 삶에만 골몰한 나머지 사지가 절단된 나무의 삶에는 무관심했다. 처음엔 그 나무의 처참한 모습을 보고 '어떻게 저렇게 잘라 버릴수가 있는가. 너무나 인간 위주다. 나무를 소중히 여기지 않고 어떻게 인간을 소중히 여길 수 있는가' 하고 안타까워했으나 곧 잊고 말았다. 그런데 오늘 그 나무가 의연한 자세로 겨울을 기다리며 묵묵히 나를 바라본다.

나무는 싹둑 잘린 윗동 주변에 그래도 몇 개의 새 가지를 뻗어 잎을 달고 있고, 그 아래 몸통 몇 군데에도 가지를 길게 내뻗고 있다. 그는 그렇게 새로운 가지를 뻗기까지, 봄과 여름을 지나고 겨울을 기다리는 이 순간까지 얼마나 고통스러웠을까. 얼마나 인간이 원망스러웠을까.

그러나 그의 모습에는 인간을 원망하는 모습은 보이지 않는다. '그래도 모든 고통을 참고 견디며 열심히 살려고 노력해 왔다'고 환히 미소 짓는다. "당신도 나처럼 견딤의 자세로 오늘을 살아라. 인생의 고통에 대한 가장 올바른 자세는 극복의 자세가 아니라 성실한 인내의 자세다" 하고 말하는 것 같다.

사람들은 나무를 함부로 대한다. 나무가 없는 도시는 죽음의 도시임에도 하찮은 소비재처럼 여긴다. 몇 해 전 한 여고에서는 개교 100주년 기념으로 교문 확장공사를 하면서 30년 넘게 거목으로 자란 플라타너스 몇 그루를 잘라버렸다. 교문이 더 넓게 확장됨으로써 진입로에 있던 나무 몇 그루가 희생당한 것이다. 나중엔 교문 측면에 남겨놓았던 나무 한 그루조차 아예 밑동을 잘라버렸다.

지금도 길바닥에 보도블록처럼 남아 있는 나무 밑동을 보면 '왜 건강하게 잘 살고 있던 나무를 잘라버렸을까. 교문 앞에 아름다운 나무가 있으면 그곳을 매일 오가는 여고생들의 마음까지 아름다워

질 수 있을 텐데' 하는 생각이 들곤 한다. 그러다가 교직원 차량 출입에 방해가 되어 그렇게 했다는 데에 생각이 미치면 그만 그 이기심에 화가 치민다.

언젠가 호주 시드니에 있는 친지 집에 며칠간 머물 때였다. 나무가 울타리처럼 집을 빙 둘러싸고 있는 것을 보고 몹시 부러워하자 친지는 오히려 나무를 탓하는 말을 했다. 집이 좁아 증축공사를 하려고 하는데 시에서 나무 때문에 허가를 내주지 않는다는 거였다. 마당 한쪽에 있는 나무의 뿌리가 증축할 위치에 닿아 있어 허가를 내주면 결국 나무에 손상을 주게 된다는 것이 그 이유였다.

이 얼마나 인간중심적 사고에서 벗어난 자연중심적 사고의 실천인가. 시드니 도심에 있는 '하이드파크'에는 나무들이 울창해 원시림이 그대로 보존돼 있는 듯하다. 그곳을 산책하는 시민들은 아름다운 나무들 때문에 아름답고 평화스러워 보인다. 이는 자연이 중심이 되는 도시가 결국 인간을 위하는 도시가 된다는 사실을 방증하는 것이다.

우리는 호주와 달리 나무에 대해 이기적인 인간중심적 행동을 서슴지 않는다. 내가 사는 아파트 정문 입구엔 수령이 100년 정도 된 느티나무 한 그루가 서 있다. 밑동 주위로 석축을 쌓아 나름대로 보호하고 있으나 한번은 연말이 되자 나무 온몸에 형형색색의 꼬마전구를 친친 감아놓았다. 밤이 되면 꼬마전구가 화려한 불빛을 내뿜었다.

그런데 연말이 지나고 봄이 되어도 나무에 감아놓은 꼬마전구를 제거하지 않았다. 5월이 되어 신록의 나뭇잎이 돋아나도 누구 하나 관심조차 가지지 않고 그대로 두었다. 아파트 관리실에 전화를 해 잎이 무성해지기 전에 빨리 제거해야 한다고 해도 철거비용만 몇백만 원이 든다며 차일피일했다. 하는 수 없이 구청의 해당 부서에 민원성 항의 전화를 하자 그제야 제거되었다. 만일 누가 우리 몸에 전깃줄을 친친 감아놓고 풀어주지 않는다면 어떻게 되겠는가.

올해도 연말연시를 맞아 거리의 나무들은 작은 전구가 달린 전깃줄에 온몸을 친친 감기게 될 것이다. 그리고 밤마다 형형색색의 현란한 불빛에 잠 못 이루고 고통스러워할 것이다. 인간은 나무에게 그런 고통을 주지 말아야 한다. 나무를 인간처럼 소중히 여겨야 한다. 인간은 나무 없이 살지 못한다.

다시 창밖의 나무를 바라본다. 나무는 여전히 말뚝 같은 몸매를 하고 미소를 머금은 채 나를 바라본다. 인생에 어떠한 고통이 있다면 사지가 절단됐던 저 나무처럼 오늘을 견뎌야 한다. 그 나무에서 새로 뻗어 나온 고통의 가지는 바로 인내와 희망의 가지다. 만일 그 나무가 지난 봄날의 고통을 견디지 못했다면 겨울의 고통 또한 견뎌내지 못할 것이다. 겨울을 견뎌내지 못하면 봄도 오지 않는다. 우리에게 해마다 봄이 오는 까닭은 겨울을 견뎌내는 그런 인내의 나무가 있기 때문이다.

슬픔 속에 성지(聖地)가 있다

슬픔 없는 인생은 없다. 누구의 인생에든 슬픔의 늪이 깊게 자리 잡고 있다. 우리는 그 슬픔의 늪을 허우적허우적 건너면서 살아갈 수밖에 없다. 나는 아버지를 떠나보내고 인생에서의 만남은 한없는 기쁨이며 이별은 깊은 슬픔이라는 사실을 새삼 깨닫게 되었다.

우리 삶에서 가장 큰 슬픔은 부모가 자식을 잃는 일일 것이고 자식이 부모를 잃는 일일 것이다. 나 또한 아버지가 돌아가시고 나자 '육친을 잃었을 때가 가장 슬프다'고 한 말이 가슴 깊이 와 닿았다.

소설가 박완서 선생께서는 2005년에 이해인 수녀와 월간《샘터》에서 송년대담을 하실 때 슬픔에 대해 이런 말씀을 하셨다.

"슬픔이란 거, 그게 참 묘한 데가 있어요. 슬픔의 항아리란 늘 비어 있다가도 어느 순간 갑자기 넘치도록 채워지더라고요. 병으로 남편을 잃고 넉 달 만에 사고로 아들을 잃었으니까요. 그때가 1988년이었는데, 내가 겪고 있는 슬픔을 생각하면서, 산다는 게 견딤의 연속이라는 것을 알게 되었죠. 기다려주는 것도 결국은 슬픔을 나누는 한 방식인 것 같아요. 슬픔은 절대로 극복할 수 없어요. 이길 수도 없어요. 어떻게 극복하고 어떻게 이겨요? 눈물을 흘리면 이길 수 있어요? 그건 극복이 아니죠. 극복이란 말은 강요의 성격을 띠니까요. 그것은 슬픔에 잠긴 사람을 더 힘들게 하는 거예요. 극복하기 위해서는 그 기억을 잊어야 하는데, 내가 그 기억을 잊어버리면 우리 애는 이 세상에 안 태어난 것과 마찬가질 수 있잖아요. 기억을 지우고, 극복하는 일은 참 잔인한 일이에요."

'슬픔은 극복하는 것이 아니라 견디는 것'이라는 박완서 선생님의 이 말씀을 나는 한시도 잊은 적이 없다. 늘 가슴에 새기고 기회 있을 때마다 다른 사람에게 전하는 일 또한 잊지 않는다.

슬픔의 고통은 이전에 보이지 않던 인생의 길을 보이게 한다. 박완서 선생께서도 그러한 슬픔을 통하여 인생의 새로운 길을 발견하셨을 것이다. 선생께서 작가의 길을 더욱 담대하게 걸어가신 까닭은 그러한 슬픔이 바탕이 되었기 때문이었을 것이다.

아일랜드의 시인이자 극작가인 오스카 와일드는 '슬픔 속에 성지(聖地)가 있다'고 했다. 1895년에 그는 '막중한 풍기문란'인 동성애 사건으로 노동금고형에 처해져 2년간 감옥생활을 했는데 그때 쓴 『옥

중기』에 그런 말을 남겼다.

그 말은 오스카 와일드가 감옥에 갇힌 자신의 슬픔을 깊이 성찰한 말이다. 인간의 슬픔을 가장 높은 경지에까지 끌어올린 말로서 인간은 슬픔을 통해서 비로소 성스러워질 수 있다는 것이다. 우리는 슬픔을 통해 영혼이 가난해지고, 가장 가난한 곳에서 더욱 겸손해지고 아름다워지는 것인지도 모른다.

오늘은 오스카 와일드의 말에다 박완서 선생의 말씀을 덧붙여서 '슬픔의 견딤 속에 성지가 있다', '슬픔의 견딤을 통해야만 인간은 성스러워질 수 있다'고 조금 수정해 본다.

2차대전 때 시베리아의 강제수용소에서 수녀들도 수도복을 벗고 죄수복을 입으라는 명령이 떨어졌다. 수녀들은 그 명령에 따르지 않았다. 수용소 당국은 수녀들이 목욕하는 동안에 수도복을 죄수복으로 바꿔놓았다. 수녀들은 죄수복 입기를 강하게 거부했다.

그러자 수용소 당국은 영하 40도의 강추위가 몰아치는 옥사 바깥에 수녀들을 앉아 있게 했다. 수녀들은 겁내지 않고 알몸으로 앉아 기도를 시작했다.

"다들 자살할 작정인가?"

담당 여의사가 찾아와 옷을 입으라고 종용했지만 수녀들은 대답도 하지 않고 기도를 계속했다. 수용소장은 공산주의 정신이 투철한 젊은 감시원들을 시켜 강제로 옷을 입히는 방법도 생각해 보았지만, 수녀들의 용감한 투쟁에 오히려 그들이 감명을 받을까 봐 두려워 실행하지 못했다.

시간이 갈수록 벌거벗은 수녀들의 몸은 파랗게 얼기 시작했다. 수용소장은 하는 수 없이 "이 수녀들보다는 나치와 싸우는 것이 더 쉽다"고 하면서 수녀들을 감방으로 돌려보냈다.

수용소장 앞을 지나가면서 수녀들은 고개를 숙이고 "하느님께서 당신을 용서하기를!" 하고 말했다. 그리고 그들은 눈 위를 걸어 감방으로 들어가면서 그레고리안 성가로 〈주님의 기도〉를 노래했다.

수녀들이 알몸으로 영하 40도의 추위 속에서 견딘 시간은 모두 여섯 시간이었다. 그런데 그들 중 누구도 얼어 죽지 않았다. 의학적으로 도저히 설명되지 않은 이 사실 앞에 담당 여의사는 주님을 받아들이고 신앙을 갖게 되었다.

혹독한 고통의 슬픔을 견딤으로써 성스러운 감동을 전해주는 일화다. 인내를 통해 신앙의 신념을 지켜낸 수녀들의 이 이야기 또한 견딤을 통해 슬픔을 성스럽게 승화시킨 것이 아닐 수 없다.

슬픔을 견딘다는 것은 내 영혼의 등불을 켜기 위해 꼭 필요한 기름과 같은 것인지도 모른다. 그래서 '인내는 인간 정신의 숨겨진 보배'라고 했는가. 나치 수용소에서 발견된 낙서 중에는 이런 낙서가 있다고 한다.

"하루하루가 아무리 힘들고 끔찍해도 나는 이렇게 말했다. 오늘 아닌 내일 슬퍼하겠다."

내일 슬퍼하기 위해서는 오늘의 슬픔을 견뎌야 한다. 견디지 않으면 슬픔의 성지에 다다를 수 없으므로 슬픔은 우리에게 견딤을 요구한다. 슬픔은 내 인생을 견디게 하고 아름답게 하기 위한 필요조건이다.

다시 첫눈을 기다리며

다시 첫눈을 기다린다. 첫눈을 생각하면 아직도 가슴이 두근거린다. 기온이 뚝 떨어져 호주머니에 손을 넣고 종종걸음을 치다가도 첫눈을 기다리며 하늘을 바라본다.

첫눈은 내가 기다리기 때문에 온다. 첫눈 오는 날 만나자는 약속 때문에 온다. 젊은 시절부터 나는 얼마나 첫눈을 기다리며 살아왔던가. 첫눈 오는 날 만나자고 얼마나 가슴 두근거리며 살아왔던가. 이제는 첫눈 오는 날 만나자고 약속한 사람들이 하나둘 세상을 떠나가고 더러는 연락조차 두절돼 만날 수가 없지만 겨울이 오면 그날의 그리운 얼굴들이 하나둘 다시 떠오른다.

사람들은 왜 첫눈 오는 날 누군가를 만나고 싶어 하는 것일까. 왜 첫눈 오는 날 만나자고 약속하는 것일까. 그것은 사랑하는 마음을 말없이 전하고 싶어서 그런 게 아닐까. 사랑하고 있다는 믿음의 언어를 저 순백한 천상의 언어로 대신하고 싶어서 그런 게 아닐까.

아마 그럴 것이다. 이 땅에 첫눈이 오는 까닭은 서로 사랑하는 사람들이 첫눈을 기다리기 때문일 것이다. 첫눈 같은 세상이 두 사람 사이에 도래하기를 희망하기 때문일 것이다.

첫눈 오는 날, 찻집의 창가에 마주 앉아 펑펑 내리는 첫눈을 바라보며 함께 차를 드는 이들은 행복하다. 따뜻한 찻잔을 두 손으로 감싸고 눈 내리는 창밖을 바라보는 모습은 그 얼마나 아름다운가.

어쩌면 첫눈은 첫사랑과도 같다. 내가 아직도 첫눈 오기를 기다리는 까닭은 첫사랑이 다시 찾아오기를 기다리고 있기 때문인지도 모른다. 나이 들어간다는 것이 첫눈 오는 날 만날 사람이 점점 없어진다는 것을 의미한다면, 첫눈 오는 날 아직도 만날 사람이 있다는 것은 얼마나 큰 기쁨인가.

첫눈은 공평하다. 불공정하지 않고 편애하지 않는다. 똑같이 축복을 내린다. 첫눈은 하늘이 내리는 축복의 공평한 손길이다. 첫눈은 죽은 자의 무덤 위에도 산 자의 아파트 위에도 내린다. 고속도로에도 굽은 산길에도 내린다. 선암사 해우소 위에도, 송광사 산수유나무의 붉은 열매 위에도, 명동성당의 뾰족한 종탑 위에도 내린다. 대기업 총수의 어깨 위에도, 가난한 아버지의 등허리 위에도 내린다.

첫눈은 어느 한 곳 어느 한 사람에게만 치우치지 않고 분배의 법칙을 지킨다. 아무리 불평등하기를 원해도 반드시 평등의 질서를 지킨다. 인간의 삶이 종국에 가서는 결국 공평하다는 것을 깨닫게 해준다. 지금은 내 삶이 남보다 못한 것 같고 때론 우월한 것 같지만 첫눈이 내리면 다 마찬가지다. 그것은 마치 죽음이 삶의 가치를 공평하게 만들어버리는 것과 같다.

첫눈은 이 공평성을 바탕으로 갈등과 균열을 봉합해 준다. 한마디 말도 없이 모든 싸움과 분노와 상처를 한순간에 고요히 잠재워버린다. 인간의 모든 죄악을 순결과 침묵의 힘으로 덮어버린다. 첫눈은 바로 인간을 거듭나게 하는 용서의 손길이다. 첫눈 내리는 눈길을 걸어가는 인간의 뒷모습을 보라. 그 눈길 위에 찍히는 인간의 발자국을 보라. 그 얼마나 겸손하고 경건하고 아름다운가. 첫눈 내리는 길을 걸으며 마음속에 미움과 증오가 들끓고 사리사욕의 탐욕이 가득한 이는 없다. 만일 누군가가 그렇다면 그는 폭설에 나뭇가지가 뚝 부러지는 겨울 산의 침엽수와 같다.

침엽수는 겨울이 되어도 잎을 그대로 지니고 있기 때문에 폭설이 내리면 눈의 무게를 이기지 못하고 나뭇가지가 부러지고 만다. 그러나 활엽수는 그렇지 않다. 겨울을 맞이하면서 나뭇가지마다 잎을 다 떨어뜨려 쌓인 눈의 무게를 묵묵히 견뎌낸다.

이제 내 인생의 계절에도 겨울이 오고 있다. 겨울이 깊어가기 전에 한 그루 활엽수처럼 내 과욕의 나뭇잎을 다 떨어뜨려야 한다. 그럼으로써 어떠한 폭설도 묵묵히 견딜 수 있어야 한다. 그렇지 않고 침엽수처럼 그대로 잎을 달고 있으면 눈의 무게에 내 인생의 나뭇가지가 부러져 큰 고통 속으로 빠져들게 될 것이다.

요즘은 눈이 와도 사람들이 기뻐하지 않는다. 아침에 일어나 "와! 눈이다" 하고 탄성을 지르던 예전과 달리 교통대란부터 먼저 생각한다. 눈사람도 만들지 않는다. 우리 아파트엔 아이들을 둔 젊은 부부가 많이 사는데도 엄마와 아이가 눈사람을 함께 만드는 모습을 보지 못했다. 눈싸움을 하며 웃음을 터뜨리는 젊은 부부의 모습 또한 보지 못했다. 눈이 내리면 세상이 따뜻해지는데도 그런 사람이 없음으로써 그만큼 세상이 삭막하고 싸늘하게 느껴진다. 그러나 내 가슴 속에는 어릴 때 내가 만든 눈사람이 녹지 않고 그대로 살아 있다. 내가 힘들 때마다 그 눈사람이 내게 친구처럼 말을 걸고 위로해 준다.

첫눈이 오지 않는 겨울은 불행하다. 그러나 첫눈이 오지 않는 겨울은 없다. 첫눈을 기다리는 사람들 때문에 첫눈은 내린다. 올해는 첫눈이 좀 푸짐하게 내렸으면 좋겠다. 첫눈이 함박눈으로 내려 우리 시대의 모든 갈등의 지붕을 새하얗게 덮어 모두 하나 되게 했으면 좋겠다. 갈 곳 없는 노숙인의 추운 발길 위에, 리어카를 끌며 폐지를 줍는 노인의 구부정한 가슴속에 더 많이 내렸으면 좋겠다.

실패를 기념하라

　새해 달력을 넘긴다. 일요일 외에도 붉은 숫자로 인쇄된 국경일들이 눈에 띈다. 국경일이 아니더라도 날짜 밑에 각종 기념일 명칭을 인쇄해 놓았다. 우리 사회가 기념하지 않으면 안 되는 날들을 미리 고지해 놓은 것이다.

　이런 기념일은 국가나 사회의 삶에만 있는 게 아니다. 개인의 삶에도 존재한다. 가장 대표적인 게 생일과 기일이다. 생일 아침에 어머니가 끓여주시는 미역국 한 그릇에는 이 세상에 인간으로 태어났다는 사실이 우주만큼 소중하다는 뜻이 담겨 있다. 마찬가지로 기일에 제사상에 올리는 쌀밥 한 그릇에는 하나의 우주가 사라졌다는 의미가 담겨 있다.

바쁜 일상 속에서 생일을 깜빡 잊어버려도 가족들이 잊지 않고 기념해 준다. 생일케이크에 촛불을 켜고 환한 미소로 축가도 불러주고 생일선물을 하기도 한다. 돌잔치, 회갑잔치, 희수잔치 등도 명칭만 다를 뿐 다 인생의 어느 시점의 생일을 기념하는 것이다. 만일 기념해 주지 않는다면 그만큼 무관심하거나 사랑하지 않는다고 여긴다. 그래서 요즘 젊은 연인들은 처음 만난 날뿐 아니라 만난 지 100일째 되는 날도 기념한다. 세상을 떠난 가족의 기제사나 명절날 조상님께 드리는 차례도 결국 그들의 사랑을 잊지 않고 기념하는 것이다.

이렇게 인생의 기념일은 인생을 기쁘게 해주고 성찰하게 해준다. 그런데 인생의 기념일에 중요한 게 하나 빠져 있다. 그것은 바로 실패에 대한 기념일이다. 우리 인생에 성공을 기념하는 날은 있어도 실패를 기념하는 날은 없다.

나는 언제부턴가 실패를 기념하는 날이 있어야 한다고 생각하고 매년 12월 31일을 나 나름대로 '실패 기념일'로 정하고 있다. 다들 한 해를 보내는 아쉬움과 다가올 새해에 대한 기대에 부풀어 있을 때 나는 나의 실패를 기념한다. 지나온 한 해를 뒤돌아보면서 그해의 실패를 생각하기도 하지만 내 인생 전체의 크고 작은 실패를 생각한다. 12월이라는 인생의 길 위에서 한 사내가 추위에 떨며 엎드려 기도하고 있는 모습, 그게 실패를 기념하는 날의 내 모습이다.

이럴 때마다 놀라운 것은 그동안의 실패가 실패가 아닌 것으로 느껴진다는 것이다. 지금까지 실패했다고 생각했던 것들이 성공으로 가는 한 과정으로 이미 변화돼 있다는 사실이다. 그래서 나는 새해가 되면 실패를 딛고 다시 일어선다. 실패를 기념하는 12월이 있기 때문에 다시 시작할 수 있는 1월의 문이 열린 것이다. 실패를 기념하는 일이 곧 성공을 기념하는 일이 된 것이다.

성공은 굳이 자기 자신이 간직할 필요가 없다. 그렇지만 실패는 철저하게 자기 자신이 기억하고 간직해야 한다. 그러기 위해서는 실패를 기념하는 날이 있어야 한다. '경영의 신'으로 칭송받는 일본의 마쓰시타 고노스케는 "한 번 넘어졌을 때 원인을 깨닫지 못하면 일곱 번 넘어져도 마찬가지다. 가능하면 한 번만으로 원인을 깨달을 수 있는 사람이 되어야 한다"고 말한 적이 있다.

실패에는 반드시 원인이 있다. 실패를 거듭한다면 그 원인을 제대로 깨닫지 못했기 때문이다. 그것을 제대로 깨닫기 위해서는 실패를 기념할 줄 알아야 한다. 실패를 긍정적으로 받아들이고 견디는 것만으로는 부족하다. 실패를 기념한다는 것은 실패의 원인을 깨닫는 시간을 갖는다는 것이며, 그런 시간을 통해서만 이 다음 단계로 나아갈 수 있다는 뜻이다.

언젠가 나는 산악인 엄홍길 씨가 보여주는 비디오 영상을 통해 그의 삶에도 목숨을 건 도전과 실패가 있었다는 사실을 알게 되었다. 그는 1985년 첫 히말라야 원정에서부터 하산하다가 추락했다. 다행히 줄에 걸려 기적적으로 목숨을 구해 이듬해 다시 에베레스트에 도전했다. 그러나 7,500미터 지점에서 셰르파가 크레바스 틈으로 추락하는 바람에 시신도 찾지 못하고 산을 내려왔다. 그때 그는 셰르파가 결혼한 지 10개월밖에 안 되었으며, 그의 아버지 역시 크레바스에 추락사했다는 사실을 알게 돼 "셰르파의 홀어머니와 젊은 아내 앞에 고개를 들 수가 없어" 산을 떠나려고 결심했다. 그러나 "이대로 포기할 수 없다는 생각에" 다시 도전에 나서 마침내 에베레스트 정상에 올랐다.

만일 그때 산을 떠났다면 그는 히말라야 8천 미터급 14봉을 완등하는 업적은 이루지 못했을 것이다. 실패를 받아들일 수 없다는 그의 생각이 히말라야 고봉보다 더 높았다고 할 수 있다. 그래서인지 산을 오르는 장면 하나하나를 보여주며 당시를 설명하는 그의 눈빛은 빛나고 목소리는 뜨거웠다.

나는 그때 그가 그 동영상을 통해 끊임없이 자신의 실패를 기념하는 것이라고 생각했다. 성공과 승리로부터는 배울 게 없고 실패와 좌절에 의해서만 배우게 된다는 것을 증명하고 있다고 생각했다. 엄홍길 씨야말로 늘 실패를 기념하는 사람이라고 생각했다.

기념하지 않는 실패는 실패가 아니다. 실패는 기념함으로써 비로소 성공의 싹을 틔운다. 인생이라는 학교에서는 성공보다 실패가 교사다. 나는 인생이라는 학교에서 실패라는 교사의 가르침을 잘 따르는 그런 학생이 되고 싶다.

무엇을 위하여 종은 울리나

종은 외로운 존재다. 종각에 외롭게 매달려 누군가가 자기를 힘껏 때려주기만을 기다린다. 누가 강하게 때려주어야만 종은 제 존재의 소리를 낼 수 있다. 종은 아무리 고통스러워도, 온몸에 아무리 상처가 깊어가도 누가 종메로 힘껏 때려주기만을 기다린다. 만일 때려주기를 더 이상 기다리지 않는 종이 있다면 그것은 이미 종이 아니다. 아무도 치지 않는 종은 이미 종으로서의 존재 가치가 없다.

서울 종로 보신각종도 1년 내내 누군가가 자기를 힘껏 때려주기만을 기다린다. 외롭게 도심 한가운데에서 온갖 소음과 먼지 속에 파묻혀 한 해가 저물고 새해가 다가오기를 기다린다. 새해를 맞이하는 시민들이 자기를 힘껏 때려주어야만 비로소 제야의 종소리를 울린다. 만일 보신각종이 오랜 기다림 끝에 찾아온 고통의 순간을 견디지 못한다면 새해의 경건한 기쁨은 오지 않는다. 해마다 새해의 밤하늘에 맑고 깨끗한 종소리가 멀리 울려 퍼지는 까닭은 종 스스로 오랜 외로움과 기다림의 고통을 견뎌내기 때문이다.

지금의 보신각종은 1986년에 새로 만든 종이다. 원래 있던 종은 금이 가 국립중앙박물관에 옮겨놓았다. 그때 그 종을 만든 종장이께서는 "금이 가고 깨어진 종을 종메로 치면 깨어진 종소리가 나지만, 완전히 깨어진 종의 파편을 치면 맑은 종소리가 난다"는 수필을 한 편 썼다. 나는 그 글을 읽고 큰 감동을 받아 내가 버린 과거라는 고통의 파편들을 다시 주워 모았다. 산산조각 난 내 인생이라는 종의 파편 하나하나마다 맑은 종소리가 난다는 사실은 내 인생의 고통을 소중하게 여기는 하나의 계기가 되었다.

법정 스님께서는 "종이 깨어져서 종소리가 깨어져도 종이다"라고 말씀하신 적이 있다. 아무리 깨어진 종이라도 종소리를 울리는 한 종이라는 말씀이다. 내가 아무리 못나도 못난 그대로 나 자신이라는 뜻이다. 스님께서는 또 "종소리에는 종을 치는 사람의 염원이 담겨 있느냐 안 담겨 있느냐가 문제"이며, "종 치는 사람의 염원이 담겨 있다면 그 소리를 듣는 사람에게 전달된다"고도 하셨다.

나는 올해 우연한 기회에 낙산사 범종을 잠깐 쳐보았는데 두려움 가운데서도 우리 시대의 평화를 염원하는 마음이 일었다. 그리고 몇 해 전 산불에 녹아내린 낙산사 동종의 모습도 만나볼 수 있었다. 성

보박물관 유리상자 안에 보관된 동종의 녹아내리다 만 모습은 참으로 참혹했다. 그렇지만 500여 년 동안이나 널리 울려 퍼졌던 동종의 종소리만은 녹아내리지 않고 그대로 살아 있다고 생각했다. 화마에 종은 녹아내렸지만 종을 치면서 종소리에 실어 보낸 수많은 사람들의 염원마저 녹아내린 것은 아니기 때문이다.

나도 인간이라는 하나의 종이다. 누군가가 나를 때려주어야만 나도 내 존재의 종소리를 낼 수 있다. 내 삶에 고통이 존재하는 것은 바로 내 존재의 맑은 종소리를 내기 위해서다. 종은 누가 자기를 힘껏 때려도 두려워하지 않고 오히려 기뻐하고 감사한다. 돌이켜보면 내가 지금까지 견딜 수 없는 고통에 아파하는 것도 내가 하나의 종으로서 아름다운 종소리를 내기 위함이다. 나도 이제 그 타종의 고통을 두려워하지 말고 기뻐해야 한다. 누군가가 나를 종메로 거칠고 강하게 친다 해도 머리 숙여 감사해야 한다.

우리 선조들은 종 밑에 항아리를 묻었다. 지금도 영주 부석사와 남해 금산 보리암에 가보면 범종 밑에 항아리가 묻혀 있다. 그 항아리는 제 몸을 통과하는 고통의 종소리를 맑고 아름답게 여과시키는 음관의 역할을 한다. 내가 이 시대의 종이 되지 못한다면 종 밑에 묻힌 항아리와 같은 존재라도 되어야 한다. 우울한 이 시대의 종소리를 맑게 변화시키는 음관의 역할이라도 해야 한다.

올가을 순천 송광사에 들렀다가 정오가 되자 울리는 종소리에 그대로 발걸음을 멈춘 적이 있다. 송광사의 종소리는 내 가슴속으로 끊임없이 맑게 울려 퍼졌다. 그리고 문득 김수환 추기경의 운구행렬이 빠져나가던 정오에 울렸던 명동성당의 종소리를 떠오르게 했다. 나는 나도 모르게 눈물이 핑 돌았다. 산사의 종소리든 성당의 종소리든 종소리는 꽉 막힌 내 가슴의 길을 열어주고 먼지가 가득 쌓인 내 영혼의 공간을 눈물로 깨끗이 청소해 주었다.

올 한 해 당신은 외로웠는가. 올 한 해 당신은 인생이라는 종루에 매달려 무엇을 기다렸는가. 보신각종처럼 아니면 어느 산사의 범종처럼 당신은 누가 때려주기를 기다리는 그런 숭고한 기다림의 자세를 지녀보았는가. 내가 하나의 종이라면 내 외로움의 고통은 당연하다. 산사에 고통의 종소리가 울려 퍼지지 않으면 산사가 아름답지 않듯이 내 인생에 고통의 종소리가 울리지 않으면 내 인생은 아름답지 않다.

올 한 해를 보내며 나는 다시 나를 종 친다. 나는 진정 희망이라는 염원의 종을 치고 있는가. 종소리는 치는 사람에 따라 달라질 수 있지만 듣는 사람에 따라서도 달라질 수 있으므로 나는 진정 내 종소리를 사랑과 평화의 종소리로 듣고 있는가. 무엇을 위하여 나의 종은 울리는가.

가족은 희망이다

  부모님 집으로 출근한 지 벌써 8년째다. 부모님 아파트 방 한 칸을 빌려 작업실로 쓰기 때문에 일을 하려면 어찌 됐든 부모님 집으로 가야 한다. 어느 날 가족을 먼저 떠나보낸 친지가 "죽음이란 아무리 보고 싶어 해도 볼 수 없는 것"이라고 한 말이 떠올라, 부모님이 돌아가시고 나서 보고 싶어 할 게 아니라 살아 계실 때 열심히 보자는 생각으로 작업실을 부모님 집으로 옮겼다.

  부모님 집으로 출근하면 자연히 아흔이 넘으신 아버지와 어머니를 뵙게 된다. 예전에는 그냥 뵙고 이야기를 나누거나 청소를 해드리면 되었는데, 요즘은 아들로서 꼭 해야 할 일이 많아졌다. 뇌경색으로 쓰러지셨던 아버지를 목욕시켜 드리고 손발톱을 깎아드리고 이발소에 모셔가는 일 등을 해야 한다.

처음엔 귀가 어둡고 한쪽 눈조차 실명된 아버지를 일상으로 대하는 일이 짜증도 나고 시간이 아깝기도 했다. 노인은 어린아이와 같아서 당신의 입장만 먼저 생각하는 이기적인 면이 있고, 당신 스스로 할 수 있는 일조차 하지 않는 의존적인 면이 있다. 그러나 이제는 스스로 하려고 해도 이미 육체가 말을 듣지 않는다.

'육체는 슬프다!'

시인 말라르메의 이 시구가 늙은 부모의 허물어진 육체를 볼 때마다 가슴을 때린다. 아버지를 처음 공중목욕탕에 모시고 갔을 때 마치 구부러진 녹슨 못 같은 아버지의 육체를 보고 받은 충격은 크다. 만지면 부서져버릴 것 같은, 다 타버린 종이 위에 간신히 가는 나뭇가지를 세워놓은 것 같은 모습을 보고 인간이 얼마나 연약한 존재인지 뼈저리게 느꼈다.

그래도 그런 아버지가 시작노트가 든 가방을 들고 밤늦게 퇴근하는 나를 보고 "조심해라! 걸어가지 말고 차 타고 가라!" 하고 말씀하신다. 돌다리를 건너는 예순의 아들을 보고 아흔의 아버지가 조심하라고 한다는 옛말이 조금도 그르지 않다. 언젠가 힘든 일을 겪고 어깨가 축 처져 퇴근하는 나를 보고 아버지가 현관까지 지팡이를 짚고 따라 나와 "힘 내거라" 하고 위로해 주셨을 때 집에까지 걸어가는 동안 '내가 불효자구나' 싶어 눈물이 났다.

이제는 거실의 어둠 속에서 희미하게 손을 흔드는 아버지의 구부정한 모습을 보면 내일 아침에 살아 계신 저 모습을 다시 볼 수 있을까 하는 생각이 든다. 그럴 때마다 '천년을 함께 살아도 한 번은 이별해야 한다'는 말을 떠올린다. 죽음은 죽음 그 자체도 두렵지만 사랑하는 사람과 이별하기에 더 아프고 두려운 게 아닌가 싶다.

예전에 아들이 훈련소에서 할아버지한테 편지를 보내온 적이 있었다. 그 편지에 이런 내용이 있었다. 초등학생 때 할아버지하고 같이 잠을 자려고 누웠는데 갑자기 천장에 달린 형광등이 머리 위로 떨어졌다는 것이다. 그런데 그 순간 할아버지가 번개같이 일어나 형광등을 손으로 쳐서 자기를 다치지 않게 했다는 것이다. 훈련소 내무반에 누워 천장에 달린 형광등을 보니 이제야 할아버지의 사랑을 깨닫게 된다면서 앞으로 할아버지의 사랑의 힘으로 훈련 잘 받고 열심히 살아가겠다는 거였다.

나는 지금까지 부모님 사랑의 힘으로 살아왔다. 세상에서 가장 만만한 존재는 어머니다. 내 인생에 어머니라는 만만한 존재가 없었다면 그동안 얼마나 살기가 힘들었을까. 짜증을 내고 화를 내도 어머니는 다 받아들인다. 어머니의 사랑이 그만큼 깊고 크고 무조건적이기 때문이다. 신의 사랑에도 모성적 측면이 있다고 하지 않는가. 모성의 본질이 희생이라면 희생 없는 사랑은 없다.

어머니는 내가 안 먹는다고 해도 지금도 아침마다 내 몫으로 꼭 고구마 두서너 개를 더 삶아놓고는 "고구마 안 먹나?" 하는 말을 하루 종일 듣기 싫을 정도로 하신다. 어쩌다 설거지를 해드릴 때도 그만두지 않는다는 것을 뻔히 알면서도 "놔둬라, 괜찮다"는 말을 되풀이하신다.

내 어머니는 남은 치아가 하나도 없다. "돈은 없는데 자꾸 치료하러 오라고 해서 그냥 참다가 나중에 하나씩 빼다 보니 그렇게 됐다"는 것이다. 그 무렵 나는 어머니가 통증이 심한 치아 사이를 껌으로 때워놓은 것을 보고 치과에 가시라는 말만 했다. 자식이란 부모가 아파도 그런 말만 하는 존재다.

나는 요즘 미장원 계단에서 굴러떨어져 허리를 다친 뒤 그만 등이 굽어버린 어머니를 등 뒤에서 꼭 껴안아보기도 한다. 어떤 때는 짓궂게 어머니의 야윈 가슴을 슬쩍 만져볼 때도 있다. 그럴 때는 어머니가 "얘가 미쳤나!" 하고 질겁하면서도 그리 싫어하시는 기색은 아니다.

이제 12월이다. 또 한 해가 저물어가는 데는 올해도 누구의 사랑에 의해서 내 인생이 이루어졌는가를 깊게 생각해 보라는 뜻이 숨어 있을 것이다. 그동안 나를 사랑해 준 사람을 위해 내 삶의 남은 시간을 되돌려주고 사랑하는 사람이 존재하고 있는 것만으로도 감사하라는 뜻 또한 숨어 있을 것이다.

올 한 해도 늙은 부모의 사랑으로 내 인생은 이루어졌다. 미국 트라피스트 수도원에서는 죽음을 통해 새로운 생명을 소망한다는 의미로 앙상하게 죽은 나무를 성탄절 크리스마스트리로 세워놓는다고 한다. 내 부모님도 죽은 나무로 만든 크리스마스트리와 마찬가지지만 이제 곧 새로운 생명과 사랑을 싹 틔울 것이다.

지는 꽃은 또 피지만
꺾인 꽃은 다시 피지 못한다

— 러시아 상트페테르부르크로 떠나는 아들에게

부모를 떠나 스스로의 인생길을 떠나는 후민에게 축하의 잔을 건넨다. 축하한다! 나도 기쁘다. 자식은 부모를 떠나야 비로소 자신의 인생을 살 수 있는데 이제 네 인생이 바로 그러한 시점이다.

러시아어 전공자로서 러시아 현지에 취업되었다는 것은 그동안 네 노력의 대가다. 나는 늘 '목표를 세우면 목표가 나를 이끈다'고 말해왔는데 그 말이 너를 통해 실증된 셈이다. 네가 '러시아어'라는 목표를 세웠기 때문에 그 목표가 지금의 너를 이끌어준 것이다. 이제 앞으로도 너의 또 다른 목표가 너를 이끌어줄 것이다.

'배는 항구에 정박하기 위해 만들어진 게 아니라 항해하기 위해 만들어진 것'이라고 했다. 만일 배가 항구에 머무르고만 있다면 무슨 가치가 있겠느냐. 그러니까 너는 지금 인간이라는 너의 배를 인생이라는 너의 바다를 향해 막 항해를 시작한 것이다.

물론 바다는 잔잔하기도 하지만 거칠기도 하다. 때로는 폭풍도 몰아친다. 그렇지만 일단 항구를 떠나 바다로 나아간 배는 그 폭풍을 견디고 항해하지 않으면 안 된다. 왜냐하면 배를 위해 폭풍이 멈춰주지 않기 때문이다. 배는 오직 그 폭풍을 참고 견디는 수밖에 없다.

따라서 너에게 가장 필요한 것은 인내다. 어떠한 고통이라도 참고 견딜 수 있는 힘이 있어야 한다. 항상 '참을 인(忍)' 자를 가슴에 새겨라. '지는 꽃은 또 피지만 꺾인 꽃은 다시 피지 못한다'고 한다. 젊은 이가 무언가를 성취하려면 아무리 어렵더라도 뜻을 굳게 가지고 끝까지 포기하지 말아야 한다는 말이다.

이제 너는 네 인생의 항해가 힘들고 고통스럽더라도 포기하지 말고 참고 견뎌나가지 않으면 안 된다. 힘들다고 해서 다른 사람이 너의 바다를 대신 항해해 주는 것은 아니다. 원래 잘할 수 있다고 생각하는 사람이 해내는 법이므로 너 또한 무슨 일이든 스스로 잘할 수 있다고 생각해라.

그러기 위해서는 성실함이 바탕이 된 노력이 필요하다. 남이 잘하는 것을 내가 잘하려고 노력하는 것도 중요하지만, 내가 잘하는 것을 내가 잘하려고 하는 노력이 더 중요하다. 인간에게 노력이라는 재능 외에는 다른 어떤 재능도 그다지 필요하지 않다.

'현대'의 창업주 정주영 회장은 "다른 사람이 다른 일에 노력할 때 나는 돈 버는 일에 온 힘을 다해 노력했기 때문에 오늘의 '현대'를 이룰 수 있었다"고 말한 바 있다. '피겨의 여왕' 김연아 선수도 "한 동작을 익히기 위해 만 번을 연습한다"고 하니 오늘의 그녀를 이룬 건 노력의 결과이지 우연의 결과는 아니다.

시인인 나도 마찬가지다. 시는 타고난 재능에 의해서 쓰는 것이라고 생각하지만 시도 노력에 의해 쓰는 것이다. 나도 한 편의 시를 완성하기 위해 수없이 고쳐 쓴다. 한 작품당 평균 서른 번 내지 마흔 번 이상은 고쳐 쓴다. 어떤 작품은 10년이 걸려 완성한 것도 있다. 조지훈 시인은 「승무(僧舞)」를 쓸 때 3년이나 절을 찾아다니면서 직접 승무를 보고 썼다고 한다. 그러니까 내가 지금까지 시인으로 존재할 수 있었던 것은 시를 쓰려고 노력했기 때문일 뿐이다.

너도 이미 깨달았겠지만 직장생활은 업무 외에도 인간관계에 의해 형성되는 부분이 크다. 직장에서는 어떠한 경우에도 너의 적을 만들지 말아라. 모든 이들과 다 좋은 관계를 지닐 수 없다 하더라도 적대적 관계가 형성되어서는 안 된다. 결국 손해 보는 것이 이익이다. 처음에는 손해 보는 것 같지만 나중엔 새로운 형태의 이익으로 내게 반드시 돌아온다.

어떤 문제에 부딪혔을 때는 두 사람이 동시에 화를 내어서는 안 된다. 어떠한 이유에서 상대방이 화를 내면 너는 일단 화를 내지 않고 참아야 한다. 그래야 관계가 파괴가 되지 않는다. 관계가 파괴되면 먼 타국에서의 직장생활도 파괴된다.

나는 직장에서는 그러지 않았는데 부부관계에서는 그러지 못했다. 엄마와 내가 서로 동시에 화를 내는 바람에 싸우지 않아야 할 일에 싸운 적도 있었다. 너는 힘들겠지만 어떤 인간관계에서든 두 사람이 동시에 화를 내지 않도록 해라. 그래야 잠들기 전에 가슴에 화를 품지 않게 된다. 성서에 보면 '해가 질 때까지 분을 품지 말라'는 말씀이 있다. 잠들기 전에 가슴에 분노를 품고 잠들면 너의 하루가 평화스러워질 수 없다.

모든 인간관계는 먼저 주는 데서부터 시작되고 주지 않으면 받지 못한다. 다른 사람에게 너의 이익을 구할 생각은 애초부터 하지 마라. 상대방이 네게 뭘 주든 안 주든 네가 줄 것만을 생각해라. 그래도 관계가 힘이 들 때는 사랑을 선택해라. 미움을 선택하면 관계는 더 악화된다. 사랑을 선택하면 너의 하루하루가 즐겁고 기뻐질 것이다.

어느 부모도 다 마찬가지겠지만 나는 너의 삶이 평안하고 행복하게 되길 바란다. 누구의 인생이든 평안한 인생은 없지만 그래도 그렇게 되기 위해서는 가장 먼저 지나친 욕심이나 욕망을 가져서는 안 된다. 직장생활을 하게 되면 자연히 동료들과 경쟁의식이 생기게 되는데, 긍정적인 경쟁은 좋지만 부정적인 경쟁은 항상 나쁜 결과를 초래한다. 그 나쁜 결과는 지나친 욕심에서 비롯된 것이다.

자본주의 사회에서 돈은 중요하다. 생존의 필수조건이다. 내 돈이 없으면 아무도 내게 돈을 주지 않는다. 심지어 부부 사이에서도 돈 때문에 싸움이 일어나고 사랑이 파괴된다. 그러나 돈이 인생의 목적이 되어서는 안 된다. 돈이 목적이면 동료들과 경쟁하게 되고, 경쟁하게 되면 사랑을 잃게 되고, 사랑을 잃게 되면 건강을 잃게 된다. 힘들고 어려운 회사 일이지만 일 자체를 열심히 성실하고 재미있게 기쁜 마음으로 하다 보면 자연히 경쟁에서 벗어나게 되고 돈도 저절로 따라온다. 돈의 가치는 중요하지만 그보다 더 중요한 가치는 사랑이다. 돈의 가치에 사랑의 가치가 부여되어야만 돈의 가치는 형성된다.

무엇보다도 건강에 유의하여라. 사람은 건강을 잃으면 모든 것을 다 잃는다. 너는 특별히 러시아에서 직장생활을 하는 것이므로 매사 건강에 해가 되는 것은 취하지 않도록 해라. 돌아가신 할아버지께서는 늘 내게 '일 조심, 사람 조심, 몸조심' 하라고 말씀하셨다. 나도 할아버지의 이 당부를 네게 전한다.

그리고 한 가지 더 당부할 것이 있다. 늘 감사하는 마음을 잃지 말아라. 오늘 내가 모든 지닌 것을 감사하지 않으면 불행해질 수 있다. 오죽하면 이 세상에서 가장 큰 부자는 자족하는 사람이라고 부처님께서 말씀하셨겠느냐. 할아버지의 묘비명을 '주님! 오늘도 감사합니다'로 한 까닭을 깊이 생각해 보아라. 너도 남과 비교하지 않고 자족하는 가운데 감사함을 잃지 않음으로써 늘 마음속에 평화와 행복이 깃들길 바란다.

나도 한 번 가보았지만 '북유럽의 베니스'라 불리는 상트페테르부르크는 아름답기 그지없는 예술의 도시다. 푸시킨이 시를 쓰고, 도스토옙스키가 『죄와 벌』을 쓰고, 차이콥스키가 어린 시절부터 악상을

떠올리며 거닐던 곳이다. 그곳에서 너는 늘 그들의 영혼의 숨결소리
와 함께 해라.

　멀리 상트페테르부르크로 인생의 첫 항해를 시작하는 사랑하는
아들 후민에게. 아버지가.

그리운 아버지의 손

아버지 돌아가시기 한 해 전 가을. 방 안 침대에 누워만 계시는 아버지에게 창밖에 가을이 왔음을 알려드리고 싶었다. 얼른 아버지가 지팡이를 짚고 산책하던 아파트 뜰로 나가 단풍 든 왕벚나무 잎을 몇 개 주워 아버지 손에 쥐여드렸다.

"아버지, 지금 가을이에요. 이 낙엽 좀 보세요."

아버지가 단풍 든 낙엽을 힘없이 손에 쥐고 말없이 웃으셨다.

그날 낙엽 몇 장을 접시에 담아 아버지 머리맡에 놓아드리고 방을 나오면서 그날따라 왜 그리 슬펐는지 모른다.

나는 아버지가 걷지 못하게 되는 날이 오면 어떡하나 하고 참 많이 걱정했었다.

"아버지, 힘드시더라도 산책 많이 하세요. 나중에 못 걸으시면 어떡하시려고 이렇게 방에만 계세요?"

결국 그런 날은 오고 말았다. 휠체어에 앉아 계실 때만 해도 비가 오고 눈이 오는 바깥 풍경을 바라볼 수 있었다. 그러나 의료기구상에서 임대한 환자용 침대에 누워 긴 투병생활이 시작된 뒤로는 창밖조차 바라볼 수 없었다.

아버지는 늘 창밖을 궁금해하셨다.

"밖에 비 오나?"

내가 방에 들어가면 곧잘 그렇게 물으셨다. 그러면 내가 그날의 날씨에 대해 간단히 말씀드리곤 했는데 첫눈이 온 날은 좀 달랐다.

"아버지, 지금 눈 옵니다. 첫눈입니다, 첫눈!"

나도 모르게 들뜬 목소리를 내었다. 나는 마치 아버지와 마당에 나가 눈사람이라도 만들고 싶어 하는 아이 같았다.

어릴 때 내가 만든 눈사람 뒤로 아버지가 서 있는 장면의 사진이 한 장 있는데, 내심 그런 사진 속 풍경을 만들어내고 싶었다.

"밖에 눈 오나?"

약간 떨리는 아버지의 목소리에는 첫눈 내리는 바깥 풍경을 보고 싶어 하는 느낌이 담겨 있었다.

얼른 밖에 나가 일부러 눈을 잔뜩 맞고 와서 "아버지, 눈 온 거 한 번 보세요" 하고 말했다. 그리고 다시 밖에 나가 한 움큼 눈을 뭉쳐 와 아버지 손에 놓아드렸다.

"참다!"

말씀은 그렇게 하셨지만 아버지는 싫어하는 기색이 아니었다.

그날 나는 아버지와 눈사람을 만들고 싶었다. 아버지의 손을 잡고 눈 내리는 골목길을 걷고 싶었다.

신병훈련을 마치고 자대 배치를 받기 위해 보충대에서 대기하고 있을 때였다. 뜻밖에 아버지가 대구에서 그 먼 춘천까지 면회를 오셨다.

넓은 연병장에 함박눈이 펑펑 쏟아지고 있었다. 눈을 맞으며 연병장을 가로질러 부대 정문 앞까지 달려갔다.

"춥제?"

아버지가 코트 속에 넣어두었던 손을 꺼내 고된 훈련으로 거칠게 상한 내 손을 잡아주었다.

"배고프제?"

갑자기 눈물이 핑 돌았다. 면회소에서 아버지가 사주신 빵을 연달아 몇 개나 급히 먹으면서도 핑 도는 눈물은 어쩔 수가 없었다.

아버지는 주무시기 전에 꼭 하루를 마감하는 기도를 하셨다. 책상 위에 얹은 깍지 낀 손에 턱을 괴고 기도하실 때가 많았다. 책상 아래로 손을 내려놓고 하실 때도 두 손을 꼭 마주 잡았다.

기도하는 아버지의 손은 늘 아름다웠다. 법정 스님께서 산문집 『버리고 떠나기』에서 "기도는 인간에게 주어진 최후의 자기 자신"이라고 말씀하신 까닭을 기도하는 아버지의 손을 통해 알게 되었다.

이제 낙엽을 쥐어드리던, 눈뭉치를 얹어드리던 아버지의 손은 더 이상 잡을 수가 없다. 밤마다 기도하시던 아버지의 손도 더 이상 볼 수가 없다.

오늘은 내 손을 물끄러미 쳐다본다. 아버지의 손이 떠오른다. 아침마다 어린 내 손을 잡고 초등학교 정문 앞까지 바래다주시던 젊은 날의 멋있던 아버지의 모습이 떠오른다.

나는 아버지의 손에 맞아본 적이 없다. 아버지는 나를 단 한 번도 때리지 않았다. 아버지한테 야단맞을 일이 수없이 많았지만 주먹이 된 아버지의 손을 본 적이 없다. 아버지의 손은 항상 내 손을 잡기 위해, 나를 쓰다듬어주기 위해 존재했을 뿐이다.

이제 아버지의 손을 다시 잡고 싶다. 아니, 내가 아버지의 손을 꼭 잡아드리고 싶다. 그러나 아버지는 이제 이 세상에 계시지 않는다.

나는 아버지의 임종을 지켜보지 못했다. 내가 아버지의 손을 꼭 잡아드려야 했을 때 그만 잡아드리지 못했다. 아버지는 아들의 손이 가장 필요한 순간에 정작 아들의 손을 잡지 못했다. 아버지의 손은 언제나 아들의 손이 되어주었고, 아들이 필요로 할 때마다 아들의 고단한 인생의 손이 되어주었는데 정작 아들인 나는 그러지 못했다.

"아버지는 이제 삶이라는 여행을 끝내고 죽음이라는 여행을 떠나신 겁니다. 즐겁고 재미있게 떠나세요. 배고프시면 가끔 짜장면도 탕수육도 사 잡수시고요. 제가 곧 아버지 뒤를 따라갈 겁니다. 그때 반갑게 만나요."

나는 땅에 묻은 아버지의 손을 잡고 마음속으로 그렇게 말했다. 그렇지만 내 손이 꼭 필요했을 때 아버지의 손을 잡아드리지 못해서 마음이 아프다.

용서의 계절은 언제나 오고 있다

청주여자교도소에서 시 낭독회를 가진 적이 있다. 수형자들에게 책의 향기를 불어넣기 위해 교도소에서 열린 시 낭독회였다. 강당에 먼저 와 질서정연하게 앉아 있는 그들 사이로 걸어 들어갈 때 부끄럽게도 나는 그들의 뜨거운 박수를 받았다. 사회와 격리된 삶을 사는 그들을 만난다는 사실에 다소 긴장되었던 마음이 박수 소리에 당장 풀어져버렸다. 비록 푸른 수형자복을 입고 있었지만 강당에 모인 그들은 어떤 단체의 연수 행사에 참석한 듯한 느낌이 들었다. 그만큼 그들은 수형자라고는 느껴지지 않을 정도로 밝고 활기찬 모습이었다.

사회자가 질문을 던지면 일제히 "네!" 하고 대답하는 목소리에도 반가움과 즐거움이 묻어났다. 언젠가 안양교도소에 개설된 인문학 강좌에 참여했을 때 만나본 침울한 남자 수형자들과는 극히 대조적이었다. 낭독회 중간에 어깨가 드러난 드레스를 입은 한 젊은 여성이 내 시노래 〈우리가 어느 별에서〉를 불렀을 때에는 그 여성이 외부에서 초청된 가수인 줄 알았다. 나중에 시집에 사인을 하게 되었을 때 "노래 잘 들었습니다" 하고 인사말을 하자 밝게 웃는 그녀의 어디에도 수형자의 그늘은 없어 보였다.

사실 그랬다. 그들은 적어도 겉으로 보기에는 아름다운 여성의 모습이었다. 그러나 그들의 내면은 그렇지 않았던 것 같다. 낭독 순서가 끝나고 질문 시간이 되자 한 수형자가 "어떻게 하면 남을 용서할 수 있느냐"고 내게 질문했다. 순간 당황스러웠다. 나 자신도 남을 용서하지 못해 평생을 전전긍긍하는데 내가 제대로 답을 할 수는 없는 일이었다. 그러나 곧 용서야말로 그들의 가장 절박한 내면의 문제라는 생각이 들었다. 그들은 내가 아니더라도 그 누구에겐가 그런 질문을 하고 싶었음이 분명해 보였다.

나는 일단 질문을 받았으므로 대답할 수밖에 없었다. 무엇보다도 수형생활을 하는 그들의 입장을 먼저 생각해서 "용서하지 못한다고 해서 너무 자신을 미워하거나 증오하지 말아야 한다"고 말했다. "먼저 용서하려고 결심해야 한다. 그리고 그 결심이 유지될 수 있도록 노력해야 한다. 용서도 노력하는 일이다. 그런 과정 속에서 용서하지 못하는 자신이 발견되더라도 그 또한 인간이기 때문에 당연하다고 생각하는 태도가 중요하다. 그 다음은 신의 영역이다"고 덧붙였다. 그리고 "진정한 사랑을 깨닫기 위해서는 미움과 증오도 필요하다"고 말했다. 그것은 송봉모 신부님이 쓴 책『상처와 용서』에서 읽은 부분을 바탕으로 한 대답이었다.

　수형자들은 진지하게 듣고만 있었다. 더 이상 용서의 문제에 대해 다른 질문은 없었다. 잠시 침묵만 흘렀을 뿐이다. 내 답변은 그들에게 다소 위안이 되었을지도 모른다. 아니 더 고통을 가중시켰을지도 모른다. 그들은 용서하지 못했기 때문에 그 용서하지 못하는 과정 속에서 치솟은 분노가 결과적으로 범죄행위에까지 이르게 되었을 것이다. 그 결과 감옥에 갇힌 자가 되어 육체도 고통받지만 영혼 또한 고통받고 있을 것이다. 용서하려고 해도 용서하지 못하는 내면의 상황에 맞닥뜨리는 순간, 그들은 현실적으로는 교도소라는 공간에 갇혀 있지만 내면적으로는 자신의 영혼의 교도소에 갇혀 있는 것이다.

　용서의 문제 때문에 고통 받는 이들이 어찌 그들뿐일까. 나 또한 마찬가지다. 육체는 교도소에 갇혀 있지 않지만 영혼은 용서의 교도소에 갇혀 사는 수형자다. 한 해가 저물 때마다 용서하지 못하는 마음이 새해까지 이어지지 않도록 간절히 기도해 보지만 매번 실패하고 만다. 그래서 용서는 누구에게나 인생의 가장 큰 화두다.

　한번은 법무부 교정본부에서 수형자들로 하여금 피해자들에게 용서해 달라는 참회의 편지를 쓰게 하자고 논의한 적이 있다고 한다.

그래서 피해 당사자들에게 수형자들이 용서의 편지를 보내면 받아주겠느냐고 먼저 물어보았는데 대부분 편지를 받지 않겠다고 답했다고 한다. 그것은 다시는 떠올리기 싫을 만큼 피해의식이 크기 때문이라고 할 수 있겠으나 한편 생각해 보면 그만큼 용서하기 힘들기 때문이라는 생각이 든다.

어느 새 한 해가 다 지나가고 달력은 12월을 가리킨다. 계절 중에 용서의 계절이 있다면 바로 12월이다. 겨울이 되어 나무가 잎을 다 떨어뜨리는 것은 용서하기 위하여 자신의 알몸을 그대로 드러내는 것이다. 나무들이 지난 계절 내내 미움과 증오의 나뭇잎을 매달아 놓았다면 12월의 나무들은 그 잎을 다 떨어뜨리고 알몸으로 용서의 자세를 보여주고 있는 것이다.

요즘은 길을 가다가 아직 마른 잎을 그대로 달고 있는 겨울나무를 보면 '저 나무는 아직 용서하지 못해 고통스러워하는구나' 하는 생각이 든다. 그리고 그 나무야말로 용서하지 못하고 오늘을 사는 나 자신의 모습인 것만 같아 저절로 고개가 숙여진다.

어쩌면 우리 모두 겨울이 와도 증오의 잎을 떨어뜨리지 못하는 나무인지도 모른다. 올 겨울엔 잎을 다 떨어뜨리고 용서의 자세로 고요히 서 있는 나무들을 통해 인간의 용서의 자세가 어떠해야 하는지를 생각해야 한다.

나무들은 용서의 자세로 겨울을 보내기 때문에 이듬해 봄이 오면 다시 새움을 틔운다. 나도 그런 나무의 자세를 닮아야만 인생에 새해가 오고 봄이 올 수 있다. 신은 내가 다른 사람의 잘못을 한 가지 용서하면 나의 잘못을 열 가지 용서해 주신다고 하지 않는가. 용서하는 일보다 용서를 청하는 일이 더 중요하다고도 하지 않는가. 내 인생에 용서의 계절은 언제나 오고 있다. 해마다 12월에 첫눈이 내리는 것은 서로 용서하라고 용서의 첫눈이 내리는 것이다.

미리 쓴 나의 버킷리스트

서울을 무작정 떠나는 것이다. 갈아입을 셔츠나 팬티 한 장, 양말한 켤레, 치약과 칫솔 정도만 넣은, 결코 책을 넣지 않은 아니, 네덜란드의 사제 헨리 나우웬이 쓴 『탕자의 귀향』 한 권 정도는 넣은 가벼운 가방 하나만 들고 어떤 목적이나 목적지 없이 그냥 떠나는 것이다. 고속버스터미널에 갔다면 눈에 띄는 아무 차표나 끊어서, 서울역에 갔다면 당장 끊을 수 있는 승차권을 끊어서 일단 떠나는 것이다. 버스나 기차가 닿는 곳에 내려 혼자 이리저리 거리를 걸어 다니다가 배가 고프면 아무 식당에나 들어가 밥을 사 먹고, 밤이 깊어지면 적당한 숙소에 들어가 잠을 자는 것이다.

이튿날 날이 밝으면 다시 마음 내키는 대로, 굳이 가보고 싶다고 생각되는 곳이 아니더라도 어디로 또 떠나는 것이다. 떠난 그곳에 일찍이 인연이 닿아 아는 사람이 있어도 끝내 연락하지 않고 혼자 머물다가 떠나는 것이다. 혹시 영화관이 있으면 슬쩍 들어가 아무 영화나 보기도 하고, 박물관이라도 있으면 천천히 느린 발걸음으로 하나하나 둘러보기도 하고…….

그러다 보면 배를 타고 어디 먼 섬으로도, 흑산도를 지나 홍도에까지라도 떠날 수 있을 것이다. 술은 못 먹으니까 혼자 술을 먹는 일은 없겠지만 그 섬에서는 소주 몇 잔 정도는 먹을 수도 있을 것이다. 술을 먹다가 누가 "어디서 왔느냐, 왜 여기까지 왔느냐"고 물으면 그때서야 슬며시 일어나 부둣가를 헤맬 것이다. 부두에 어른거리는 고깃배들의 불빛을 바라보다가 휴대폰의 전원이 꺼져 있는지 다시 한 번 확인할 것이다. 아무한테도 연락하지 않아도 되고, 아무한테서도 전화 오지 않는 온전히 불통된 시간, 완전히 혼자 있을 수 있는 시간, 지켜야 할 아무 약속도 없는 그 시간을 그대로 기뻐하면서 몇 날 며칠 그 섬에서 늘어지게 잠을 자고 할 일 없이 빈둥댈 것이다.

그래도 전화 통화라도 한번 하고 싶은 사람이 떠오르면 그런 사람이 아직 내 삶에 존재하고 있다는 사실에 감사하긴 하되 통화하지는 않을 것이다. 그냥 그대로 빈둥대다가 더 이상 빈둥대기 스스로 민망해지면 또 다른 섬으로, 아니면 또 다른 육지의 어느 곳으로 이리저리 동가숙서가숙(東家宿西家宿)할 것이다.

신문도 TV도 보지 않을 것이다. 아니, 굳이 보지 않으려고 할 게 아니라 눈앞에 가판대가 있으면 한두 번 신문도 사 보다가 모텔 방에 있는 TV도 가끔 켜 보다가 세상은 내가 관여하지 않아도 지구가 돌듯이 그대로 움직이고 있다는 사실을 새삼 깨달을 것이다.

내가 없어도 가족들은 다 굶주리지 않고, 내가 없어도 시는 누군가에 의해 여전히 써지고, 시집도 출간되고, 내가 없어도 누군가에 의해 인문학을 내세운 강연과 '작가와의 만남'과 '시노래 콘서트'가 계속된다는 사실 또한 알게 될 것이다. 내가 없으면 안 되는 게 아니라, 내가 없어도 모든 일이 다 잘 된다는 사실을 깊게 깨닫게 되어도 조금도 섭섭해하지 않을 것이다.

그러다가 지치고 힘이 들면 전국 어디든 있는 가톨릭교회의 '피정의 집'을 찾아갈 것이다. 일단 그곳에서 몇 날 며칠 늦잠을 자고 미사 시간이 되어도 가는 둥 마는 둥 할 것이다. 어쩌다가 한번 가면 수녀님들이 장궤대에 무릎 꿇고 기도하는 뒷모습, 나처럼 피정의 집을 찾아온 이들의 기도하는 뒷모습을 자꾸 쳐다볼 것이다. 수녀님이 해주는 밥을 먹고 '십자가의 길'을 따라 숲길을 산책하기도 하고, 또 다른 산길을 하루 종일 걷다가 돌아올 것이다.

그 피정의 집에서 나를 좀 이상한 사람으로 생각하고 싫어하는 기색이 엿보이면 또 다른 지역의 피정의 집으로 찾아들 것이다. 그리하여 또 수녀님이 차려주시는 세끼 밥을 맛있게 먹고, 수녀님들의 기도하시는 뒷모습을 바라볼 것이다. 기도하고 싶으면 나도 할 것이다. 기도하다가 눈물이 나면 울 것이다. 아직도 내게 조용히 흘릴 수 있는 눈물이 있다는 것과, 눈물을 흘릴 수 있는 시간과 공간이 있다는 것에 감사할 것이다.

그렇게 감사기도를 하는 동안 피정의 집에 오랫동안 머물 수 있으면 좋겠지만 그럴 수는 없을 것이다. 그러면 그동안 내가 사랑했던 산사를 찾아가볼 것이다. 운주사 와불님을 찾아가 다시 한 번 일어나보시라고 부탁도 드리고, 처마바위 밑에 앉아 있는 석불님을 보고 눈물을 흘렸던 것처럼 다시 울어도 보고, 처음으로 부처님께 절을 했던 부석사 무량수전 아미타불님도 찾아가 다시 삼배를 올리고, 순천 선암사 해우소에 가서 소변을 보면서 몸속의 노폐물뿐만 아니라 마음속의 모든 번뇌와 망상까지도 다 버려볼 것이다.

그리고 순천까지 간 김에 가톨릭묘지에 잠든 동화작가 정채봉 씨의 무덤을 찾아가 풀꽃 몇 송이 꺾어 놓고 오랫동안 넋 놓고 앉아 있다가 일어설 것이다. 터덜터덜 무덤 사이로 난 산길을 내려와서 이제 더 이상 아무 데도 갈 데가 없으면 녹말로 만든 친환경 유골함에 담겨 흙속에 묻히신, 이제 흙이 되셨을 아버지가 계신 곳을 찾아갈 것이다. 그때가 마침 봄날이라면 그 곁에 누워 잠깐 잠이 들 것이다. 아버지가 내 손을 잡고 초등학교 정문 앞까지 데려다주시던 어린 날의 꿈을 꾸거나, 수평치(水平齒)로 난 사랑니를 빼고 난 뒤 함박눈을 맞으며 아버지와 말없이 봉천동 언덕길을 걸어가던 젊은 날의 꿈을 꿀 것이다.

그러다가 꿈에서 깨면 서울행 고속버스보다는 굳이 기차를 타고 서울로 올라올 것이다. 여행은 떠났던 곳으로 되돌아와야만 완성되는 것이므로 다시 서울로 돌아오긴 올 것이다. 그러나 선뜻 집으로 돌아가진 않을 것이다. 자식들의 집에도 가지 않을 것이다. 손자들을 한번 안아보고 싶어도 참을 것이다. 그냥 서울역에서 여행객이나 노숙인 틈에 끼어 대합실에 켜놓은 대형 TV를 물끄러미 바라볼 것이다. 드라마가 재미없고 똑같은 뉴스가 몇 번씩 되풀이 방영되어도 멍하니 보고 또 볼 것이다. 배가 고프면 노숙인을 따라 무료급식소에 가서 밥을 얻어먹고 천천히 남산에 올라 오랫동안 서울을 묵묵히 내려다볼 것이다.

그렇게 며칠을 지내다가 '돌아온 탕자'의 심정이 되어 저 '서울의 예수'가 이제 나를 용서해 줄 것이라고 생각할 것이다. 지하철을 타고 집으로 돌아가 "곧 죽을지도 모른다는 사실을 명심하는 게 인생의 고비마다 중요한 결정을 내리는 데 큰 도움이 된다"는 스티브 잡스의 말을 떠올리며 "이제 주변 정리를 하는 게 좋겠다"고, 마치 의사처럼 내가 내게 말할 것이다.

그리고 내 방에 홀로 틀어박혀 아직도 써야 할 시가 남아 있는지 내 가슴을 오랫동안 깊게 들여다볼 것이다. 이제 더 이상 써야 할 시가 없다는 것, 그것을 가장 큰 감사와 기쁨으로 여길 것이다. 죽기 전에 꼭 가보고 싶었던 프란치스코 성인의 생애가 있는 이탈리아 중부 도시 아씨시에 가보지 못한 것을 그리 후회하지는 않을 것이다.

죽음의 가치는 누가 만드나

몇 해 전 우리나라를 방문한 일본 시인들을 만난 적이 있다. 그 자리에서 고야마 슈이치[小山修一] 시인에게서 『한국의 별, 이수현(李秀賢) 님에게 바치는 시』라는 시집 한 권을 받았다. 그는 직접 사인을 해주면서 "이수현 씨의 의로운 죽음에 감동받아 시집을 내게 되었다"고 말했다. 자리에 함께했던 이수현의 부모님에게도 정중한 태도로 시집을 증정하면서 시종 감동 어린 표정을 감추지 않았다.

'너는 내게 있어 여전히 / 맑은 하늘이며 / 상큼한 한줄기 바람이며 / 마음과 마음을 잇는 무지개며 / 열렬히 타오르는 혁명의 등불이다'

그가 쓴 「한국의 별」이라는 시의 한 부분이다. 그는 이 시에서 이수현의 고귀한 희생정신을 노래한다.

일본에 유학 중이던 이수현은 도쿄 신오쿠보 역에서 선로 아래로 떨어진 술 취한 남자를 구하려다 희생된 한국의 청년이다. 나는 그때 역사적으로 적대관계에 있는 일본인을 굳이 목숨까지 던져가며 구할 필요가 있었을까 하는 생각을 했다. 만일 일본인이 그의 죽음을 외면하거나 폄하한다면 그 죽음의 가치는 어디에서 찾을 수 있을까 하는 생각 또한 머리를 스치고 지나갔다.

그러한 생각은 기우에 지나지 않았다. 일본인은 그의 숭고한 죽음의 가치를 인정하고 높이 기렸다. 〈너를 잊지 않을 거야〉라는 영화를 만들어 추모시사회 때는 일왕 부부와 정부 요인이 참석해 30분간 기립박수를 보냄으로써 일본사회에 큰 반향을 불러일으켰다. 그의 영문 이니셜을 따서 만든 'LSH아시아장학회'에서는 매년 추모행사를 갖는다. 만일 일본인이 그의 죽음을 무관심하게 대한다면 얼마나 안타까운가. 물론 청년 이수현의 죽음의 본질은 살신성인의 자기희생이 그 바탕이다. 이 바탕은 결코 변하지 않는다. 그렇지만 희생의 대상자인 일본인이 가치를 부여해 줌으로써 그의 죽음은 비로소 숭고한 가치를 지닌다.

우리 현대사엔 남을 위해, 혹은 국가와 민족을 위해 죽은, 자기희생적 죽음의 형태가 많다. 오늘의 대한민국을 있게 만든 참으로 고귀한 죽음이 아닐 수 없다. 그러나 지금 이 시대엔 남을 위해, 또는 나라를 위해 목숨을 바쳐도 그 목숨의 가치를 소중하게 생각하지 않는 풍조가 만연해 있다.

일제강점기에 목숨을 바친 애국지사에 대해서도, 6·25 전쟁 전사자에 대해서도, 저 어두운 1980년대 민주열사에 대해서도 그렇다. 최근엔 정치적 이해득실의 잣대가 판단기준이 되는 제2연평해전과 천안함 폭침사건 전사자에 대해서도 그렇다. 만일 그들의 죽음에 숭고성이 사라진다면 그들의 죽음의 가치는 어디에서 찾을 수 있는가.

조국을 위해 죽은 죽음에 대한 가치의 형성은 이 시대를 살아가고 있는 자의 몫이다. 개인이든 국가든 피할 수 없는 의무이자 책무다. 미국이 북한 땅 어디에 있을지 모를 미군 실종자에 대해 "마지막 한 명의 유해라도 끝까지 찾아 고향으로 돌려보내겠다"고 공언하는 것은 조국을 위해 적지에서 죽어간 죽음에 대해 조국이 그 가치를 부여해 주기 위해서다.

불행히도 우리의 현실은 그렇지 못하다. 아직 북한에 생존해 있는 국군포로조차 귀환시키지 못하고 있는 처지에 유해 송환 문제는 꺼낼 수조차 없다. 북한 땅에서 숨진 채 60년 세월이 흐른 지금 그들의 죽음의 가치는 누가 형성해 줄 것인가. 가족 중에 한 사람이 세상을 떠나면 우리는 그 죽음을 평생 기억한다. 기일을 잊지 않고 제사를 지내면서 슬픔을 감내하고 추억한다. 억울한 죽음일 경우는 더욱 뼈저리게 아파한다. 조국을 위해 죽은 이에게도 내 가족의 죽음을 대하듯 우리의 마음만은 그래야 하지 않을까.

'죽은 이만 서럽다'는 말이 있다. 이 말은 죽은 이의 죽음에 부여된 가치가 훼손되었기 때문이다. 만일 우리 사회가 죽은 이만 서러운 사회가 된다면 미성숙한 사회일 수밖에 없다. 우리는 지금 어제 죽은 이의 희생을 바탕으로 오늘의 안위를 누리고 있으므로 죽은 이만 서럽게 하는 이기적인 사회가 되어서는 안 된다.

천안함 폭침사건으로 전사한 신선준 상사의 친모가 보상금의 절반을 요구한다고 한다. 그녀는 신 상사가 두 살 때 집을 나가 재혼한 뒤 30년 가까이 신 상사를 찾은 적이 없음에도 이미 보상금 중 1억 원을 찾아갔다고 한다. 돈이 탐나서 친권을 주장하고 나섰다는 비판을 들을 만하다. 법의 논리가 어떻든 조국을 위해 죽은 전사자의 숭고한 죽음의 가치를 희석시키는 부끄러운 일이 아닐 수 없다.

죽음은 남의 일이 아니라 나의 일이다. 나의 죽음에 가치를 부여받고 싶다면 내가 먼저 다른 사람의 죽음에 가치를 부여해야 한다. 삶의 가치는 내가 만들 수 있지만 죽음의 가치는 내가 만들 수 없다. 살아 있는 자가 가치를 부여하지 않으면 아무리 위대한 죽음이라도 빛이 바래고 만다. 지금은 나라를 위해 죽은 이에 대해 오늘을 사는 우리가 더욱 겸허해져야 할 때다. 남과 국가를 위한 죽음만큼 더 큰 사랑은 없다.

다산초당에서 만난 '뿌리의 길'

진보와 보수의 갈등이 깊은 이 시대를 생각할 때마다 전남 강진에 있는 다산초당을 생각한다. 좀 더 정확하게 말하면 다산초당으로 올라가는 산길을 떠올린다. 조선시대의 실학자이자 정치가였던 다산 선생이 강진 유배생활 중에 『목민심서』 등 불후의 명저를 저술한 다산초당도 중요하지만, 다산초당으로 가는 산길 또한 그 의미가 특별하기 때문이다.

다산초당으로 가기 위해서는 귤동 마을 입구에서 대나무와 두충나무가 한데 잘 어우러진 숲길을 지나 다시 소나무 산길을 한참 걸어 올라가야 한다. 20여 년 전 처음 그곳을 찾았을 때, 나는 그 산길에 들어서자마자 걸음을 딱 멈추었다. 수백 년 된 굵은 소나무 뿌리가 지상으로 뻗어 나와 서로 뒤엉켜 한 몸을 이루고 있는 모습이 너무나 장엄했다. 마치 무슨 거대한 '식물성 파충류'들이 이리저리 꿈틀꿈틀 산길로 기어가는 듯했다. 길 위로 툭툭 튀어나온 그 고목의 뿌리를 선뜻 밟고 올라갈 수가 없어 수백 미터나 되는 그 길을 한참 동안 올려다보았다. 200여 년 전, 정치가로서의 꿈과 좌절을 가슴에 품고 수없이 그 뿌리를 딛고 오르내렸을 다산 선생의 모습이 선연히 떠올랐다.

학문적 이상을 정치개혁과 사회변혁을 통해 이루고자 했으나 끝내 이루지 못하고 정치적으로 유배된 다산 선생은 지상으로 뿌리가 드러난 이 유배의 산길을 걸으며 무슨 생각을 했을까. 초당으로 가는 이 산길에 반드시 땅속으로 뻗어 나가야 할 뿌리가 굳이 지상으로 구불구불 힘차게 뻗어 나온 까닭을 무엇이라고 생각했을까. 나라의 뿌리는 백성이고, 정치의 뿌리도 국민이며, 사랑의 뿌리 또한 서로 껴안고 하나가 되는 데에 있다고 생각하신 게 아닐까.

"이 길은 뿌리의 길이야."

나는 그때 마음속으로 그 길을 '뿌리의 길'이라고 명명했다. 하늘과 구름과 별이 보이는, 지상으로 당당하게 뿌리가 뻗어 있는 그 길이 다산 선생의 애민(愛民) 정신을 상징적으로 나타내는 길이라고 생각했다. 다산 선생이 그 뿌리의 길을 통해 국가든 개인이든 우리 삶의 어디에서든 근본과 본질을 지키는 게 무엇보다 중요하다는 것을 무언으로 말씀하시는 것이라고 생각했다.

다산 정약용 선생이 위대한 까닭은 가난한 백성을 사랑하고 민생을 먼저 보살폈다는 데에 있고, 위정자로서의 본질을 잃지 않는 삶의 자세를 보여준 데에 있다. 원래 금은 돌밭에 버려져도 그 본질이 변하지 않는다. 그러나 금이 돌밭에 버려진 자신을 돌멩이로 생각하면 그만 본질을 잃게 된다. 다산 선생은 오랜 유배의 고통 속에서도 백성을 사랑하는 것이야말로 위정자의 본질임을 잃지 않았다.

뿌리의 길은 뿌리를 밟지 않고 오르기는 힘들다. 뿌리를 밟지 않으려고 해도 어디 발 디딜 데가 마땅치 않다. 얼마나 많은 사람들이 뿌리를 밟고 올라갔는지 뿌리마다 수많은 상처가 나 있다. 어떤 뿌리는 상처의 껍질마저 벗겨져 반질반질하다. 뿌리는 수많은 사람들의 발에 밟힐 때마다 그 얼마나 아프고 고통스러웠겠는가. 그러나 뿌리는 묵묵히 아픔을 견디고 자신을 힘껏 밟고 올라가는 이들의 밑받침이 되어 준다.

이는 다산 선생의 시대적 희생과 상처를 의미하는 것으로 뿌리마다 다산 선생의 인고의 눈물이 매달려 있다. 다산 선생에게 유배라는 고통과 시련의 세월이 없었다면 오늘 우리는 선생이 남기신 600여 권의 저서를 통해 백성이 근본이 되는 실사구시(實事求是)의 사상적 유산을 접할 수 없을 것이다.

한 해를 보내며 다시 다산초당으로 가는 뿌리의 길을 걷는다. 힘차게 지상으로 뻗어 나와 얼키설키 얽힌 뿌리의 모습이 다산 시대의 고뇌의 무늬처럼 느껴진다. 또 세대와 계층과 지역과 이념으로 갈라진 오늘 이 시대의 난맥상처럼 느껴진다. 그러나 서로 얽히고설킨 뿌리의 자세에서 민초들의 이타적 사랑의 힘이 먼저 느껴지고, 각자 다른 나무에서 뻗어 나왔으나 결국 하나가 되는 합일과 상생의 힘과 가치가 먼저 느껴진다.

뿌리가 지상으로 솟아나오면 나무는 살아남지 못한다. 그런데도 이 길의 나무들은 오랜 세월 동안 수많은 사람들이 뿌리를 계단처럼 힘껏 밟고 올라갔어도 살아남아 있다. 그것은 지상의 뿌리들이 혼자 독립적으로 존재하지 않고 함께 공동으로 존재하기 때문이다. 합일의 자세와 그 정신의 힘이 그들을 살아남게 한 것이다. 함께 화합을 이룸으로써 나무의 생명을 유지하고 산길의 장엄한 아름다움을 이룬 점, 그것이 다산초당으로 가는 뿌리의 길의 의미다.

나무뿌리는 혼자 있으면 거칠 데 없이 뻗어 나가느라 직선이 되기 쉽지만, 함께 있으면 다른 뿌리와 어울리기 위해 자연히 곡선의 아름다움을 지닌다. 실제로 다산초당으로 올라가는 길의 뿌리를 부분적으로 보면 이리저리 나눠지고 갈라져 어지러울 정도다. 그러나 전체적으로 보면 한데 어우러진 아름다움이 그지없다.

나는 이 아름다움처럼 우리 시대도 한데 어우러진 아름다움을 창출할 수 있다고 확신한다. 다산초당으로 올라가는 뿌리의 길의 아름다움 앞에서 합일된 정신의 무한한 아름다움을 본다.

재일동포와 수박

일본 마에바시 시[前橋市]에서 '일·한의 서정을 찾아서'라는 주제로 열린 심포지움에 참석한 적이 있다. 그 자리에서 일본 현대시의 개척자 하기와라 사쿠타로[萩原朔太郎] 시인의 시가 낭송되었는데, 나는 한국 시인 자격으로 내 자작시를 비롯해서 김소월, 한용운, 정지용 등의 시를 낭송했다.

일부 행사가 끝나고 잠시 휴식 시간이 주어졌을 때 한 중년 여성이 나를 찾았다. 우리말로 자신을 한국 사람이라고 소개하면서 내게 한글로 된 몇 권의 소책자와 팸플릿 등을 주고 갔다. "다시 한 번 더 찾아뵙겠다. 앞으로 많이 도와 달라"는 말을 하면서.

나는 바쁜 와중에도 그게 무엇인지 궁금해서 자세히 살펴보았다.

그것은 재일동포 어린이들의 한글 교육 위해 만든 교재였다. 그런데 '소조' 등 우리가 사용하지 않는 낱말이 있어 그 책자가 조총련계 책자라는 것을 즉각 알아차릴 수 있었다.

나는 그 책자를 손에 들고 갑자기 난감해졌다. 그녀가 내게 무엇을 도와 달라고 한 것일까. 남한의 시인인 내가 조총련계 재일동포 어린이들을 위해 현실적으로 해줄 수 있는 게 무엇이란 말인가. 아무리 생각해 봐도 난감할 뿐이었다.

그날 행사가 끝나고 간단히 뒤풀이 자리가 마련되었다. 마침 내 옆 자리에 일흔이 넘어 뵈는 동포 어른 한 분이 계셔서 그분과 자연스럽게 재일동포들에 대한 이야기를 나누게 되었다. 그는 재일동포들은 누구나 정체성의 혼돈을 심하게 겪는다는 이야기부터 먼저 했다. 나도 그럴 수밖에 없을 것이라고 대답하면서 일본 가수 사와 도모에[沢知惠]를 떠올렸다.

가와사키[川崎]에서 태어나 여기저기서 자라고 / 아침에는 낫토, 저녁에는 김치 / 나는 누구일까요 / 아버지는 고지식한 일본사람 / 어머니는 고집쟁이 한국여자 / 두 사람을 합쳐서 둘로 갈라놓은 / 나는 누구일까요 / 블랙뮤직에 미치고 가스펠 멋지게 부르지만 / 노래방에 가면 가요도 부르는 / 나는 누구일까요 / 쌀쌀하게 못 본 척하다가 / 당신이 없으면 못살겠다고 / 순진한 눈으로 사랑을 속삭이는 / 나는 누구일까요 / 너무 생각을 많이 해서 뭐가 뭔지 몰라요 / 폭발할 것 같

아요 그래도 할 수 없어요 / 나는 나예요 / 나는 사와 도모에

이는 사와 도모에의 노래 〈나는 누구일까요?〉 노랫말이다. 이 노랫말에서 알 수 있듯이 그녀는 어머니의 나라 한국을 노래하는 뮤지션이다. 더군다나 그녀의 외할아버지는 한국 최고의 지일(知日) 작가 김소운(金素雲) 선생이다.

나는 이 노래를 서울 안국동에서 직접 들었다. 그때는 우리 정부가 일본의 대중문화를 개방하지 않아 일본 가수가 한국에서 공연 활동을 할 수 없었다. 그래서 그녀는 궁여지책으로 서울에 있는 일본문화원 강당에서 콘서트를 열었다. 객석의 한 모퉁이에 앉아 이 노래를 들으며 가슴이 뭉클했다. 피아노를 치면서 한국말로 "나는 누구일까요" 하고 객석을 쳐다볼 때 그녀가 마치 나를 향해 그렇게 간절히 물어보는 것 같았다. 그때 나는 마음속으로 "당신은 일본인이지만 어머니의 나라를 사랑하는 한국인임에도 틀림없다"고 말했다. 그녀가 자신의 정체성에 대해 심한 혼란을 겪지 않았다면 한국인을 상대로 그런 노래를 부르지 않았을 것이다.

2004년 봄, 서른다섯에 자살로 생을 마감한 여류작가 사기사와 메구무[鷺沢萠] 또한 양분된 자신의 존재성에 대한 혼돈을 견디기 힘들었을 것이다. 그녀는 일본에서 최고 권위 있는 문학상인 아쿠타가와 상[芥川賞] 후보에 오르기도 하고, 제20회 이즈미교카[泉鏡花] 문학상을 수상한 작가로 그녀 또한 할머니가 한국인임을 숨기지 않았

다. 1993년에 연세대 한국어학당에 입학해 한국어를 배우기도 하고, 서울 체험을 담은 에세이집 『개나리도 꽃 사쿠라도 꽃』『그대는 이 나라를 사랑하는가』 등을 펴내기도 했다.

 너무 좋아서 어쩔 줄 몰라 하다가 하룻밤 같이 자고 나면 시들해지고 마는 사내가 있다. 반대로 대수롭지 않게 여기거나 혹은 슬슬 피하기까지 하다가 엉겁결에 몸을 허락하고 나니 별안간 마음마저 빼앗기고 마는 사내가 있다. 나에게는 한국이 두 번째 사내와 비슷하다.

사기사와 메구무는 사랑하는 할머니의 나라 한국을 이렇게 표현했다. 재일 한국인으로서의 정체성에 대한 갈등이 얼마나 깊었는지 짐작하게 해주는 표현이다. 아마 이러한 갈등과 혼돈의 감정은 재일 한국인라면 누구나 겪을 수밖에 없는 일일 것이다.

 나는 뒤풀이 자리에서 잠시 사와 도모에와 사기사와 메구무 이야기를 꺼냈다. 그러자 내 이야기를 듣고 있던 동포 어른이 뜬금없이 수박 이야기를 꺼냈다.

 "겉을 보면 다 똑같은 퍼런 수박이지만 칼로 속을 딱 따개 보면 속이 벌겋다 아이가!"

 그분은 경상도 사투리로 그렇게 말했다.

 나는 그 말이 무슨 뜻인지 얼른 알아차리지 못했다. 그 말은 민단계 재일동포가 조총련계 재일동포를 못마땅하게 생각하는 힐난의

351

뜻이 내포된 말이었다.

　재일동포들이 두 그룹으로 나뉘어져 서로 반목과 갈등 속에 있다는 것을 잘 알고는 있었지만, 그렇게 수박에 비유된 말을 듣게 되자 재일동포 사회의 갈등구조가 비로소 실감되었다. '수박 속이 벌겋다'는 것은 남한사회에서 공산주의자를 일컫는 말인 '빨갱이'에 대한 은유적 표현이다. 나는 그분의 그 말 한마디에서 재일동포사회의 대립의 양상과 분열의 깊이가 어느 정도인지 잘 알 수 있었으며 새삼 분단의 고통이 뼈저리게 느껴졌다.

　그날 이후 수박을 먹으면 가끔 그 수박 이야기가 떠오른다. 다른 나라에 사는 교포와 달리 재일동포를 생각할 때는 깊은 아픔이 느껴진다. 그것은 분단의 고통이 재일동포 사회에도 그대로 현존하고 있다는 사실에서 오는 아픔이다. 조국이 통일되지 못하면 재일동포 또한 통일되지 못하는 것인가. 조국이 분단되었다 하더라도 재일동포만은 분단되지 말아야 한다고 생각한다면 역사와 정치의 본질과 과정을 몰라도 너무 모르는 철부지 같은 생각일까.

　나는 재일동포들이 하나 된 모습을 보고 싶다. 비록 조국이 분단되었다 하더라도 재일동포만은 분단되지 말아야 한다. 지금이라도 한 민족으로 하나 되어 '또 하나의 분단'이 분쇄되어야 한다. 수박이 수박다우려면 겉과 속이 하나가 돼야 한다. 퍼런 껍질만 있고 붉은 속이 없는 수박, 붉은 속만 있고 퍼런 껍질은 없는 수박은 있을 수 없다.

집에서 무슨 신문 보세요?

"집에서 무슨 신문 보세요?"

요즘 이런 질문을 자주 받는다. 초면인데 이런 질문을 하는 사람도 있다. 처음엔 무심코 대답하다가 이제는 그냥 씩 웃고 만다. 아니면 경제지나 스포츠신문을 본다고 말한다.

이런 질문을 받을 때마다 무척 곤혹스럽다. 질문한 상대방과 내가 서로 다른 성향의 신문을 보고 있다고 확인되면 대화가 갑자기 끊기거나 전체 분위기가 서먹해진다. 서로 친해지려고 만났다가 오히려 관계가 악화되는 지뢰를 만난 셈이다.

구독하는 신문을 사람의 사회적·정치적 성향을 파악하는 잣대로 삼기 때문이다. 보수적 신문을 구독하는가, 진보적 신문을 구독하는

가에 따라 개인의 이념적 성향마저 그렇게 구분되고 만다. 나아가 그러한 구분이 인간관계의 형성 여부를 판단하고 결정짓는 데 큰 영향을 끼치기도 한다.

예전엔 지금처럼 그렇지는 않았다. 누가 무슨 신문을 보든 그것이 인간관계 형성에까지 영향을 미치진 않았다. 그러나 내 개인적 경험에 불과한 일이라 하더라도 요즘 유독 그렇다. 그만큼 이념적으로 편 가르기가 더 심해진 시대를 살고 있는 게 아닌가 싶다.

신문이 보수든 진보든 또는 중도든 여러 갈래의 성향으로 나눠지는 것은 당연하다. 민주와 자유의 질서가 신봉되는 사회에서 전체 언론이 한목소리를 낼 수는 없다. 문제는 사회 구성원이 신문을 잣대로 서로를 경원시하거나 반목하는 데에 있다. 다른 의견을 수용하지 못하고 대립함으로써 서로를 배척하고 공격한다는 점이 가장 큰 문제다.

그것이 가장 극명하게 드러나는 데가 바로 인터넷이라는 광장이다. 그 광장에서 익명과 은닉의 우산을 쓰고 서로 갖은 공격을 일삼는다. 정보화 시대라는 미명하에 우리는 이미 인격과 국격이 담보 잡힌 시대를 살아간다. 내 의견과 다르면 다 나의 적이 되는 시대를 살아야 한다면 그런 시대를 사는 국민은 무척 불행하다. 우리는 그런 불행의 시대를 스스로 만들어가고 있다.

이 세상에서 가장 무서운 사람은 단 한 권의 책만 읽은 사람이라고 한다. 어쩌면 단 하나의 신문만 탐독하는 사람도 '가장 무서운 사람' 축에 들지 않을까 싶다. 요즘은 집에서 구독하지 않는 신문도 인터넷을 통해 얼마든지 읽어볼 수 있다. 신문이 하나의 사안을 놓고 극명하게 다른 시각에서 보도하고 논평할 때 이 시대의 저울처럼 균형감각을 잃지 않으려면 독자인 나 자신이 현명해져야 한다. 미국 전상원의원 패트릭 모이니헌이 말한 대로 민주주의 사회에서 누구나 '자기의 의견'을 가질 수 있지만 '자기만의 사실'을 가지지 않기 위해서는 더욱 그렇다.

새가 좌우 날개로 난다는 사실은 우리 모두 안다. 그런데도 우리 사회의 새는 편향된 한쪽 날개만으로 날아가길 원한다. 나와 이념적 성향이 다르다고 해서, 나와 다른 신문을 본다고 해서 상대방을 폄하하거나 불인정해서는 안 된다. 얼굴이 다 다르듯 우리는 생각이나 이념이 다 다르다. 만일 똑같다면 그게 바로 복제인간이다. 남을 인정해 주지 않는 사회는 복제된 사회로 가는 지름길이다. 우리는 어쩌면 그러한 사회를 이루는 데 있어서는 선진화된 바보가 되고 싶은지 모른다.

우리 사회에서 제대로 된 대인관계를 형성하려면 묻지 않는 게 바람직한 몇 가지 사항이 있다. 정치·종교·고향·학력에 관한 사항이다. 초면에 몇 학번이냐고 물었는데 상대방이 고졸 학력이라면 어떡할 것인가. 결혼이나 자녀에 관한 질문도 가능한 한 하지 않는 게 좋다. 나는 불임으로 고통 받는 부부에게 자녀를 몇이나 두었느냐고 물었다가 미안해 쩔쩔맨 적도 있다.

얼마 전 김천 직지사 대웅전에 들러 부처님께 삼배했다. 절을 하고 나오자 누가 나보고 "종교가 가톨릭 아니냐"고 묻는다. 왜 가톨릭 신자가 부처님께 절을 하느냐, 이해하기 어렵다는 표정이었다. 내게 그건 아무런 문제가 되지 않는다. 예수가 내 인생의 스승이라면 부처님 또한 마찬가지다. 내 문학의 스승을 만나도 엎드려 절을 올리는데, 내 인생의 스승인 부처님 앞에 절을 올리고 예를 갖추는 것은 잘못된 일이 아니다.

김수환 추기경과 법정 스님만 해도 명동성당과 길상사를 오가며 강론과 법문을 하지 않았는가. 그분들은 우리에게 서로 싸워 벽이 되지 말고 사이좋게 강물처럼 함께 흘러가라고 몸소 그런 모습을 보여주셨을 것이다. 그런데 요즘 우리는 왜 이렇게 나누어지고 갈라져서 내 편, 네 편을 따지는가. 두 사람이 똑같은 걸 보면서도 그것을 서로 다르게 볼 수 있다는 사실을 왜 인정하지 않는가.

전북 익산시 장중마을에 있는 한 그루 은행나무를 생각해 본다. 수령 300년 된 이 나무 중간 부분에는 대나무 10여 그루와 30년 된 보리수나무가 담쟁이와 함께 무성하게 자란다. 봄부터 가을까지 이들이 형형색색 한데 한 몸이 되어 어울린 모습은 아름답기 그지없다. 우리도 이들처럼 대한민국이라는 나무 안에서 한 몸을 이루며 아름답게 살아가야 한다.

평균적 가치관만이 가치 있는 게 아니다

한 남자가 물동이 두 개를 물지게에 지고 물을 날랐다. 오른쪽 물동이는 집에 도착해도 물이 가득 차 있었지만, 왼쪽 물동이는 금이 가 물이 새는 바람에 물이 반도 차 있지 않았다. 그래도 남자는 늘 물이 새는 물동이로 물을 날랐다.

이를 보다 못한 마을 어른이 하루는 남자에게 점잖게 충고했다.

"이보게, 자넨 어째 물이 새는 물동이로 물을 긷는가. 이제 그만 그 물동이는 버릴 때가 되었네."

남자가 웃으면서 마을 어른께 대답했다.

"아닙니다. 이 물동이는 물이 새지만 아주 소중합니다. 저길 한번 보십시오. 제가 물지게를 지고 온 길 왼쪽엔 항상 꽃과 풀들이 자라 있습니다. 그렇지만 저기 오른쪽 땅은 먼지가 폴폴 일고 꽃 한 송이 피어 있지 않습니다. 비록 물동이가 금이 가 물이 새지만, 그 물이 메마른 땅을 적셔 풀꽃을 자라게 하니 어찌 버릴 수 있겠습니까."

금이 가 물이 새는 물동이는 물 긷는 물동이로서는 이미 그 가치가 상실된 존재다. 계속 물을 길으려면 물이 새는 물동이는 버리고 새 물동이를 사용해야 한다. 그러나 물동이 주인은 그런 물동이도 어딘가에 쓸모가 있다고 생각하고 버리지 않는다.

이는 물 긷는 물동이가 물이 새면 더는 쓸모가 없으므로 버려야 한다는 평균적 가치관에 의존하지 않고 자기만의 가치관을 지니고 있었기에 가능한 일이다. 만일 더 이상 물 긷는 데 가치가 없다고 물이 새는 물동이를 버렸다면 길가에 아름다운 풀꽃들은 피어나지 않았을 것이다. 그러나 그는 물이 새는 물동이의 숨은 가치를 재발견함으로써 꽃을 피워 세상을 아름답게 만든다.

내 인생의 물동이도 금 간 물동이다. 세상이라는 우물가에 가서 물을 가득 긷고 집에 와보면 언제 물이 샜는지 물동이에 물이 반도 차 있지 않다. 애써 금 간 곳을 때우고 물을 길어도 그때뿐이다. 그래도 나는 내 물동이를 버리지 않는다. 물이 뚝뚝 샌다 할지라도 어디 좋은 데 쓰일 데가 있을 것이라고 생각한다. 이 우화의 물동이처럼 언젠가는 세상의 마른 길가에 꽃을 피울 수 있을 것이라고 생각하면 축 처진 어깨에 힘이 솟는다.

만일 내가 물 새는 물동이는 쓸모가 없기 때문에 버려야 한다는 평균적 가치관에 머물러 있다면 내 인생의 물동이를 버려야 한다. 그러나 그런 보편적 가치에서 벗어나 나만의 소중한 가치를 발견하면 버릴 까닭이 없어지고 여전히 물동이로서의 소중한 가치를 지닌다. 이 시대를 사는 한 시인으로서 내가 평균적 가치관에 의존해서 살아서는 안 된다고 여기는 것은 바로 이런 까닭이다. 시인은 조금 외롭다 할지라도 평균적 가치관에 저항하는 자기 나름대로의 가치관을 지녀야 한다.

19대 국회의원이 된 도종환 시인의 의원회관으로 '근조' 리본이 달린 화분이 전달되었다는 이야기를 어느 잡지에 그가 쓴 글에서 읽고 나는 이 '물 새는 물동이' 우화가 떠올랐다. 그의 글에 따르면 "평소 가까이 지내던 분이 내가 국회에 들어와 일한다는 소식을 듣고 '이 땅에 아까운 시인 하나 죽었다'라며 흰 천에 검은 글씨로 '근조'라고 쓴 화분을 보냈다"고 한다.

나는 그 사람이 근조 화분을 보낼 만큼 도종환 시인을 염려하고 사랑한 것일까 하는 의구심을 지니면서, 그 또한 시인에 대한 평균적 가치관에 고형화돼 있기 때문이라고 생각했다. 그는 물 새는 물동이로는 더 이상 물을 긷지 말라고 충고한 우화 속의 마을 노인을 연상시킨다. '시인이 국회의원이 되면 시를 못 쓴다. 따라서 시인으로서는 죽음을 맞이했다'라고 생각하는 것은 평균적 가치관이다. 그는 그런 가치관만이 진정한 가치라는 신념하에 도종환 시인에게 근조 화분

까지 보내는 행동을 한 것이라고 생각된다.

과연 시인이 국회의원이 되면 시를 쓸 수 없는 것인가. 아니다. 시인은 국회의장이 되어도, 대통령이 되어도 시를 쓸 수 있다. 이것은 어디까지나 시인 자신의 영혼의 문제지 평균적 가치관에 의존할 문제가 아니다. 도종환 시인은 그 글에서 "나는 그 화분을 책상 옆에 내려놓고 물을 주었습니다. 그분이 걱정하시는 것처럼 나는 이미 죽은 건지도 모릅니다. 시 쓰는 사람이 혼탁한 정치판에 발을 들여놓았으니 그 자체로 사망선고를 받은 것이나 다름없습니다"라고 말하고 있다.

나는 도종환 시인이 근조 화분에 물을 주면서 '국회의원이 되었으니까 이제 시를 못 쓴다'라는 생각을 하지 않길 바란다. 국회의원이 되기 전이나 되고 난 뒤나, 또 국회의원을 그만둔 뒤에도 그가 시인이라는 사실은 결코 변하지 않는다. 그에게 시인으로서의 죽음은 없다. 따라서 어떠한 이유에서든 근조 화분을 받을 까닭이 없다.

요절한 왼손잡이 기타리스트 지미 헨드릭스는 "왼손이 심장과 가까우니까 악수는 왼손으로 하자"고 말했다. 악수는 오른손으로 해야 한다고 생각되지만 왼손으로 해도 그 가치가 손상되지 않는다. 평균적 가치관이 세상을 유지시킬 수는 있지만 변화시키기는 어렵다. 물새는 물동이가 세상에 아름다운 꽃을 피울 수 있는 것이다.

바람이 강하게 불어올 때가
연 날리기에 가장 좋은 때다

어릴 때 연을 날리지 않고 겨울을 보낸 적은 없다. 그때는 팽이도 직접 나무를 깎아서 만들던 시절이어서 연을 만들 줄 모르는 아이들은 거의 없었다. 나는 연을 잘 만들고 잘 날렸다. 연뿐 아니라 얼레도 연줄도 다 내 손으로 만들었다. 사금파리를 잘게 갈아서 엄마가 쑤어준 풀에 이겨 만든 연줄을 사용해 연싸움에서 곧잘 이기기도 했다.

연날리기에는 바람이 아주 중요하다. 바람이 불지 않거나 바람이 약하게 불면 연을 날리기 어렵다. 그래서 나는 바람이 약하게 불어오는 빈 공터보다 사방이 툭 트여 늘 강한 바람이 불어오는 동네 뒷산에 올라가 연날리기를 좋아했다.

연싸움 또한 바람이 약하게 불어올 때보다 강하게 불어올 때가 더 좋았다. 바람이 약하게 불어올 때는 연싸움 실력이 다들 비슷해서 싸움을 하는 둥 마는 둥 한다. 그러나 바람이 강하게 불어오면 사금파리를 잘 입혀 연줄을 강하게 했거나 얼레질을 잘하는 아이가 이긴다. 무엇보다도 바람을 두려워하면 연싸움에서 이길 수 없다. 아무리 강한 바람이 불어와도 이때야말로 연싸움을 제대로 할 수 있는 좋은 기회라고 생각하면 연싸움의 제맛을 맛볼 수 있다.

　'바람이 강하게 불 때야말로 연을 날기에 가장 좋은 때다'라는 말이 있다. 일본 파나소닉의 창업주 마쓰시타 고노스케가 한 말이다. 열한 살 때 점원 생활을 시작해 파나소닉을 설립하고 세계적 기업으로 키워낸 그는 "절체절명의 위기에도 반드시 길은 있다, 제대로 연을 날리기 위해서는 오히려 강한 바람이 불어와야 한다"고 강조했다.

　1929년 세계적인 대공황으로 위기에 처하자 그는 직원들의 근무시간을 반나절로 줄이고 매주 이틀을 휴무로 정해서 생산량을 절반으로 감축했다. 이런 상황에서 경영자가 흔히 하는 방법은 임금삭감과 정리해고다. 그러나 그는 그러지 않았다. 오히려 "경기는 언젠가 반드시 좋아진다"고 하면서 직원들을 독려하고 월급을 전액 지급하겠다는 약속을 지켰다. 그러자 직원들 역시 전심전력을 다해 오전에는 생산에 집중하고 오후에는 제품 판매에 나섰다. 덕분에 회사는 두 달여 만에 정상화되었으며 경쟁업체를 따돌릴 수 있었다. 대공황의 위기가 회사를 한 단계 더 성장시키는 기회가 된 것이다.

마쓰시타 고노스케의 이 말은 연날리기뿐 아니라 우리 삶에도 그대로 적용된다. 내 인생에 고통의 바람이 강하게 분다고 해서 두려워할 필요는 없다. 오히려 그 바람을 어떻게 활용하고 어떤 기회로 삼아 내 인생의 연을 잘 날릴 수 있을 것인가를 생각해야 한다. 두려움은 내 인생을 파괴시킨다. 내가 두려워하고 절망했기 때문에 희망이 안 보이는 것이다. 하늘이 있기 때문에 구름이 있는 것이지 구름이 있기 때문에 하늘이 있는 것은 아니다.

흔히 무슨 일을 하더라도 "때를 놓치지 말라"고 한다. 그때그때 그 일을 꼭 하지 않으면 안 되는 시기가 있는데 그 적기를 놓치지 말라는 것이다.

인생에도 적기가 있다면 바로 20대다. 20대는 내가 하고 싶은 일을 모색하고 내 인생의 방향을 준비해 나가는 중요한 시기다. 이 시기에 꼭 해야 할 일을 놓쳐버리면 나중엔 되찾기 어렵다. 아무리 어렵고 힘들더라도 20대에 해야 할 일은 20대에 해야 한다. 20대에 열심히 준비의 걸음을 걷지 않으면 나중엔 뛰게 된다. 뛰지 않으면 달리게 되고 달리다가 결국 쓰러지게 된다. 바람이 가장 강하게 부는 날이 연을 날리기에 가장 좋은 날인 것과 마찬가지로 아무리 고통스러운 시기라 할지라도 20대야말로 인생의 미래를 형성할 수 있는 가장 좋은 적기다.

따라서 좀 힘들고 견디기 어렵다고 해서 그것을 피하려 들지 않는게 좋다. 피한다고 해서 그것이 사라지는 것은 아니다. 만일 연이 강하게 불어오는 바람이 아프다고 해서 바람을 피하려고 든다면 어찌 하늘 높이 자신을 띄울 수 있겠는가. 연은 하늘 높이 자신을 띄우기 위해 바람이라는 고통을 받아들이고 견디지 않으면 안 된다. 바람은 연의 본질적 대상이자 숙명인 것이다.

고통 또한 인간의 본질이자 숙명이다. 비를 피하기 위해 황급히 어느 집 처마 밑으로 들어갔다고 해서 하늘에서 비가 오지 않는 것은 아니다. 비가 오는 것은 원래 하늘의 본질이다. 하늘이 늘 푸르기만 하다면 그것은 하늘의 본질이 상실된 것이다. 내가 고통이 없기를 바라듯 하늘이 푸르게 개어 있기를 바라는 것일 뿐, 지금 하늘이 맑게 개어 있다 해도 언젠가는 또다시 바람이 불고 비가 오게 마련이다.

바람이 없으면 내 인생이라는 연을 날릴 수 없다. 내 인생이라는 연을 날리기 위해서는 강한 고통의 바람이 필요하다. 연을 제대로 날리기 위해서는 바람이 강하게 불어와주어야 한다. 지금도 내 손엔 어릴 때 연을 날리며 강한 바람과 맞서던 연줄의 팽팽한 기운이 다시 솟는다.

아직도 세뱃돈을 받고 싶다

어릴 때는 설날이 오기를 왜 그렇게 애타게 기다렸는지 모른다. 설날 한 달 전부터는 날마다 몇 밤이 지나면 설날인지를 손꼽아 기다렸다. 설날 하루를 위해 1년을 기다렸다고 해도 과언이 아니다.

설날이 되면 어머니는 설빔으로 미리 마련해 놓은 새 옷과 새 신을 손수 입혀주셨다. 내복도 꼭 빠지지 않고 마련하셔서 한번은 나를 발가벗기고 입혀주신 적도 있다. 요즘이야 멀쩡한 새 옷도 입지 않고 버리지만 예전에는 새 옷 한 벌 얻어 입기 위해 꼬박 1년을 기다려야 했다.

지금 생각해 보면 새 옷과 새 신을 얻을 수 있는 날이 오직 설날이기 때문에 그토록 설날을 기다린 게 아닌가 싶다. 또 사과, 배 등의 과일과 식혜, 잡채, 고기전, 시루떡 등 설날이 아니면 맛볼 수 없는 풍성한 음식을 한꺼번에 맛있게 배불리 먹을 수 있는 날이 오직 설날뿐이어서 그토록 설날을 기다린 것 같기도 하다.

설날 아침에 부모님께 세배드리면 세뱃돈도 두둑이 받을 수 있었다. 평소에는 부모님이 학용품값 외에는 돈을 주시는 일이 거의 없었는데 설날에는 세뱃돈을 두둑하게 주셨으니 설날이 기다려지지 않을 수 없었다.

지금은 이웃 어른들에게 세배하는 풍습이 거의 사라졌지만 어머니는 꼭 동네 어른들을 찾아가 세배하라고 말씀하셨다. 나는 부모님께서 그런 말씀을 굳이 하지 않으셔도 또래 친구들이랑 평소에 한 번도 찾아뵙지 않았던 동네 어른들한테까지 찾아가 세배를 했다.

그러면 그분들 또한 반드시 설음식을 내어놓고 먹으라고 권하시고 세뱃돈을 주셨다. "공부 열심히 하라"든가 "밥값 하는 사람이 되라"든가 이런저런 덕담도 해주셨다. 솔직히 말하면 나는 그때 동네 어른들의 그런 격려와 충고의 말씀보다는 건네주시는 세뱃돈에 더 관심이 컸다.

이렇게 설날은 소득이 아주 큰 날이었다. 그럴 수만 있다면 설날이 1년에 서너 번 있기를 바랐다. 엎드려 절 한 번 하는데 돈까지 얻을 수 있으니 1년에 몇 번씩이라도 절을 하고 세뱃돈을 받고 싶었다.

그러나 예순이 넘은 지금은 어릴 때처럼 설레는 마음으로 설날을 기다리지 않는다. 기다리지 않았는데도 설날이 찾아와 설날이라는 감흥조차 사라진다. 흐르는 세월의 강물에 공연히 인간이 빗금을 그어 설날이라고 한다는 생각만 든다.

그렇지만 설날 아침에는 가슴을 활짝 펴고 심호흡을 해본다. 평소보다 훨씬 더 상쾌하게 느껴진다. 설날의 맑은 햇살이 가슴 깊이 스며든다. 멀리 겨울산 위로 어미새를 따라 질서 있게 고향을 향해 날아가는 새의 가족이 정다워 보인다. 그루터기만 남은 무논 위로 새떼가 일제히 날아오르는 장엄한 풍경도 보인다. 저 새들도 설날을 맞아 나이 한 살을 더 먹을 것이다. 날개에 힘이 실리고 가슴은 희망으로 한껏 더 부풀 것이다.

서둘러 방석을 깔아드리고 부모님께서 나란히 앉으실 때까지 기다렸다가 세배를 올린다. 아흔이 넘은 부모님께 세배를 드릴 때마다 이제는 부끄러운 생각이 든다. 부모님의 사랑과 기대에 못 미친 삶을 사는 현재의 내 삶이 세배하는 순간 그대로 드러나는 것 같다.

"올해도 건강하고 하는 일 모두 잘 되기를 바란다. 그리고 내가 꼭 하나 부탁하고 싶은 것은, 올해부터는 너희 가족 모두 성당에 열심히 나가도록 해라."

세배를 받고 나서 아버지가 그런 말씀이라도 하시면 그저 부끄럽고 죄송스럽다. 그래도 부모님은 어릴 때 내가 세배드렸을 때처럼 한결같이 새것으로 만 원짜리 몇 장을 미리 봉투에 넣어뒀다가 꼭 세뱃돈을 주신다. 공손히 두 손으로 무릎 꿇고 받긴 하지만 어릴 때처럼 그렇게 기쁜 것만은 아니다. 어릴 때는 세뱃돈 받으려고 설날을

기다렸지만 지금은 늙으신 부모님께 세뱃돈을 받으면 공연히 마음이 슬프고 아리다.

더구나 부모님 보시는 앞에서 아이들에게 세배를 받는 일은 정말 쑥스럽다. 내가 아이들에게 절을 받을 수 있을 정도로 떳떳한 아버지인가 하는 데에 생각이 미치면 세배받고 싶지 않을 때도 있다.

그러나 어쩌랴. 저 아이들도 어릴 때 나처럼 세배 자체보다 세뱃돈에 관심이 더 많을 것이므로 세배를 받을 수밖에 없다. 미리 준비해 둔 세뱃돈을 건네주면서 예전에 웃어른들이 내게 말씀하신 것처럼 "설 쇠면 올해 나이가 몇이지? 소원성취하길 바란다" 등의 덕담도 건네야 한다.

아직 세배를 드릴 수 있고 세뱃돈을 받을 수 있는 부모님이 계시다는 것은 큰 축복이다. 나는 세배를 드릴 때마다 부모님께 드리는 마지막 세배가 되는 게 아닐까 하고 늘 걱정이 앞섰다. 지난해에 세상을 떠나셨기 때문에 올 설부터는 아버님께 더 이상 세배를 드리지 못한다. 그래도 어머니가 살아 계시니 세배를 드릴 수 있고 세뱃돈을 받을 수 있다.

세배는 받는 일보다 하는 일이 훨씬 더 기쁘다. 세배하는 일보다 받는 일이 더 많아지고 세뱃돈을 받는 일보다 주는 일이 더 많아졌지만, 나는 아직 세배를 하고 세뱃돈을 받고 싶다. 세뱃돈을 받을 수 있다는 것은 부모님이 아직 살아 계시다는 것을 의미하고 찾아뵐 웃어른과 스승이 아직 계시다는 것을 의미한다.

새해의 눈길을 걸으며

　새해의 햇살이 눈부시다. 우리는 또 시간을 매듭지어 설레는 마음으로 새해라는 새로운 시간을 얻게 되었다. 누구나 골고루 차별 없이 1년이라는 시간의 선물을 받게 되었으니 이 얼마나 감사한 일인가. 정녕 이 순간이야말로 낡음과 더러움을 버리고 다시 새롭게 태어날 수 있는 찬란한 순간이다. 새롭게 태어날 수 있다는 것은 새로운 일이 나를 기다리고 있다는 것이고, 새로운 일을 할 수 있는 가능성이 무한하다는 것이다.

　〈쥐라기공원〉 등의 영화를 만든 스티븐 스필버그 감독이 우리나라를 방문했을 때 그는 기자회견을 하면서 이런 말을 한 적이 있다.

　"아침에 눈을 뜨면 오늘은 어떤 새로운 일이 나를 기다리고 있을까 하고 생각합니다. 그래서 저는 늘 설레는 마음으로 하루를 시작합니다."

스필버그 감독처럼 '오늘 내게 무슨 일이 기다리고 있을까' 하고 설레는 마음으로 하루를 맞이하면 그 하루가 알찬 하루가 되듯이 '올 한 해 내게 무슨 일이 기다리고 있을까' 하고 설레는 마음으로 새해를 맞이하면 그 새해가 알찬 새해가 될 수 있다.

그러나 새해라는 시간이 누구에게나 다 평등하게 주어졌다고 해서 그 시간이 누구에게나 다 같은 것은 아니다. 시간을 뜻하는 헬라어에는 '크로노스'와 '카이로스'라는 두 가지 개념이 있다. 크로노스는 연대기적 시간으로 우리가 흔히 사용하는 일반적인 시간을 의미하고, 카이로스는 특별한 의미가 있는 가치의 시간을 의미한다. 크로노스가 흘러가는 물리적 시간이라면, 카이로스는 영원성이 있는 절대적 시간이다.

나는 지금까지 이 두 가지 시간 개념을 잘 파악하지 못하고 혼동하며 살아왔다. 아니, 좀 더 명확하게 말하면 내 인생의 시간을 대부분 크로노스의 시간으로 살아왔다. 그렇지만 새해에는 카이로스의 시간으로 살아갈 수 있도록 노력해야겠다. 같은 음식이라도 사람마다 그 맛을 다 다르게 느끼듯 시간의 맛도 다 다르다. 내 인생의 시간에는 영원한 현재의 맛이 날 수 있도록 해야 한다. 그러기 위해서는 카이로스의 시간을 나 스스로의 힘으로 쟁취해야 한다. 그렇지 않으면 그것은 나 자신만의 시간이 되지 못한다.

문 밖을 나와 천천히 새해의 눈길을 걷는다. 눈길 위로 두 사람이 걸어간 발자국이 나 있다. 발자국이 나란히 일정한 폭으로 찍혀 있는 것으로 보아 서로 사랑하는 사람의 발자국이다. 고요히 그 발자국을 따라가 본다. 발자국끼리 중간중간에 잠시 포개져 있는 부분이 보인다. 사랑하는 두 사람이 선 채로 잠시 서로 껴안고 키스를 나누면서 생긴 발자국이다.

새해에는 눈길을 걸어가는 우리의 발자국이 그렇게 중간중간에 많이 포개져 있게 되기를 바란다. 만일 우리가 서로 미워한다면 싸움의 발자국이 어지러이 찍히게 돼 새해의 눈길은 더 이상 아름답지 않을 것이다.

어느 농부가 해마다 정원 한구석에 잡초처럼 피어나는 민들레 때문에 골치가 아프다고 했다. 그러자 한 현자가 "어떻게 하면 민들레를 뽑아버릴까 하고 생각하지 말고, 어떻게 하면 민들레를 사랑할 수 있을까 하고 생각하라"고 말했다.

우리에게는 미움도 분노도, 그리하여 고통에 이르는 것도 삶의 한 부분이다. 그것은 버리고 싶다고 해서 곧장 버려지는 게 아니다. 버리고 싶어도 버려지지 않는다. 오히려 진정한 사랑을 깨닫기 위해서는 미움과 분노도 필요하다고 그 가치를 받아들이는 슬기가 요구된다. 그 슬기는 내 마음속에 사랑이 가득 들어 있어야 가능하다. 내 마음속에 미움과 증오가 가득 차 있으면 아무리 어여쁜 꽃도 보기 싫고 미워지기 마련이다.

우리는 사랑하기 때문에 고통스럽다. 고통의 가장 큰 원인은 사랑이다. 사랑이야말로 고통의 덩어리다. 그렇지만 사랑이 없으면 우리는 살지 못한다. 갓난아기가 엄마의 사랑이 없으면 곧 죽고 마는 것처럼 사랑은 우리의 생명과 같다.

우리가 누구를 사랑한다는 것은 그 사람의 어느 부분을 사랑하는 것이 아니라 전체를 사랑하는 것이다. 우리가 얼굴 중에서 눈만 사랑한다면 코와 입은 어떻게 될 것인가. 얼굴 전체를 다 사랑해야 아름다운 얼굴이 된다. 전체를 사랑하지 않고 자신에게 유리한 어느 한 부분만을 사랑한다는 것은 어리석다. 그 사람의 그늘과 눈물까지도 사랑할 수 있어야 그것이 참된 사랑이다.

새해에는 그러한 사랑을 내 마음속에 가득 채워야 한다. 자동차가 움직이지 않으면 주유소에 들러 휘발유를 넣어 다시 차를 움직이게 하면서도, 마음속에 사랑이 고갈되어 하루하루가 무의미하게 텅 비어버렸는데도 사랑을 채워 넣지 않고 있으면 안 된다.

항상 문제는 내 마음이 사랑으로 가득 차 있느냐 그렇지 않느냐 하는 데 있다. 내 마음속에 사랑이 가득 차 있으면 세상의 모든 삶이 다 눈부시게 아름다우며, 내 마음속에 사랑이 없으면 그 누구의 인생보다도 나의 인생이 가장 먼저 고통스럽다.

새해라는 시간은 신의 거룩한 선물이다. 이 선물을 얼마나 거룩하게 여기고 쓰는가는 우리 각자의 몫이다. 밑동이 잘린 나무의 그루터기에서도 새싹이 돋듯이 인생은 언제 어디서나 다시 시작할 수 있다. 제비가 지난해에 지었던 집에 둥지를 틀지 않고 반드시 그 옆에 새 집을 지어 둥지를 틀듯이 인생도 언제 어디서나 새로운 둥지를 틀 수 있다. 그게 인생의 묘미다. 그래서 새해는 또다시 우리에게 찾아왔다.

당신이 없으면 내가 없습니다

초판 1쇄 2014년 6월 25일
초판 14쇄 2024년 5월 15일

지은이 | 정호승
그린이 | 박항률
펴낸이 | 송영석

펴낸곳 | (株)해냄출판사
등록번호 | 제10-229호
등록일자 | 1988년 5월 11일(설립일자 | 1983년 6월 24일)

04042 서울시 마포구 잔다리로 30 해냄빌딩 5·6층
대표전화 | 326-1600 **팩스** | 326-1624
홈페이지 | www.hainaim.com

ISBN 978-89-6574-447-4

파본은 본사나 구입하신 서점에서 교환하여 드립니다.

＊ 이 책은《동아일보》에 2년 반 동안 연재한 '정호승의 새벽편지'를 기반으로 하여 묶은 것으로, 연재 중에 출간한
『내 인생에 용기가 되어준 한 마디』(2013년, 비채)에도 같은 내용이 일부 수록되어 있음을 알립니다.